LE GAUCHER DU DIABLE

DU MÊME AUTEUR

Auvergne et Bourbonnais gothiques, vol. I, *Les débuts*, éd. CRÉER, 1989
Les Dames de Clermont, vol. I, Presses de la Cité, 1994
Les Dames de Clermont, vol. II, *Florine*, Presses de la Cité, 1994
Dieu le veult, Presses de la Cité, 1995
Les Messieurs de Clermont, Presses de la Cité, 1997
L'Arbre des dames, Presses de la Cité, 1999
Le Secret du chat-huant, Presses de la Cité, 2001
Auvergne, Bourbonnais, Velay gothiques. Les édifices religieux, Picard, 2002
Brioude et la basilique Saint-Julien, éd. CRÉER, 2004
Le Mosaïste de Constantinople, Presses de la Cité, 2004
L'Orfèvre de Saint-Séverin, Presses de la Cité, 2006
La Chambre aux pipistrelles, Presses de la Cité, 2006
Lavaudieu, les trésors d'une abbaye, éd. CRÉER, 2009
La Tentation d'Isabeau, Calmann-Lévy, 2010
Retour à Bellemaison, Presses de la Cité, 2011

Anne Courtillé

LE GAUCHER DU DIABLE

Roman

Collection
« France de toujours et d'aujourd'hui »
dirigée par
Jeannine Balland

calmann-lévy

Couverture
Maquette : Atelier Didier Thimonier
Peinture anonyme, *Saint Martin exorcisant un possédé* (v. 1515),
musée Unterlinden, Colmar. © Angelo/Leemage

ISBN 978-2-7021-4379-7
ISSN 2107-2639

À mes gauchers préférés,
Jean-Pierre et Romain

Quelques personnages

Famille de Guillaume Guerry, maître boucher

Prudence, fille aînée de Guillaume, mariée avec Robert, imagier à Notre-Dame, mère d'Odilon, de Cerneuf et de Loup
Marie, fille cadette de Guillaume, mariée avec Merri

Famille d'Isaac, prêteur et changeur

Salomon et Rebecca, ses petits-enfants

Famille royale

Philippe Auguste, marié à la reine Ingeburge
Le prince Louis (futur Louis VIII), fils de Philippe Auguste et de sa première femme, Isabelle de Hainaut, marié à Blanche de Castille
Le petit prince Louis (futur saint Louis), leur fils, né en 1214

Autres

Opportune, patenôtrière, maîtresse de Cerneuf, mariée avec Pierrot, faiseur de chandelles
Victor, barbier-chirurgien
Arnolda, la sorcière
L'homme en rouge

Prologue

1199, Paris

Une femme jaillit comme une furie de la maison en criant :

– Au feu !

Elle tenait sous le bras un enfant qu'elle posa à terre. Un autre, plus grand, s'accrochait à sa cotte.

Des passants s'arrêtèrent et levèrent la tête. Fumée, étincelles et flammes s'échappaient d'une étroite fenêtre au milieu de l'encorbellement qui faisait avancer la maison à portée de main du pignon d'en face, tant la venelle était étroite.

– Loup est là-haut ! hurla la femme échevelée.

– Eh pauvre, voilà ce que c'est d'en avoir eu deux à la fois, c'est trop pour une honnête femme.

– Garce, tais-toi donc ! Envoie plutôt de l'eau !

– Et j'en trouve où ? Tiens, j'ai mon seau…

Aussitôt dit, aussitôt fait, la voisine lança les eaux souillées de la nuit avec un tel élan que le pot lui échappa des mains et alla s'écraser aux pieds d'un homme qui fit un écart.

– Loup est là-haut, répétait inlassablement la pauvre mère.

Le petit suçait son pouce. Son visage noir de suie et ses vêtements en lambeaux en disaient long sur le brasier d'où sa mère l'avait extrait.

Un homme élégant s'approcha alors d'eux et souleva son chapeau de feutre rouge assorti à sa tenue, une cotte écarlate sur des braies étroites couvrant le mollet au-dessus de fines chausses de cuir également rougeâtre.

– Je peux sauver votre enfant, murmura l'homme avec un sourire qui découvrit des dents petites et acérées, si blanches que les lèvres paraissaient couleur de cerise mûre.

Ses yeux sombres pétillaient d'un éclat insolent.

– Oh oui, messire, je vous en supplie…

Un attroupement s'était créé autour d'eux. Comme c'était le cas lorsqu'un incendie éclatait, et c'était fréquent, une chaîne s'était déjà organisée pour amener des seaux depuis la Seine toute proche. Un homme plus hardi que les autres tenta de rentrer dans la petite maison à étages dont la porte était ouverte.

– C'est impossible ! s'exclama-t-il en ressortant aussitôt, non sans avoir jeté le contenu dérisoire d'un seau à l'intérieur. C'est l'enfer !

– Parle pas de ce que tu ne connais pas, ricana l'homme en rouge. Laisse-moi plutôt faire…

Et laissant l'autre les bras ballants, avec son pot vide à la main, il se rua dans la maison. Des tourbillons de flammes s'envolaient vers les poutrelles enlacées soutenant la toiture.

– Gare, le toit va tomber, cria la voisine, provoquant un mouvement de recul dans la petite troupe d'hommes et de femmes dont les yeux exorbités fixaient désespérément le désastre.

Seuls la mère et les garçons restèrent immobiles. Le petit pleurait et essuyait la morve de son nez du revers de la manche effilochée de sa cotte qui avait dû être verte. Le plus grand observait la scène, presque indifférent.

– Voilà !

Avant même que la femme ait compris, l'homme en rouge avait surgi de la maison, serrant l'enfant contre lui.

– Loup, Loup, mon petit, chuchota sa mère avant de s'évanouir.

– Occupez-vous de la mère, vous les pucelles ou prudes femmes, j'emmène l'enfant à l'Hôtel-Dieu ! lança l'homme mystérieux, qui avait perdu son chapeau mais ne semblait pas avoir souffert de son passage en « enfer ». Et jetez tous ces cierges de malheur !

Joignant le geste à la parole, il en envoya rouler un aux pieds des femmes rassemblées. Les poings sur les hanches, abasourdies par tant d'autorité et d'audace, pucelles et prudes femmes haussèrent les épaules, murmurèrent « vilain chien », « félon mécréant » avec mépris, puis se penchèrent sur la pauvre mère terrassée par l'émotion.

Quelques jours plus tard, celle-ci veillait son enfant qui sommeillait sur une couche partagée avec quatre bambins malades. C'était ainsi à l'Hôtel-Dieu où les religieuses en noir s'affairaient autour des malades entassés sans confort et ce n'était pas la toute récente[1] obligation faite aux chanoines de Notre-Dame de prévoir un legs pour créer de nouveaux lits qui remédierait à la pénurie. Et comme l'enfant n'avait pas repris connaissance depuis son arrivée, pas une religieuse ne s'intéressait à son sort depuis une semaine. Seul le prêtre, chargé d'officier auprès des mourants et des morts, lançait de temps en temps un peu d'eau bénite en direction du garçonnet, mais sans conviction.

Cerneuf, le frère jumeau du malade, passait ses journées avec sa mère. Impatient, il courait dans les travées encombrées de lits, de seaux et de femmes et d'hommes plus ou

1. En 1168.

moins résignés à quitter un monde rude ou à laisser partir un être cher. Les bonnes sœurs, trop peu nombreuses, n'avaient guère le temps de les consoler.

Le petit garçon s'aventurait aussi dans la cour sur laquelle donnaient la cuisine, le cellier et la lavanderie qui ouvrait sur le fleuve. Là étaient lavés et gardés les vêtements des malades. Ils les récupéraient quand ils partaient, s'ils guérissaient. Cerneuf se faufilait parfois jusqu'au poste d'accostage qui desservait l'hôpital. Sans surveillance, c'était grande chance qu'il ne soit pas tombé à l'eau. Puis il revenait et retrouvait sa mère qui ne s'était pas rendu compte de sa disparition. Pas plus qu'elle ne voyait son fils aîné, Odilon, beaucoup plus sage, suivre pas à pas le prêtre venu apporter du réconfort aux malades, pour porter le seau d'eau bénite et l'assister.

Tout entière requise par l'état de son autre fils, atrocement défiguré, Prudence ne voyait rien, mais ne renonçait pas. Elle ne laisserait pas partir sa chair vers un au-delà que son esprit ne pouvait imaginer aussi radieux que le prétendaient les clercs avec une bonhomie trompeuse. Elle ne l'abandonnerait pas, malgré les suppliques sans commisération des bonnes sœurs qui savaient déjà l'enfant condamné. Ses yeux ne le quittaient pas. Ils n'accordaient aucune attention à l'activité autour de lui, ne voyaient ni la main qui soutenait un chef, ni celle qui mettait à la selle ou nettoyait un pauvre malade.

– Comment va-t-il ? interrogea une voix derrière Prudence.

C'était l'homme en rouge. Il avait retrouvé son chapeau ou en avait peut-être acquis un nouveau dans une échoppe voisine. L'œil brillant, un sourire moqueur sur ses lèvres pincées, fines et bien dessinées, l'homme surgi de nulle part murmurait à l'oreille de la mère.

– Je ne sais pas, murmura Prudence.

Elle était tellement lasse.

– Il a parlé ?

– Non.

Un soupir découragé souleva la poitrine de la mère qui portait la même cotte bleu délavé que le jour du drame, simplement serrée à la taille par une fine ceinture de basane sombre, un cuir de porc bon marché. La cale de toile blanche laissait échapper des cheveux qui n'avaient pas dû être peignés depuis la terrible journée.

– Nous pouvons le sauver, dit l'homme en se penchant vers elle.

Il était grand. Elle ne l'avait pas vu aussi grand. Quand enfin elle comprit ses mots, ses yeux s'écarquillèrent.

– Vous êtes homme de l'art ? interrogea-t-elle.

Désespérément, elle avait cherché le terme adéquat et celui-ci lui était venu spontanément.

– Oui, en quelque sorte, répondit l'autre avec un sourire qui crispa ses lèvres et mobilisa les muscles de ses pommettes osseuses.

Mal à l'aise, elle le dévisageait avec avidité, remarquant alors qu'il avait les cheveux sombres et bouclés, le nez busqué et la peau mate, des oreilles plus grandes que la normale et fort pointues. Derrière lui se tenait une femme dont les cheveux bruns encadraient un visage à la peau très blanche. Des yeux sombres et brillants croisèrent ceux de Prudence qui frissonna.

– Oui, nous pouvons le sauver…, répéta-t-il, en fixant Prudence de ses yeux noirs. Mais…

– Mais ?

– L'enfant sera à moi, laissa tomber l'homme dont le visage affichait soudain une dureté que Prudence n'avait pas encore remarquée.

– À vous ? Vous l'emmènerez ? interrogea-t-elle.

Ses traits étaient tirés, ses yeux immenses au-dessus de ses joues amaigries.

– Non, il sera à moi, simplement…, répondit l'autre, en jetant autour de lui un regard, comme s'il se souciait de ne pas être entendu par la religieuse venue prendre la main d'un enfant qui gémissait dans le lit de Loup.

– À vous ? répéta Prudence, hébétée.

– Oui, n'en demandez pas plus ou je m'en vais.

– Non, je vous en prie…

Prudence avait posé la main sur son bras. La douceur du drap de la cotte l'apaisa. Il devait venir des meilleurs marchands de Paris, comme l'aumônière suspendue à la fine ceinture de cordouan fauve.

– Vous comprendrez plus tard, dit la femme qui l'accompagnait.

Elle se pencha sur Loup, si petit sous la grosse toile écrue, et murmura quelques mots aux consonances inconnues que Prudence ne comprit pas.

– Ce soir, c'est la pleine lune, reprit la femme avec un sourire énigmatique sur ses lèvres épaisses et très colorées, assorties à la large ceinture pourpre qui serrait sa cotte noire.

– La lune ?

– Souviens-toi d'Arnolda…, chuchota la femme dans un rictus qui découvrit des gencives rouges et des dents très blanches.

Toute à sa surprise, Prudence les vit traverser, à grands pas, la salle en évitant adroitement les uns et les autres, comme si le chemin s'ouvrait devant eux tout naturellement, comme si personne ne remarquait leur présence. Elle eut envie de les suivre pour en savoir davantage. Que leur devait-elle ? C'était grande pitié car elle était prête à tout. Son père avait du bien, son mari saurait comprendre. Mais en un instant, ils avaient disparu.

Toute la nuit, Prudence s'appliqua à ne pas s'assoupir. La pleine lune éclairait la pièce, détaillant sans pitié les lits et leurs misérables occupants.

Le lendemain, Loup ouvrit les yeux et réclama à boire. Les religieuses crièrent au miracle, prétendant que leurs prières avaient touché le Seigneur qui ne pouvait infliger si grande peine à une mère qui avait toujours été bonne pour leurs œuvres. Un enthousiasme cependant tempéré par un chat noir soudain jailli de la couche, semant la peur dans toute la salle.

– Sale bête, hurla l'une des sœurs, en le pourchassant avec son balai.

Un prêtre grognon, venu constater l'amélioration, se mit à répéter :

– Miracle, miracle !

Miracle ou sorcellerie ? Il en avait assez vu pour se poser des questions et recommanda une prière devant la châsse de la benoîte Vierge Marie, ce que la dévote Prudence fit bien volontiers, accompagnée des religieuses.

Peu convaincu, le clerc avait regardé Prudence avec méfiance, tout en aspergeant l'enfant d'eau bénite et en implorant le ciel de le sauver ainsi que la mère qui avait sûrement fauté par art magique, par l'ennemi d'enfer ou par entregent d'habileté, trois péchés qui donnaient des frissons.

– Mais il est déjà sauvé, avait protesté l'innocente Prudence, incapable d'imaginer ces horreurs.

Finaude, elle cachait pourtant avec autant d'obstination que de ferveur le petit paquet trouvé aux côtés de l'enfant, une toile enveloppant quelques herbes, un petit os, celui d'un doigt de bébé peut-être.

– Voire, avait dit le prêtre, l'œil inquisiteur. Deux protections valent mieux qu'une. Voilà pour la fumée de Satan !

Le clerc savait de quoi il parlait. Le pape Innocent III ne venait-il pas de créer des tribunaux ecclésiastiques[1] pour juger les hérétiques et désigner les coupables, les sorcières et les possédés ? Ne disait-on pas que toute sorcellerie venait des désirs charnels qui sont insatiables chez les femmes ?

Rougissante, Prudence n'avait pas cherché à comprendre pourquoi il mettait tant d'énergie à agiter son aspersoir. Elle était trop fatiguée. Quelques jours après, Loup sortait, encadré de sa mère et de ses frères. Guéri… Enfin, du moins il semblait guéri.

---

1. En 1199.

1

Quinze ans plus tard, en 1214,
année de la victoire de Bouvines (le 27 juillet)

Prudence observa le ciel où le soleil rouge orangé déclinait lentement dans l'axe du fleuve. Avec l'été, les jours allongeaient ; les clients n'en finissaient pas de défiler devant l'étal. La fatigue la submergeait, son dos tendu au-dessus des poissons depuis le matin criait sa lassitude. Heureusement, faute de marchandises, elle rentrerait bientôt chez elle.

Elle tenait une des dalles de la rue Pierre-à-Poisson où les étaliers proposaient leur marée toute l'année, sauf de la mi-avril à la mi-mai, quand les pêcheurs de l'eau du roi devaient protéger les géniteurs en période de frai. Très active, Prudence se languissait alors de son commerce animé pour lequel elle était locataire de son père, l'opulent Guillaume Guerry, qui régentait les bouchers de la ville. Un arrangement consenti après l'incendie lorsque le père des garçons l'avait abandonnée, au motif qu'elle avait été imprudente et qu'il ne supporterait pas de voir le visage abîmé de son fils. Lui, un artiste amoureux de la beauté, ne pouvait avoir sous les yeux une telle laideur. Guillaume Guerry avait vainement tempêté pour faire revenir son gendre à la raison. Il ne l'appréciait déjà guère auparavant, le rabaissant sans cesse, le traitant avec mépris de « tailleur de pierre », alors que l'autre se proclamait « imagier », donc faiseur de statues et autres figures en relief. Robert lui avait cloué le bec avec une insolence qu'il ne lui pardonnerait jamais :

– Le roi renvoie bien sa femme, pourquoi pas moi ?

Un argument imparable, en effet, qui faisait allusion à la vie tourmentée du pourtant si populaire Philippe deuxième du nom. Il avait laissé sans voix le beau-père. Prudence aurait pu répéter chacun des mots échangés avant le départ de son mari. Elle se rejouait parfois la scène quand le client se faisait rare, puis elle oubliait et revenait à sa vie de tous les jours.

Vive, elle avait enlevé la paille de l'étal, comme elle le faisait chaque soir. Elle la remplacerait par de la fraîche le lendemain matin ; c'était une des conditions nécessaires pour offrir de la marchandise de bonne qualité et ses clients fidèles ne s'y trompaient pas.

Les cloches se mirent à sonner. Elles signalaient aux artisans et commerçants que la journée était finie, rappelant aussi qu'il était interdit de travailler à la lumière des chandelles. Le petit clocher de Saint-Leuffroy, qui se profilait au-dessus des maisons, répondait joyeusement à ceux de Sainte-Catherine ou de Saint-Jacques, la paroisse des bouchers.

En dépit de sa fatigue, Prudence abandonna presque à regret son étal. Dans le ciel clair se dessinait déjà le halo de la lune pleine. La promesse d'une nuit qu'elle redoutait. La nuit où elle avait accouché de ses jumeaux, la pleine lune avait éclairé la soupente où elle avait cru mourir mille fois. Où était Loup ? songea-t-elle en remontant la rue de la Sellerie.

Depuis le maudit incendie, son fils avait été une croix pour la famille, toujours en quête d'une bêtise, voire d'un méfait grave. Encore enfant, chétif et maladif, il faisait honte à toute sa parentèle en arpentant les rues avec de petits mendiants, dont certains avaient été mutilés par leurs parents pour susciter la compassion. Et comme il était très malin, plus que les autres sans doute, il les régentait, les entraînant d'une église à l'autre pour recueillir les aumônes des fidèles attendris par tant de misère. Puis, plus grand, un euphémisme car sa croissance avait été ralentie, comme si son corps s'était recroquevillé après l'accident, il s'était mis à parcourir le labyrinthe des rues étroites, avec une bande de garçons dont il était le chef. Il volait les hommes, terrorisait les femmes, surtout les pucelles, jetant une étoupe enflammée dans une cour ou renversant un étal de marchandises.

Souvent, il portait sur les épaules un chat noir dont les yeux brillants fixaient ses victimes et les épouvantaient encore davantage. Surtout quand il saisissait les pattes de l'animal, le faisait tournoyer au-dessus de sa tête et le jetait comme une ordure contre un mur. Une sorte de signature sanglante dont le félin réchappait rarement.

– Le diable au corps et bon à rien, maugréait son grand-père qui avait renoncé à le faire travailler à la boucherie et allait le récupérer régulièrement au Châtelet après que les sergents l'y eurent enfermé.

Droit dans ses chausses, l'homme respecté de tous ne pouvait comprendre de tels comportements et incitait les « sergents à verge », comme on les appelait, à user de leur arme contre ce garçon détestable.

« Le diable au corps… » Voilà bien la phrase qui hérissait la pauvre Prudence. Elle n'en finissait pas de ressasser le pacte qui avait lié à jamais son fils à celui qu'elle osait, quand elle était seule, nommer « le diable ». Seulement quand elle était seule… Sa dignité l'empêchait de révéler la vérité à quiconque, une vérité qu'elle avait comprise peu à peu. Combien de fois avait-elle cru reconnaître l'homme en rouge au détour d'une rue, sur le parvis d'une église, ou à l'abri d'un encorbellement ? Jamais elle n'était parvenue à lui parler. Il disparaissait comme il était apparu et elle se frottait les yeux pour exciter sa vue, puis pour en chasser l'image. Et se pinçait pour se persuader qu'elle n'avait pas rêvé. Et cette sorcière qui l'accompagnait à l'Hôtel-Dieu, qu'était-elle devenue ?

Mais le jour où elle était allée se confier à un chanoine de Sainte-Opportune, il lui avait ri au nez, la laissant dans un désarroi qu'elle n'oubliait qu'en travaillant.

Pourtant n'avait-elle pas besoin d'aide ? Son fils, certains le disaient fou, d'autres possédé, sans bien savoir où était la différence. « L'innocent », renchérissaient d'autres, comme le chanoine Modeste qui avait fait un signe de croix en lui rappelant que le Christ avait promis le royaume des cieux aux pauvres d'esprit.

– Mais il n'est pas pauvre d'esprit, avait protesté Prudence. Il est très malin au contraire.

– Trop malin alors, avait répliqué le clerc, l'œil brillant. Et dans « malin », il y a « mal ». Le pouvoir du diable introduit de vaines imaginations dans l'esprit des hommes et surtout des femmes.

– Pourquoi surtout les femmes ? avait interrogé Prudence, vaguement choquée. N'est-il pas plutôt fou ?

– Fou, peut-être. S'il est fou, sa guérison doit aussi passer par la foi. Il nous faudra conjurer le démon qui s'est emparé de son âme.

– Faites-le ! avait réclamé la mère avec obstination.

Le chanoine Modeste avait rétorqué que cette affaire ne pouvait se traiter ainsi, qu'il faudrait en référer à l'évêque et à bien d'autres clercs.

– Pas au pape quand même ! s'était écriée Prudence, excédée devant tant de pusillanimité.

Le pape… Le chanoine avait grimacé. Innocent III avait, chez certains hommes d'Église, fâcheuse réputation depuis qu'il s'était lancé, quinze ans plus tôt, dans une vraie croisade contre leurs relâchements et abus[1]. Obéissant, craignant sans doute autant les foudres du ciel que celles de sa hiérarchie, Modeste avait tempéré son goût pour le vin et les bons festins et ne jouait plus aux dés.

– Parlez-en à votre fils aîné ! avait finalement conseillé l'homme, sceptique.

Odilon… Il était devenu tellement inaccessible depuis qu'il avait décidé de se consacrer à ses livres et accessoirement à Dieu. Peu de temps après l'incendie, il en avait manifesté le désir impérieux. Y avait-il un lien entre ces deux événements ? Ou était-ce un hasard ? Prudence n'aurait pas su répondre. Assidu à l'école des chanoines de la cathédrale, il était devenu presque un étranger. Une autre peine pour sa mère qu'il venait parfois embrasser après un cours à l'université. Mais c'était rare. Elle ne se faisait pas à cette cotte longue qu'il arborait fièrement et à ces petites lunettes qui lui cachaient les yeux, déjà fatigués par la lecture et l'écriture. Était-il heureux, au-delà de la Seine, à déchiffrer ces manuscrits et à écouter des discours dont sa mère ignorait le sens ? Sur l'autre rive, où Prudence ne s'aventurait plus jamais.

Lui parler de Loup ? Elle n'y aurait jamais pensé, tant il lui semblait coupé du monde des humains. Il ne s'intéressait au métier de son grand-père que parce que la peau des animaux donnait le parchemin et la volaille, des plumes. Il avait un jour fait allusion à son père, mais Prudence ne voulait pas savoir s'il le rencontrait parfois. Une manière pour elle de se protéger.

Elle arriva chez elle, rue du Chevalier-du-Guet, en même temps que Cerneuf, le jumeau de Loup. Elle portait sur la hanche un panier de cerises qu'elle s'était procuré, contre des harengs, auprès d'une femme qui avait un jardin près de

1. En 1199, bulle *Vergentis in senium*.

Saint-Martin-des-Champs. Gourmande, elle en avait goûté sur le chemin du retour, toute réjouie d'en faire profiter ses garçons. Cerneuf, aussi, avait fini sa journée ; il était commis dans la boucherie de son grand-père et sillonnait la ville pour livrer des marchandises.

– C'est la pleine lune, murmura-t-il en pénétrant dans la petite salle sombre.

– As-tu vu ton frère ? demanda Prudence qui s'était déjà saisie du soufflet pour activer les braises, en sommeil depuis le matin, sous le chaudron.

– Non !

Pauvre Loup ! Prudence regrettait d'avoir voulu le sauver à tout prix. Et à quel prix ! Son visage tuméfié pour toujours, ce rictus qui l'animait, son corps rabougri, sa boiterie l'obsédaient. Et encore était-ce un moindre mal de le voir ainsi, avec ses tares physiques. Parfois, il était pris de convulsions ou se mettait à parler dans une langue qu'elle ne comprenait pas. Il pouvait pérorer pendant des heures, comme s'il s'adressait à un au-delà insaisissable. Il ne voyait plus rien autour de lui, ne reconnaissait plus personne. Ces crises terrifiaient Prudence bien plus que les bêtises qui le faisaient enfermer au Châtelet ou même que cette force inexplicable qui le faisait pousser des charrettes, bousculer des hommes en apparence deux fois plus grands que lui et renverser des étals couverts de marchandises.

– Si au moins il utilisait cette force remarquable pour de bonnes causes, soupirait son grand-père qui l'aurait bien employé dans son abattoir.

Mais il y avait renoncé. C'était trop dangereux.

Il fallait bien continuer à vivre. Prudence souleva le couvercle du chaudron et une bonne odeur de légumes se répandit dans la pièce.

– Coupe trois tranches de lard !

Elle préférait se concentrer sur ses tâches quotidiennes. Le bouillon de poule où trempaient des foies de volailles et un gros bouquet de persil devait être amélioré avec du porc et du pain. En un instant, Cerneuf avait adroitement tranché le lard qu'il jeta dans le bouillon auquel elle ajouta des croûtons de pain.

– Avec des bâtons de fromage, cela fera notre souper.

Sur un plat de céramique grise attendaient en effet, bien pétris et farinés, de petits rouleaux à base de beurre, d'œufs et de fromage. Elle les mit dans un poêlon qu'elle posa sur un deuxième trépied. Le feu était vif ; très vite un grésillement se fit entendre et une légère fumée monta jusqu'aux poutrelles.

– Que fait Loup ?

– Nous ne l'attendrons pas, dit fermement Cerneuf.

– Je n'aime pas le savoir dehors les nuits de pleine lune, répliqua Prudence sur le seuil de la maison, d'où elle inspecta la rue, d'un côté puis de l'autre.

Loup n'était pas en vue. Cerneuf était agacé. Comme si son frère rentrait chaque soir ! Ne passait-il pas plus souvent la nuit dehors que dans leur lit commun, sous le toit ?

– Il est peut-être sur les remparts…, dit le garçon qui l'avait vu, la nuit précédente, alors qu'il s'acquittait de sa corvée de guet.

– Avec ces gueux et ces ribaudes qui l'entraînent…

Cerneuf éclata de rire.

– C'est plutôt lui qui les entraîne…

– N'oublie pas, ton frère est fou et peut-être possédé du démon.

– C'est simple de lui pardonner dans ces conditions…, marmonna Cerneuf.

L'indulgence avait des limites et cette histoire de possession l'agaçait. Une excuse trop facile.

Prudence leva les yeux au ciel, c'est-à-dire au plafond dont les poutrelles de bois noirci trahissaient la modestie du logement.

À cet instant même, Loup poussa la porte, brutalement, ébranlant toute la maison. Prudence vit aussitôt qu'il avait les yeux hagards. La pleine lune faisait son œuvre. Après avoir constaté les effets néfastes de l'astre sur son fils, Prudence avait consulté un astrologue dont les paroles nébuleuses ne l'avaient guère éclairée. Il lui avait soutiré le prix d'une corbeille de harengs et avait suggéré que son fils était atteint de folie, ce qu'elle savait déjà. Après le clerc et l'astrologue, elle n'avait pas tenté la médecine. Les propos peu amènes de son père au sujet de cette « engeance qui ne savait rien mais pérorait sur tout » l'en avaient dissuadée. Peut-être à tort, mais son souvenir du séjour de Loup à l'Hôtel-Dieu ne plaidait pas en faveur de la profession.

Loup portait sur ses épaules un chat noir. Sa mère n'aimait pas ces animaux qui concentraient des croyances maléfiques. Leurs yeux qui brillaient dans le noir la mettaient mal à l'aise. Quand Loup, soudain, se jeta sur le sol de terre battue, le chat émit un miaulement déchirant. Encore plus que la vision de son fils se tordant par terre, le cri strident de la bête fit frémir Prudence.

– Je l'ai vu ! hurlait Loup en grimaçant.

Son visage de gnome s'anima d'un triste rictus lorsque sa mère s'agenouilla près de lui.

– Prie avec moi saint Valentin, murmura-t-elle en se signant.

Que n'avait-elle pas dit ! Elle avait oublié que, certains jours, il ne pouvait supporter le moindre geste pieux. Il lui assena une avalanche de blasphèmes qui eurent l'avantage de calmer ses convulsions. Apeuré, le chat s'était réfugié sous l'évier de pierre.

Enfin tranquille, il se releva et se laissa tomber sur le banc devant la planche que Cerneuf venait de poser sur deux tréteaux pour le repas.

– Je le vois, je le vois, il est mort…

– Qui est mort ? interrogea vivement Cerneuf qui n'en pouvait plus.

– L'oncle Merri…

– Tais-toi !

Prudence s'était à son tour effondrée sur le banc. Merri était le mari de sa sœur Marie. Il était parti à la guerre avec le roi. En ville, tout le monde connaissait la violence des combats. Tous ceux qui étaient partis ne reviendraient pas, hélas.

– Tais-toi, répéta-t-elle encore une fois en joignant les mains, au risque de déclencher une nouvelle crise.

Elle savait malheureusement que Loup avait des dons singuliers. Il avait déjà annoncé ainsi des nouvelles qui s'étaient révélées exactes. Le chanoine Modeste avait été très ébranlé quand elle lui avait raconté ces faits qui relevaient pour lui du démon ou de ces forces qui échappaient à l'homme.

– Je ne sais pas si tu dis vrai, murmura-t-elle en fixant Loup qui semblait enfin apaisé, mais je te conjure de ne pas le dire à ma sœur.

– Tôt ou tard, elle l'apprendra…

– Mieux vaut tard ! Cerneuf, sers le potage !

La crise était passée. Elle était si lasse.

– Il faut parler à notre père, dit Cerneuf en approchant du chaudron une première écuelle.

– Jamais ! répondit d'une voix forte Prudence.

– Notre père ? interrogea Loup. L'imagier, le maître ? Vous savez qu'il travaille à Notre-Dame ?

Cerneuf ne broncha pas. Odilon lui avait dit que leur père était revenu à Paris. Il ne l'avait pas rapporté à sa mère afin de ne pas la tourmenter.

Prudence semblait n'y pas prêter attention, comme si l'essentiel pour elle était que Loup dévorât sa soupe avec appétit. Et quand il s'attaqua avec autant d'entrain aux bâtons de fromage dorés à point, elle se sentit presque rassérénée. Pas pour longtemps puisqu'un instant plus tard il repoussa brutalement le banc qui se renversa sur la terre battue et annonça :

– Mes amis m'attendent. J'ai à faire dehors.

– Pas cette nuit ! protesta sa mère dont l'inquiétude blanchissait le visage.

La porte avait déjà claqué, violemment, ébranlant encore une fois les murs de la maison dont le torchis était léger autour des colombages.

Prudence soupira. À quoi bon s'opposer à des forces secrètes qui la dépassaient ? Cerneuf vint s'asseoir près d'elle, sur le banc en face de l'âtre où le feu moribond couverait doucement jusqu'au matin. Depuis l'incendie de malheur, Prudence y veillait avec soin. L'obscurité gagnait lentement la petite salle, noyant les objets posés sur la crédence et les étagères dans le mystère de la nuit.

– Demain sera un autre jour, dit Prudence en se levant. Il est temps de dormir.

Mais elle savait que le sommeil la fuirait jusqu'à ce que la lassitude soit trop grande et qu'elle sombre dans ces cauchemars qui la poursuivaient depuis des années. Loup, rattrapé par des diables cornus, aux pieds griffus, armés de fourches, comme ceux qu'elle avait vus peints dans le narthex de l'église Sainte-Opportune, et précipité dans les flammes de l'enfer. « Laid comme les sept péchés capitaux », hurlait l'homme à la cotte rouge dont les yeux brillaient d'un éclat terrifiant.

Cerneuf l'entendit tousser. L'air frais quand elle installait son étal tôt le matin n'était sans doute pas étranger à cette toux récurrente qui la secouait parfois violemment. Puis un bruit d'étoffe l'informa qu'elle avait enlevé sa cotte, dans la pénombre, derrière la courtine bleue.

Dans la rue, tout était calme. Un chien aboya, un autre lui répondit. Un homme passa avec une torche, qui éclaira fugitivement la pièce. Cerneuf en profita pour gravir les marches du petit escalier donnant accès à la soupente qu'il avait partagée des années durant avec ses frères. Il défit sa ceinture et enleva par la tête son bliaud où un quartier de viande avait laissé des traces de sang, le jeta sur le plancher et s'effondra sur la paillasse.

2

Lourdement chargé, Cerneuf quitta l'étal familial, l'un des vingt-trois éventaires installés depuis des décennies à la porte dite Paris, déformation de l'« apport de Paris », modeste marché à la volaille et à la sauvagine qui avait cédé la place à la puissante communauté des bouchers.

Dans son dos, il entendait encore Guillaume Guerry, son grand-père, vanter de sa voix autoritaire sa marchandise auprès d'un oyer[1] qu'il n'entendait pas abandonner à la concurrence. Cerneuf connaissait par cœur le baratin :

– Gare à la viande faisandée ou étique, la mienne est fraîche et loyale, à belle moelle…

Le garçon avait le choix, pour atteindre la Seine, entre trois voies : un passage voûté qui traversait le Châtelet et rejoignait dans l'axe le Grand-Pont, la rue de la Triperie, et la rue Pierre-à-Poisson d'où venait un léger relent de marée.

Il préféra cette dernière, car il savait qu'il y verrait sa mère. À peine engagé, il aperçut Prudence, occupée à servir un client visiblement attiré par ses beaux poissons d'eau douce. Il aimait l'entrain qu'elle mettait toujours dans son travail.

– Ceux-là viennent de Picardie, expliquait-elle en souriant à un homme qui hésitait. À moins que vous ne préfériez

1. Cuisinier.

mon hareng caqué. Il a passé trois nuits et trois journées en eau fraîche, j'ai bien veillé à changer l'eau chaque jour. J'ai aussi de beaux merlans, frais et salés.

Sous son auvent, elle faisait plaisir à voir et déjà une queue imposante de clients se formait derrière l'indécis ; chacun savait que la paille où elle présentait sa marchandise était saine et que l'eau propre dont elle l'arrosait limitait les risques de corruption. Bon sang ne saurait mentir, Guerry n'aurait pas supporté que sa fille ait des démêlés avec les sergents qui avaient vite fait de saisir la marchandise douteuse au bénéfice des prisonniers du Châtelet ou de mendiants. Et jamais Cerneuf n'avait vu sa mère obligée de jeter à la Seine des poissons avariés. Elle savait calculer au plus juste la quantité de poissons qu'elle pourrait vendre chaque jour, soucieuse de ne pas gâcher la marchandise. Une tradition familiale qui valait à son grand-père de diriger la Grande Boucherie.

– Qui veut bon lait, laisse passer ! cria derrière Cerneuf une femme qui portait sur la tête un pot de lait.

– Eh, viens pas nous faire la concurrence !

Interpellée par une vilaine harengère qui parlait toujours haut et fort pour vendre une marée parfois avariée, la laitière se retourna et lui fit une grimace, en prenant à témoin le garçon qui éclata de rire. Il aimait cette vie des rues où chaque jour apportait de l'inédit : une rumeur, un accident, un incident, une denrée inconnue.

Sa mère, elle, n'avait pas besoin de hausser le ton. Il se tint en retrait quelques instants pour l'observer. Il la trouvait belle avec son grand devantier blanc sur lequel elle essuyait consciencieusement ses mains. Il en voudrait toujours à son père d'avoir été si dur et injuste avec elle. Jamais un autre homme ne l'avait remplacé, il l'aurait juré, et il songeait que ce n'était pas une vie que cette solitude, en dépit de la présence de ses garçons.

Cerneuf soupira. Ils ne lui avaient pas toujours rendu l'existence facile. Odilon perdu dans ses manuscrits et bondieuseries, lui qui se rebellait parfois quand son grand-père était trop exigeant, et Loup…

Le client s'était enfin décidé pour une belle perche et du hareng. Ravie, la mère aperçut son fils à l'instant où elle s'adressait à une nouvelle acheteuse, qui marmonnait contre ces hommes qui n'y connaissent rien et font perdre le temps des femmes honnêtes…

Cependant, Prudence ne s'en laissait pas conter.

– Messire Léonard est un client, comme vous !

– Il vous fait les yeux doux, répliqua l'autre. Ce n'est pas après votre poisson qu'il en a !

– Arrêtez vos balivernes, c'est un client fidèle, voilà tout !

Prudence leva les yeux au ciel en faisant un clin d'œil à son fils.

– Eh maman, tes affaires marchent bien ?

– Comme les jours d'obligation ! répondit Prudence, faisant allusion aux dates où la viande était interdite par l'Église, nombreuses et avantageuses pour son commerce mais qui faisaient hurler son boucher de père.

– Où vas-tu ? ajouta-t-elle.

– Déposer des peaux chez Barillet.

– Et Loup ?

– Pas revu…, répondit Cerneuf en haussant les épaules.

Il avait d'autres préoccupations que son frère.

Résignée, Prudence revint à sa cliente. Celle-ci, une garce, ricana. Qui ne savait pas que le petit-fils Guerry ne faisait guère honneur à la famille ? Les bonnes âmes plaignaient la pauvre femme, les autres pensaient encore à son mariage avec un étranger. « Le destin… », murmuraient certains qui se souvenaient de la mauvaise grâce avec laquelle le père Guerry avait accepté ce gendre venu de loin et sans un écu. Celui-ci avait eu beau dire que le roi avait annexé la terre d'Auvergne à son royaume, son beau-père le considérait comme un barbare. Il s'était aussi vanté d'appartenir à une lignée d'imagiers qui avaient décoré les plus grandes églises de son pays. Argument vite balayé par le boucher, peu sensible à l'art « qui faisait des crève-la-faim ». Mais ce coquin, beau garçon, avait su séduire sa fille ; Guerry s'était résigné. Il l'avait pourtant bien jugé puisque Robert l'avait abandonnée à la première occasion avec ses garçons. Odilon, Cerneuf et Loup, des noms à coucher dehors que le père avait imposés, prétextant qu'ils lui rappelaient son pays. Son pays dont il osait aussi louer les vaches vermeilles, comme Guerry n'en avait jamais vu, un crime de lèse-boucher difficile à pardonner.

Cerneuf servait de coursier à son grand-père. Celui-ci avait bien compris, mais pas forcément admis, que le garçon n'avait guère de goût pour la boucherie. Après trois années d'apprentissage, Cerneuf était maintenant valet et percevait un salaire modeste, calculé au plus juste par le maître boucher. Il ne manquait pas de travail ; le monopole de la viande induisait de nombreux commerces annexes, dont celui des peaux, source importante de revenus. Il aimait cette liberté qui lui permettait de découvrir la ville au gré des livraisons. Une ville dont il connaissait presque chaque rue, chaque venelle à l'intérieur de ses nouvelles limites concrétisées par la muraille toute neuve du roi Philippe[1].

Abandonnant le Grand-Pont[2] à son charroi dense et bruyant, il emprunta la berge du fleuve. Chaque semaine, il livrait des peaux en aval du pont et la promenade lui plaisait.

---

1. Philippe II Auguste.
2. Le Grand-Pont sera dénommé Pont-aux-Changeurs au XIVe siècle.

Il laissa derrière lui le pont à tablier de bois soutenu par une série d'arches, où tournaient les roues à aubes des moulins ; au-dessus étaient alignées les étroites maisons des changeurs dont le commerce mystérieux le fascinait.

Il était habitué aux effluves des tanneries, venus de la rue toute proche qui leur était dédiée. Quand il arriva à destination, messire Barillet l'accueillit chaleureusement, se détournant quelques instants de sa tâche qui consistait à traiter les cuirs à la chaux et au tannin avec ses compagnons, des employés fidèles et actifs.

– Adieu, Cerneuf, à la semaine prochaine !

– Adieu, messire !

Barillet était un concurrent de Merri, le beau-frère de sa mère. Cerneuf songea à cet oncle parti à la guerre. Il eut envie d'aller saluer Marie qui dirigeait à sa place la tannerie, mais y renonça. Il avait du travail.

Il prit cependant le temps de regarder le fleuve dont les eaux charriaient tant d'immondices. Le soleil, qui jouait avec les nuages, y créait des reflets plaisants. Où allaient ces flots, qui parfois se teintaient de rouge quand le sang y coulait depuis l'égorgerie ? Cerneuf s'attarda à rêver. Son grand-père ne lui pardonnait pas sa sensiblerie et l'attribuait volontiers à son « artiste de père ». Au loin, le port de Grève, où arrivaient la plupart des marchandises destinées au commerce parisien, puis ceux au blé et au foin attiraient du monde. Il avait, accroché à la ceinture, un sac de toile dont le contenu brinquebalait en lui tapant la cuisse à chaque pas. C'était l'objet de sa deuxième livraison, des os et des cornes destinés à un décier[1] installé dans l'île de la Cité.

Revenu sur ses pas, le garçon arrivait déjà à la planche Mibray, une passerelle en bois. Il s'y engagea résolument. Il

1. Un décier est un fabricant de dés à jouer.

y avait foule – c'était le principal passage piétonnier vers l'île –, mais il savait se frayer un chemin et il fut très vite sur l'autre rive.

Michel, le décier, se tenait devant son échoppe, rue de la Lanterne ; son étal semblait vide. Cerneuf vit tout de suite à son air qu'il était contrarié.

– Ils m'ont tout volé, annonça-t-il la mine désolée. Des semaines de travail envolées. Si je tenais ces maudits, je les ferai enfermer au Châtelet. Ce n'est pas possible de faire cela. Une bande conduite par un gnome contrefait au visage aussi laid que mon derrière ! Avec un chat noir dont les yeux vous glacent les sangs. Ton frère, à ce qu'on dit. Il avait des braies rouges et un bliaud assorti…

Cerneuf fronça les sourcils, mais ne dit mot, se contentant de décrocher le sac de sa ceinture pour le poser sur la petite table où travaillait Michel. L'artisan fabriquait des dés et des peignes et, quand il était inspiré, des broches et des boucles de ceinture en os.

– Tu diras à ton grand-père que je ne peux pas le payer aujourd'hui, reprit-il avec un air contrit. Et il faudra même qu'il me dédommage. Ce n'est pas ma voisine qui aurait eu son étal dévasté…

Michel désignait la boutique d'en face, une autre cliente de Cerneuf, une patenôtrière[1].

– Elle, sa marchandise n'intéresse pas les voleurs ! dit le décier.

Cerneuf ne put se retenir d'éclater de rire, tout en jetant un rapide coup d'œil vers l'échoppe curieusement fermée.

– Je ne sais pas ce qui arrive à l'Opportune, elle n'a pas baissé son volet depuis deux jours, commenta Michel. Peut-être est-elle au jardin, mais ce n'est pas son habitude de

1. Une patenôtrière fabrique des chapelets.

délaisser ses chapelets ! La rue est toute triste, déjà que son mari a fermé son échoppe, à côté, pour partir à la guerre…

Le garçon se détourna vivement ; il sentait le feu lui rougir les joues et il craignait que le marchand ne le remarquât.

– C'est drôle, murmura-t-il précipitamment.

Puis il ajouta :

– Il faut que j'y aille.

– Et pour ton frère ? répéta Michel en menaçant du poing.

« Oui, c'est sûrement mon frère », aurait aimé hurler le garçon furieux.

Mais il s'était déjà éloigné, marchant à grands pas pour rejoindre la planche Mibray ; son grand-père ne tolérait guère qu'il lambinât. Pourtant, au bord du fleuve, il s'arrêta perplexe. Cela faisait plusieurs jours qu'il n'avait pas vu Opportune et la fermeture de son commerce l'intriguait ; il ne faisait pas que lui livrer des os pour son commerce de chapelets… Il frissonna. Un gros nuage blanc moutonneux cachait le soleil et il faisait presque frais ; un petit vent suivait la Seine. On disait qu'il venait de la mer et en apportait la fraîcheur. La « mer »… Le mot faisait rêver Cerneuf. Un jour, son frère Odilon lui en avait montré une image avec un gros poisson au milieu d'ondulations bleues.

Opportune… Il n'oublierait jamais comment, quelques semaines plus tôt, elle l'avait attiré au fond de l'échoppe pour « un petit service, toi qui es grand et fort ». Comme il était effectivement de belle taille, sa tête frôlait les chapelets suspendus aux poutres. Elle lui en avait désigné deux, dont les grains étaient un peu plus gros, et avait dit, fièrement :

– Ceux-là sont pour la reine… Je viens de les finir et j'irai les porter demain ! Sais-tu que le roi est parti avec l'un de mes chapelets ?

Cerneuf comprenait qu'elle se rengorgeât de sa royale clientèle ; son grand-père était toujours heureux de faire savoir qu'il fournissait le palais de l'île de la Cité. Il était fréquent que justement le garçon y opère des livraisons. Mais comment imaginer que ce roi au physique puissant, au verbe haut et au rire sonore – Cerneuf l'avait vu en ville –, égrène dans ses larges mains le chapelet finement ciselé par Opportune ?

Accrochée au mur, une petite étagère offrait les outils nécessaires : burin, gouge, lime, stylet et couteau avec lesquels elle travaillait l'os. Intrigué, Cerneuf les avait détaillés avec curiosité.

Toute à son idée, la patenôtrière, plus au fait des affaires conjugales de la cour que le garçon, avait ajouté :

– La reine a tellement souffert, mais elle est si bonne qu'elle prie et fait prier pour son mari !

Mais comme le garçon semblait peu intéressé par la vie du roi et de la reine ou les histoires du palais et pouvait ruiner son entreprise en perdant patience, Opportune avait murmuré précipitamment :

– Je ne peux plus fermer la fenêtre là-haut…

Elle s'était déjà engagée dans le petit escalier de bois, une échelle assez périlleuse qui débouchait sur une soupente.

Cerneuf n'avait guère dû forcer pour fixer la lucarne et, trop innocent sans doute, il n'avait compris qu'après coup le piège tendu par Opportune. Là, dans la petite pièce, Opportune, l'œil brillant, lui avait mis les mains autour du cou et s'était dressée sur la pointe des pieds. Elle avait plaqué ses lèvres chaudes sur les siennes, sa langue cherchait sa langue et lui, comme un grand benêt, s'était laissé faire.

– Tu dois être puceau. Tu n'as jamais touché une femme ?

– Non, avait répondu Cerneuf déjà submergé par une vague de désir qu'il ne contrôlait plus.

– J'en ai trop envie et depuis longtemps, avait ajouté Opportune, avant de l'entraîner sur la couche qui sentait la paille.

Il s'en souvenait comme si c'était hier. Elle avait fredonné gaiement ensuite, l'Opportune, en réajustant ses linges dont il avait découvert l'intimité. La petite bande de toile pour serrer sa poitrine sous la chemise, qu'elle avait défaite pour libérer deux seins menus et fermes. Elle ne portait pas de braies, comme le lui avaient prédit ses amis plus avertis des choses féminines. Une révélation pour lui, qui l'avait amené à voir les femmes d'un autre œil.

– En plus, tu le fais bien…, avait simplement commenté Opportune. Mais il faudra plus se voir ici ; les voisins pourraient parler et cela reviendrait aux oreilles de mon Pierrot.

Elle avait déjà tout prévu. Elle était comme cela, Opportune. Chaque fois, il jurait qu'il ne se laisserait plus faire.

Il avait appris que « son Pierrot » avait abandonné son échoppe de chandelles pour devenir coutillier du roi et était parti faire la guerre. Il ne savait pas trop ce que cela voulait dire. On parlait beaucoup de cette campagne menée contre l'empereur par Philippe II. Toujours est-il que l'homme était absent et cela durait. Pris au jeu, Cerneuf avait, depuis ce jour, la faiblesse de rejoindre Opportune, de temps à autre, dans son jardin près de l'abbaye Saint-Victor au sud de la ville. Chaque fois, il se promettait pourtant de ne plus céder aux avances de « cette vieille », comme disait son ami Salomon. Ce dernier estimait du haut de ses dix-huit ans, comme beaucoup, que passé vingt-cinq ans les femmes étaient âgées, ce qui n'était pas le cas pour les hommes saisis par la vieillesse seulement à cinquante ans ! Cerneuf ignorait l'âge d'Opportune, mais quand l'envie le saisissait, il n'y résistait pas.

La dernière fois, Opportune avait même dit :

– Toi, tu me feras peut-être un enfant…

Et ajouté en caressant son torse qui portait un léger duvet blond :

– Tu sais que tu es beau comme un cœur.

3

« Beau comme un cœur », elle en avait de drôles d'expressions, Opportune. Et quand elle en rajoutait, « beau, grand, fort », il rougissait, surtout lorsqu'elle faisait allusion au succès qu'il devait rencontrer auprès des pucelles, « ces oies prudes qui ne connaissent rien de la vie ».

Devait-il inclure Rebecca dans cette engeance ?

Saisi d'une inspiration subite, Cerneuf avait tourné le dos à la planche Mibray où il y avait foule en cette fin de matinée. Il aurait été curieux de savoir combien de personnes pouvaient franchir le fleuve, chaque jour, dans un sens et dans l'autre. Lentement, il revint sur ses pas, hésita au début de la rue de la Juiverie où habitait son ami Salomon, mais le garçon n'était pas là ; il travaillait à la grande muraille du roi. En l'absence de Salomon, il ne verrait pas sa sœur Rebecca. Impossible, cela ne se faisait pas de rencontrer une jeune fille seul à seule ! Pourtant, quand il l'apercevait, son cœur battait et il ne pensait plus à Opportune. Il rêvait seulement de lui prendre la main qu'elle avait si fine ; ses doigts déliés brodaient des ouvrages colorés qu'il trouvait magnifiques.

Une charrette à deux roues passa devant lui, tirée par un mulet. À l'arrière sur les planches de bois brut, destinées habituellement à des marchandises, une vieille femme vêtue d'une cotte noire échiquetée[1] laissait pendre ses jambes maigres et ses chaussons de toile brune. Elle chercha le regard de Cerneuf. Ses yeux clignaient au soleil au milieu de sa face ridée. Ses lèvres pâles esquissèrent un triste sourire.

– Place, place, criait le conducteur. Place pour ma dame avant que ne trépasse. Place… nous allons à l'Hôtel-Dieu.

L'Hôtel-Dieu… Dieu le protège, Cerneuf n'y était jamais retourné depuis le fameux séjour de son jumeau, sinistre souvenir de jours passés avec sa mère au chevet de Loup. Il soupira et, après avoir laissé passer le convoi, il parut encore hésiter. Le soleil arrivé au zénith plongeait avec bonheur sur les pignons dont il accentuait les détails. Bois patiné des colombages, corbeaux ornés de simples moulures ou sculptés de figures humaines ou animales, enseignes colorées attrayantes.

Décidé enfin, il s'engagea dans les ruelles d'un quartier qui n'avait pas l'opulence de celui de la Grande Boucherie, mais était très animé par de multiples artisans : tonneliers, porteurs, passeurs ou tailleurs. Il se perdit rue des Canettes, puis rue de la Regratterie, où un lanternier lui vanta sa marchandise un instant :

– Eh, Parisien ! que dis-tu de mes lanternes ? Tu sais que ces rues sont des coupe-gorge la nuit, surtout en l'absence du roi parti faire la guerre !

Cerneuf éclata de rire.

– Comme si les rues étaient plus sûres quand le roi est dans son château !

– Alors raison de plus, enchaîna le vendeur, malin. En bois, en fer, et pour protéger la flamme, tu as le choix : toile, vessie de porc ou parchemin… Je les fais toutes de mes mains avec ma pauvre femme.

---

1. À grands carreaux noirs et blancs.

– Non, merci ! lança Cerneuf, en se sauvant sans entendre les commentaires de l'autre qui enrageait d'avoir manqué une vente.

Le jeune homme était déjà loin, avançant sous les encorbellements qui assuraient toute la journée une pénombre sans doute bénéfique aux tireurs de laine[1] et autres malfaiteurs.

– Tue les rats, tue les rats ! annonça soudain un crieur de mauvaises bêtes.

Sa voix résonna entre les pignons, et une femme se pencha aussitôt à la fenêtre pour faire affaire avec l'homme qui se précipita.

Cerneuf arrivait maintenant devant Saint-Pierre-aux-Bœufs dont le sonneur carillonnait joyeusement l'heure. Là, il ralentit, longea la muraille pour déboucher devant Sainte-Marine dont les cloches plus aigrelettes s'agitaient aussi. Son cœur battait. Devant lui s'ouvrait le chantier de la cathédrale Notre-Dame et, en face, se dressaient les bâtiments de l'Hôtel-Dieu.

Jamais il ne venait là. Même lorsqu'il allait livrer des peaux aux parcheminiers et qu'il passait non loin pour rejoindre le Petit-Pont et, au-delà, le quartier de Saint-Séverin qui détenait l'exclusivité de la fabrication du parchemin. Il n'avait guère de souvenir de la maison de sa prime enfance, à deux pas, rue de la Bûcherie, où leur père les avait installés quelque temps avant l'incendie. Un grief supplémentaire pour son grand-père qui n'avait que mépris pour les gens de la rive gauche dont le registre de la taille disait des revenus plus modestes que ceux de la rive droite. Mais c'était commode pour Robert qui travaillait alors sur un autre grand chantier parisien, celui de Saint-Germain-des-Prés.

1. Filous qui tiraient les cottes et mantels.

Craintif, Cerneuf se contentait de jeter un œil furtif lorsqu'il passait dans la rue Neuve-Notre-Dame, d'où le promeneur pouvait voir la nouvelle façade en cours de réalisation. Et quand certains racontaient combien le chantier de Notre-Dame progressait, il n'écoutait pas, comme s'il voulait écarter à jamais ce qui pourrait le rapprocher de Robert. Et pourtant, parfois, la curiosité le taraudait. Il savait par son frère aîné que l'imagier était revenu, fier à la tâche, œuvrant désormais pour parfaire l'église de l'évêque à deux pas du palais du roi.

Obéissant, il n'oserait pas braver l'interdit de son grand-père, qu'il respectait plus qu'aucun être au monde, même s'il lui arrivait de se rebeller. Il pouvait le jurer, craché ! Et le « jamais » de sa mère, la veille, n'était ni rassurant, ni encourageant.

À côté du bâtiment qu'il découvrait d'un peu plus près, les églises qu'il connaissait semblaient modestes. Là, devant lui, énorme, écrasant presque tout autour d'elle, cette masse de pierres blanches, dont les toits superposés emportaient le regard vers le ciel, était impressionnante.

– Petit, ne reste pas là, dit un homme près de lui qui conduisait une charrette avec des blocs de pierre claire, comme celle de la cathédrale.

Alors, dans un élan spontané, Cerneuf l'interrogea en le fixant de ses yeux gris pailletés d'or, qu'il tenait de son grand-père :

– Vous savez si Robert, l'imagier, est là ?

– Ah, l'Auvergnat, je lui livre justement des pierres, répondit l'autre. Viens avec moi, je t'amène… Mais ?

Regrettant son audace, Cerneuf avait disparu, se fondant dans la foule. C'était facile ; les passants étaient nombreux, se mêlaient aux ouvriers du chantier qui allaient et venaient, leurs outils sur l'épaule ou une auge de mortier embarquée sur une civière. Le garçon avait fui et longeait, dans la rue

Neuve-Notre-Dame, le mur de l'Hôtel-Dieu, comme s'il avait voulu s'y perdre. Une femme le bouscula. Elle portait de lourds paniers et avait besoin de place pour avancer. Il se retourna, observa un instant la façade inachevée. Des ouvriers s'affairaient au sommet sur les plates-formes qui serviraient aux tours. Colin, son ami, ne lui avait-il pas dit qu'elles seraient les plus hautes de la ville et peut-être du monde ? Mais c'était un vantard, même s'il faisait partie du corps envié des charpentiers de l'armée du roi et était déjà réputé habile malgré son jeune âge.

Où était-il, Colin ? Appuyé contre la sinistre muraille de l'hôpital, Cerneuf songea soudain à la joie de son ami à l'idée de partir à la guerre. Ne lui avait-il pas rebattu les oreilles des béliers, des pierrières, mangonneaux et autres engins que le roi avait fait réaliser par le corps des charpentiers qu'il avait créé ? Colin était admiratif quand il parlait du roi qui savait creuser une sape ou pratiquer une brèche, combler un fossé ou pousser un beffroi roulant. De quoi susciter chez Cerneuf une vocation que son grand-père avait étouffée dans l'œuf.

Cerneuf soupira. Il revoyait Colin défilant quelques mois plus tôt devant la menue gent éblouie par ces hommes bien décidés à batailler contre les ennemis du royaume… Cette troupe que le roi avait su entretenir et entraîner en vue du grand jour. Cette troupe hétéroclite grossie par les volontaires, des bourgeois de la ville transformés en soldats et armés selon leurs moyens. Quand reverrait-il son ami et son sourire qui découvrait des incisives cassées depuis le jour où il avait lourdement chuté contre le mur tout neuf du cimetière des Saints-Innocents ? Quand reverrait-il son oncle Merri ? Et le reverrait-il ? Loup avait peut-être dit vrai. Lui aussi serait parti si son grand-père ne s'y était opposé, ne lui abandonnant que le droit de prendre son tour au service du guet. Il ne s'en était donc pas allé avec ces troupes souvent improvisées, mais bien armées, qui l'avaient fait rêver quelque temps.

Il profita encore un peu de la vue pour détailler la façade de la cathédrale, sans se douter qu'il donnait raison à l'évêque qui avait fait percer la rue pour offrir cette perspective à ses ouailles. Enfin, c'était une justification supplémentaire donnée en son temps pour calmer ses plus farouches opposants, ennemis de la nouveauté ; le but de cette rue élargie, trois toises[1], ce qui était rarissime pour une voie de Paris, était surtout de faciliter l'approvisionnement du chantier. Les matériaux étaient déchargés tout près, au Petit-Pont. Une idée de Maurice de Sully, le prélat fou d'ambition qui avait lancé le chantier de cette cathédrale impressionnante pour les Parisiens bien avant que le roi Philippe ne succède à son père[2]. S'il n'avait guère augmenté la largeur par rapport à l'édifice précédent, l'antique cathédrale Saint-Étienne, il en avait presque doublé la longueur[3]. Le garçon ne savait pas que seuls les audacieux, ceux qui n'hésitaient pas à s'engager dans de grands projets, étaient l'objet de critiques. Ne rien faire était tellement plus simple !

Cerneuf n'était pas né du temps de Maurice de Sully. Une époque qu'il ne pouvait pas imaginer ; une vie d'homme, cinquante ans, un peu moins que l'âge de son grand-père, l'en séparait. La génération de celui-ci pouvait heureusement encore raconter la pose solennelle de la première pierre par le pape Alexandre, troisième du nom.

---

1. Six mètres.

2. Le début du chantier date de 1163. Le roi Philippe II Auguste est né en 1165 et succède à son père en 1180.

3. La cathédrale Saint-Étienne mesurait soixante-dix mètres de long, l'actuelle Notre-Dame a une longueur totale de cent vingt-huit mètres.

– Et alors, tu as disparu… Tu ne voulais pas voir Robert l'imagier ?

Le charretier, abandonnant son convoi qui serait déchargé par les ouvriers du chantier, avait reconnu Cerneuf.

– Non, je n'ai rien dit, moi, mentit effrontément le garçon en se sauvant.

– Maudit je suis si ce n'est pas lui, maugréa l'homme, les poings sur les hanches.

Il avait relevé ses braies qu'il avait roulées dans ses chausses ; il faisait chaud.

– Maudit tu es peut-être, mais console-toi ici. Tu y trouveras bonne et joyeuse chère, et bon vin, l'interpella un aubergiste en montrant son enseigne. Pour commencer une cretonnée de fèves nouvelles et pour suivre un civet d'œufs.

– Sans trop d'oignons, le civet ? interrogea le charretier visiblement tenté.

– Non, mais si tu préfères porée et choux, la pucelle les fait bien aussi. Gare derrière toi !

Il s'écarta brusquement pour laisser passer un chariot recouvert d'un drap. Il s'agissait d'un sinistre convoi, comme il en sortait chaque jour de l'Hôtel-Dieu pour conduire les morts du jour à la fosse commune des Saints-Innocents.

– Place, place, fit le cocher gravement en se frayant un chemin au milieu du charroi.

À peine plus loin, le garçon regrettait déjà de ne pas avoir écouté l'homme mais, dans un sursaut, son être s'était rebiffé à l'idée de désobéir à son grand-père. Son père… Il savait bien qu'il devait le voir pour lui parler de Loup. N'était-ce pas à son père d'agir ? Il eut honte de sa lâcheté et se promit de revenir le lendemain ou le surlendemain.

Sans y penser, il avait franchi le Petit-Pont. En face, la rue Saint-Jacques déroulait son long ruban presque rectiligne entre les pignons bien alignés des maisons à pans de bois jusqu'à la nouvelle porte Saint-Jacques, l'une des quinze de la muraille bâtie par le roi. Il avait faim. Par l'ouvroir d'une échoppe, cette baie munie d'une étagère où était exposée la marchandise, s'échappait une bonne odeur de pain grillé. Il s'approcha.

– Eh, Cerneuf, comment vas-tu ? le héla aussitôt Paul, un boulanger que son grand-père connaissait bien. Qu'est-ce qui te ferait plaisir ?

– Une boule de neuf onces[1], répondit le garçon avec ce grand sourire qui lui attirait bien des sympathies.

Devant lui étaient superposées dans des équilibres très calculés des miches de différentes grosseurs.

– Tiens, en voilà une belle grosse bien dorée, dit Paul qui, comme beaucoup de ses confrères, tenait à l'appellation récente de « boulanger », clin d'œil au tournage des boules. Et c'est cadeau…

– Merci, répondit Cerneuf en plantant les dents dans la croûte dorée qui découvrit ses entrailles, une belle mie de froment.

– Il est bon, mon pain ! observa Paul, tout heureux.

– Et même quand il est rassis, dit une voix derrière Cerneuf.

C'était un mendiant venu puiser dans le sac de pains de la veille ou mal cuits, traditionnellement offerts par la confrérie aux indigents.

– Heureusement qu'il n'est pas parti à la guerre, reprit l'homme dont le bliaud en haillons disait la misère.

– Oui, heureusement, et cela fait des jaloux, répliqua Paul.

1. Une once vaut trente grammes.

Boulangers et meuniers, trop indispensables à la vie quotidienne, étaient, en effet, exemptés des obligations militaires.

– Et toi, tu n'es pas parti ?

Cerneuf n'aimait pas en parler. Son grand-père avait préféré s'acquitter d'une contribution spéciale consacrée à l'entretien des soldats de métier.

– Bah, ce n'est pas la peine de rougir, commenta le boulanger, tu es utile ici aussi.

– Oui, merci…

Le petit pain était déjà bien entamé quand il rejoignit la rive du fleuve. Les oiseaux chantaient dans les jardins et les champeaux qui descendaient en pente douce vers la berge du port Saint-Bernard menant à la nouvelle limite de la ville, puisque le roi avait dessiné là la partie orientale de sa nouvelle enceinte. Les fortes pluies de la veille avaient dégradé les rives de la Seine qui avait tendance à s'étaler. Au milieu du fleuve, des archers s'entraînaient sur l'île de Notre-Dame, atteignant parfois les troupeaux qui paissaient calmement dans l'île voisine dite des Vaches où ils attendaient l'abattage. La muraille en construction laissait voir le fossé, puis la Bièvre, un horrible ruisseau bien fangeux et puant, que les chanoines de Saint-Victor avaient canalisé en amont pour leurs besoins en eau et leurs moulins. Puant, ce n'était rien de le dire ce jour-là ; la pluie de la veille avait exacerbé les odeurs. Dieu sait pourtant que le roi s'employait à en finir avec ces cloaques à ciel ouvert dont les noms faisaient sourire : rue Foireuse, rue du Bourbier, rue de Basse-Fesse, Bougerue-du-Pipi, rue des Aysances, impasse du Cloaque et tant d'autres.

Comme la plupart des Parisiens, Cerneuf ne prêtait plus attention à ces relents et remugles. Il pressa le pas cependant. Il était presque arrivé, mais quand il poussa enfin la porte faite de planches mal jointoyées et mangées par l'humidité du jardin d'Opportune, il découvrit une situation anormale. Les plantes des carrés amoureusement cultivés par Opportune criaient famine. La pluie ne les avait pas rassasiées. Depuis combien de temps n'avaient-elles pas été vraiment arrosées ? Un chantepleur gisait dans la petite allée qui descendait jusqu'à la Bièvre. Abandonné… Ce n'était pas dans les habitudes d'Opportune. Il courut à la rivière avec l'objet, le remplit vivement d'une eau chargée de boue et revint arroser les carrés doucement, avec application, comme le lui avait montré Opportune quand, après avoir assouvi leur désir dans la petite cabane de bois construite par son mari, ils renouaient avec la vie quotidienne.

Un écureuil vint sautiller en zigzaguant dans l'étroite allée. Sa queue rousse ballottait comme un balancier et ses pattes laissèrent des traces de griffes sur la terre. Cerneuf l'observa mais l'animal, se sentant peut-être épié, accéléra sa course pour se réfugier dans le noisetier qui s'était épanoui contre la clôture voisine. Une branche sembla frémir, deux feuilles tombèrent. Le garçon chercha à le distinguer mais le petit malin s'était bien caché.

Quelques instants plus tard, les cloches de Notre-Dame carillonnaient le temps qui passait. Il se hâta, mais à peine avait-il rejoint le bord du fleuve qu'une main s'abattit sur son épaule. Il pivota sur lui-même et se retrouva face à Odilon.

– Mon frère, que fais-tu ? Si tu lambines, le grand-père ronchonnera ce soir…, plaisanta son aîné.

Rouge de confusion, Cerneuf ne sut que répondre. Odilon l'intimidait avec sa longue cotte sombre serrée d'une fine ceinture de cuir offerte par sa tante Marie. Un encrier y était suspendu, qui avait laissé quelques traces sur les doigts du jeune homme. Il tenait contre son cœur des feuillets de parchemin et une plume.

Contrairement à lui qui avait vite abandonné l'école des chanoines, Odilon avait poursuivi ses études. De l'autre côté de la Seine, des maîtres avaient entrepris d'enseigner hors de la tutelle de l'évêque. Une affaire qui avait ébranlé le petit monde parisien des écoles mais qui avait, quelques années plus tôt, reçu l'appui du roi. Odilon était particulièrement assidu aux cours de théologie et de droit.

– Tu veux voir notre père ? J'y vais de ce pas.

Ce n'était pas la première fois qu'Odilon proposait à son frère de rencontrer leur père depuis que ce dernier était revenu de Laon où il avait passé quelques années sur le chantier d'une autre grande cathédrale. Il se heurtait toujours à un refus obstiné. Odilon raillait Cerneuf pour son entêtement et son obéissance aveugle aux ordres de leur grand-père en affirmant de façon péremptoire :

– Ce ne serait pas un péché !

Semant parfois le doute dans l'esprit de son frère.

– Je te suis..., répondit cette fois Cerneuf, subitement décidé.

Soucieux d'éviter un brusque revirement de son cadet, l'aîné ne broncha pas. Quelques minutes plus tard, ils croisaient une horde de gueux que menait Loup en hurlant. À quelques pas derrière eux, des ouvriers, truelle ou pic en main, les poursuivaient en les invectivant. Les premiers se répandirent comme une volée d'oiseaux dans les ruelles et venelles du quartier qu'ils connaissaient parfaitement.

Médusés, les deux frères virent les seconds renoncer à les poursuivre et rebrousser chemin en direction du chantier sur lequel ils arrivèrent en même temps qu'eux. Un grand émoi y régnait ; des chanoines commentaient l'attaque avec les marguilliers chargés de la garde de l'édifice nuit et jour qui avaient accouru en entendant le chahut déclenché par les gueux. Cerneuf reconnut aussitôt son père à qui Odilon ressemblait beaucoup, en plus frêle. L'artiste, au milieu d'un attroupement de chanoines, gesticulait, le verbe haut, et tous l'écoutaient.

– Comment travailler dans ces conditions ?

– Maître Robert, calmez-vous, tentait de tempérer un chanoine en prenant à témoin les autres.

Robert leva les yeux au ciel.

– Regardez ce désordre, des pierres cassées, d'autres ébréchées... Ce calcaire est si tendre, je regrette la pierre de mon pays !

– Oui, peut-être, mais regardez ce que vous en faites, des merveilles, répondit le chanoine dont le visage rubicond s'accordait avec le camail qui lui couvrait les épaules.

L'ecclésiastique désignait les figures déjà sculptées qui prendraient bientôt place dans des portails sur la façade, faisant l'admiration de tous.

– Certes, certes, reconnut Robert, flatté. Mais je n'aime pas ce gâchis, et mes parchemins déchirés ? Et cette statue sans tête ?

Il désignait, à terre, une effigie au beau drapé, dont la tête couronnée gisait un peu plus loin.

– Imaginez si le roi voyait cela, quel triste présage !

– Vous l'aurez réparée d'ici son retour, affirma un autre chanoine dont les yeux se plissaient avec malice. Ne cédez pas au découragement. N'est-ce pas, maître Léonard ?

Robert lança un regard vengeur en direction de l'interpellé qui avait écouté le dialogue sans mot dire. Un homme grand, dont le crâne chauve luisait au soleil.

– Maître Léonard est trop content de mes ennuis.

– Maître Robert devrait chercher du côté de sa famille. Les gueux n'étaient-ils pas menés par son fils, celui qu'on dit possédé ?

La stupéfaction cloua Robert sur place. Il devint aussi rouge que le camail du chanoine. Au même instant, Odilon s'approcha :

– Père, maître Léonard a raison. Loup conduisait cette bande de guenilleux.

– Notre imagier est nerveux quand on lui dit la vérité, reprit Léonard avec un sourire moqueur.

– Quelle vérité ? Évidemment, toi, cela ne te gêne pas de perdre tes dessins puisque tu fais toujours la même chose !

La vieille querelle entre les deux hommes resurgissait au moindre différend et n'en finissait pas d'empoisonner leurs relations. Léonard, tailleur de pierre, réalisait des chapiteaux dont la végétation monotone était répétée sur le même modèle. C'était ainsi depuis que les piliers dans les cathédrales atteignaient des hauteurs importantes, la conséquence étant qu'il n'était plus nécessaire de raconter des histoires sur les chapiteaux qui les couronnaient. Robert, imagier, créait statues et figures avec une imagination toujours renouvelée. Le faiseur de chapiteaux le jalousait depuis son arrivée.

Certes le roi faisait la guerre, à tort ou à raison, il n'avait pas à juger, songea le chanoine, mais les relations humaines n'étaient-elles pas toujours conflictuelles ? Une grande explication, le matin même, avec l'évêque, dont le caractère autoritaire insupportait les chanoines, avait mis ses nerfs en pelote.

– S'il n'y avait que les artistes pour avoir des relations difficiles, ce ne serait rien, murmura le clerc en tournant le dos aux deux hommes.

– Père, regarde plutôt qui je t'amène, comme je te l'avais promis..., dit une voix derrière lui.

Odilon poussait Cerneuf ; Robert l'aperçut enfin. Un large sourire illumina le visage du maître imagier.

– Ah ! il s'est décidé, dit-il d'une voix rauque.

Son sourire toujours moqueur aux lèvres, Léonard observait la scène. Il connaissait Odilon, mais découvrait Cerneuf. Derrière eux, le soleil avait tourné et commençait à illuminer la façade encore inachevée de la cathédrale dont Robert créerait bientôt délicatement chaque statue et chaque relief.

Cerneuf se jeta dans les bras de son père. Tout près, il reconnut à sa calvitie le client de sa mère. Leurs yeux se croisèrent, laissant une drôle d'impression au garçon.

4

– Allez, avancez, cochons… Cochons devant, poussez-vous !

Armés de bâtons, Loup et ses amis avaient pris en chasse un pauvre troupeau de porcs qu'ils poursuivaient depuis la porte Saint-Denis. Comme souvent, ils s'étaient installés, au petit matin, sur la grande muraille, dont la construction, décidée par le roi vingt ans plus tôt, était achevée dans cette partie de la cité. Un campement illicite privilégié en dépit des menaces de sergents ou de guetteurs peu amènes qui quittaient habituellement leur poste nocturne à ce moment-là. Tous les regardaient, l'œil d'autant plus mauvais que les gueux cachaient souvent leur visage sous leur chaperon. Même quand le temps n'était pas frais, ils le dissimulaient, suscitant, chez les bourgeois requis pour la corvée du guet et les sergents d'armes royaux, une suspicion légitime.

Depuis quelques jours, ils avaient jeté leur dévolu sur la porte Saint-Denis car, grâce aux rumeurs glanées en ville, ils espéraient être les premiers à voir l'arrivée des messagers du roi parti guerroyer vers le septentrion. Bien peu, certes, auraient pu dire contre qui le roi faisait la guerre. Ces choses leur échappaient, comme à la plupart des Parisiens. Même ceux qui avaient vu défiler l'un des leurs dans cette grande parade du départ n'en savaient rien. Seuls quelques clercs et les gens de la cour, peut-être, avaient eu écho de cette coalition formée contre le roi de France. Les Anglais, les Flamands et surtout l'empereur, un mot qui faisait rêver.

Ce n'étaient donc plus les loups qui attiraient l'attention de Loup et de ses amis, comme cela avait été le cas pendant l'hiver. Ils n'avaient pas été déçus ; des bêtes affamées avaient longuement rôdé autour de la ville, attirées par les ordures balancées au-delà de la muraille. Ils leur avaient même offert avec cruauté des chats capturés çà et là. Pour la première fois, en tout cas, le mur si impressionnant avait démontré son utilité. Impressionnant avec ses deux parois soigneusement appareillées de pierres claires et bâties avec un intervalle de plus d'une toise comblé par une superposition insensée de moellons noyés dans le mortier, il courait sur près d'une lieue et demie de longueur sur la rive droite et la rive gauche de la Seine[1]. D'aucuns disaient, en effet, qu'il était autant construit contre les ennemis du royaume que contre les loups… tant de sacrifices financiers et humains trouvaient ainsi leur explication. Une raison de plus pour nommer désormais « Louvre » le gros donjon à peine achevé à l'ouest.

Pas de loups ce matin-là, certes, mais beaucoup d'entrées dans la cité que guettaient avec attention Loup et ses amis, toujours prêts à lancer une offensive. Quelques instants plus tôt, une petite troupe avait discrètement pris en chasse deux marchands dont la charrette lourdement chargée était prometteuse. Les tire-laine les plus habiles du groupe… Loup attendait patiemment une occasion de nuire. Et soudain, elle s'était présentée. Depuis leur observatoire, tout près de

1. En fait deux mille huit cents mètres sur la rive droite et deux mille six cents sur la rive gauche. Une lieue vaut quatre kilomètres.

l'une des deux grosses tours qui protégeaient la porte, ils avaient repéré, au milieu du charroi, un troupeau de porcs paisiblement mené par un vieux porcher. Bannis de la ville depuis qu'ils avaient fait chuter un jeune prince, fils aîné du roi Louis sixième du nom, qui en était mort, ces animaux ne divaguaient plus dans les rues. Un bien pour un mal ; ils avaient au moins l'avantage de faire disparaître les déchets ! Ils ne pénétraient plus dans la ville que pour une mortelle randonnée, fort encadrée, qui les conduisait à l'égorgeoir.

– Fouette, cochons, poussez-vous…

Léger, agile comme un singe de montreur de foire, la pointe de son chaperon ballottant dans son dos, le visage presque couvert, Loup courait, armé de son bâton, semant désordre et émoi, derrière la dizaine de porcs affolés, qui faisaient voler en éclats les étals et bousculaient les passants, se faufilant sous les charrettes et s'égaillant dans les venelles autour de la Grande-Rue-Saint-Denis.

Des cris, des exclamations, des jurons, des insultes fusaient dans leur sillage. Abasourdis, outrés, les témoins de ce désordre tendaient le poing vers le ciel impuissant à leur épargner de tels désagréments, ramassaient les marchandises éparpillées et tentaient de reprendre le cours de leur journée, en maudissant autant ces larrons que les sergents du roi incapables de les en protéger.

– Diaboliques, avait observé, l'air navré, le sergent à qui le pauvre Célestin avait raconté ses malheurs.

– Diaboliques, avait répété le porcher, hébété et désespéré.

Pendant ce temps, Loup arrivait essoufflé rue de la Grande-Truanderie. Ses compagnons, qui avaient suivi un autre parcours – précaution habile pour tromper les éventuels poursuivants –, le rejoignirent. Leur journée était gagnée. Une armée de chats noirs se jeta sur Loup, s'accrochant à sa cotte. Il les caressa un instant, puis les repoussa durement, à sa manière cruelle, car deux femmes, aux cheveux emmêlés et aux décolletés avantageux, s'avançaient déjà vers lui :

– Elle hurle, on n'en peut plus ! lancèrent-elles. Occupe-toi de ta catin !

Elles avaient sacrifié leur nuit pour surveiller la prisonnière du garçon, perdant ainsi l'occasion de se faire quelque monnaie. Mais résister à Loup était dangereux, « le possédé » ou « le fou », comme certains le surnommaient, terrorisait aussi ses comparses.

Les ribaudes appartenaient au monde hors du commun qui peuplait ce territoire, à deux pas de la Grande-Rue-Saint-Denis où nul Parisien n'osait s'aventurer, tant sa réputation était douteuse. Ce petit royaume vivait avec ses codes et ses habitudes, en marge de la ville. Ses habitants n'étaient guère fréquentables.

Loup, qui en était devenu un acteur important, se précipita et ouvrit la porte avec la grosse clé pendue à sa ceinture.

– Tu en veux encore, interrogea-t-il dans une obscurité que combattait avec peine une maigre torche plantée dans le mur.

Assise sur la paillasse, Opportune leva les yeux vers lui.

– Je veux rentrer chez moi…

– Déjà ! Ne me dis pas que tu préfères coucher avec mon frère ?

– Je ne comprends pas, murmura Opportune qui s'était levée et tentait de marcher vers la porte.

– Eh, reste ici !

Loup lui avait saisi le bras avec brutalité.

– Pourquoi seul mon frère pourrait jouir de cela ? Taille mince, jambes fines, hanches étroites… une vraie princesse.

Comme si Loup avait jamais fréquenté des princesses !

D'un geste hargneux, il tirait déjà le haut de la cotte, mettant le doigt dans l'amigaut, cette fente qui facilitait le passage de la tête. Le tissu de laine, un camelin de qualité moyenne, ainsi malmené, céda, dévoilant un doublet en toile de futaine que Loup déchira tout aussi facilement. Instinctivement, Opportune mit les mains sur sa poitrine qu'elle avait menue.

– Tu n'es pas si prude avec le beau Cerneuf !

Aveuglé par sa haine et sa rage, Loup ne remarqua pas qu'elle avait frémi au nom de son amant. Il continua son énumération :

– Bouche petite et vermeille… Couche-toi, j'ai envie, couche-toi… Et si tu n'obéis pas, ils viendront tous te baiser. Laisse-toi faire et tu ne seras qu'à moi.

– Non, je veux rentrer chez moi ! hurla Opportune en tentant de le repousser.

Mais, râblé, campé sur ses petites jambes inégales mais solides, Loup était plus robuste qu'elle bien qu'Opportune le dépassât d'une tête. Ses amis savaient que parfois sa force semblait décuplée, presque venue d'ailleurs. C'était un des mystères de ses comportements anormaux de fou ou de possédé. D'une main, il poussa la pauvre Opportune affolée vers la paillasse qui sentait mauvais. La cotte déchirée jusqu'aux pieds s'étalait lamentablement sur la paille recouverte d'un drap rouge.

– Dieu, ces cochons m'ont épuisé…

– Non, non, cria Opportune quand il s'abattit sur elle, mais, malgré elle, elle se détendit et, quand il arriva au bout de son plaisir, elle soupira d'aise.

– Je le fais aussi bien que lui ? murmura-t-il, soudain calme. Je vous ai entendus. Tu ne plaignais pas ta peine. Tu me trouves trop laid ?

– Je veux rentrer chez moi. Il paraît que la guerre est finie, que le roi va rentrer. Mon Pierrot va revenir, il ne me trouvera pas, dit doucement Opportune, elle aussi apaisée.

– Tu es à moi maintenant ! répondit Loup qui se leva soudain et appela :

– Pour ma reine, ouvrez les coffres… qu'elle choisisse cottes de soie et bijoux.

Les deux ribaudes entrèrent en ricanant et s'exécutèrent. Elles savaient que les caprices de Loup n'attendaient pas. Il pouvait être si méchant. En un instant, deux coffres offrirent leurs entrailles et Loup en approcha une torche. Les étoffes brillèrent de mille feux devant Opportune, sidérée par un tel spectacle. Elle n'avait jamais vu d'aussi près de si belles matières.

Plongeant sa main dedans, Loup en retira une première prise qu'il brandit triomphalement.

– Un doublet de linon, annoncèrent ensemble les ribaudes. Très doux à la peau…

Loup le lança d'un geste brusque à Opportune qui enfila vivement le sous-vêtement.

– Et ce rouge, ce rouge comme le sang…

– Belle futaine pour ta reine, minaudèrent les ribaudes, espérant s'attirer les bonnes grâces du garçon.

– Belle futaine pour ma reine…, répéta Loup dans un éclat de rire qui lui tordit encore davantage la bouche.

C'était la première fois qu'il ramenait une femme dont il semblait vouloir se réserver l'usage ; jusqu'à présent les ribaudes avaient suffi à assouvir ses envies quand le besoin s'en faisait pressant. Elles ne prêtaient plus attention à cette face déformée où les flammes avaient creusé des sillons irréversibles, mangeant une partie du nez, les lèvres et les tempes.

– Et un péliçon…, fit Bianca, dite « de la Boulange » à cause de ses seins gros comme des boules de pain.

– Insensée, de la fourrure en cette saison..., répliqua l'autre en haussant les épaules avec mépris.

Indifférent à ces ergotages vestimentaires, Loup avait tiré de sa ceinture un poignard qu'il mit sous le cou d'Opportune.

– Belle futaine rouge comme ton sang, ricana-t-il, en faisant mine d'appuyer sur la gorge à la peau très blanche.

Bien décidée à ne pas se laisser faire, Opportune qui, maintenant qu'elle avait couvert sa nudité grâce au doublet, avait recouvré la liberté de ses gestes, prit la lame à pleines mains. Surpris, Loup recula d'un pas. Le poignard tomba sur le sol en un tintement métallique.

– Jetez-la au cachot ! Finis la soie et le reste !

– Non ! hurla Opportune qui se débattit quand deux costauds la prirent solidement, chacun par un bras, et la poussèrent violemment dans une cave voûtée où elle pouvait à peine se tenir debout.

– Elle fera moins la fière..., commenta Arnolda.

La sorcière avait assisté à la scène depuis le seuil de son antre.

– Continue, mon petit, murmura-t-elle. Faire du mal, tu es né pour cela.

Deux chats noirs vinrent se frotter contre ses jambes.

Elle prit dans une écuelle des chauves-souris dont elle avait extrait les matières nécessaires à son art et les leur lança. Ils se ruèrent sur ces proies avec un cri rauque.

– Tu iras chez les dames de Montmartre... et toi au Châtelet, toi au palais. La reine a passé une grosse commande. À croire qu'en l'absence du roi on festoie de plus belle...

Comme chaque jour, Guillaume Guerry distribuait les tâches à ses employés et pas un ne barguignait ; le maître avait grande autorité sur son monde. Il faut dire que l'homme était respecté dans sa maison comme dans son commerce. N'avait-il pas été de ceux qui, trois ans plus tôt, avaient discuté le plus âprement pour obtenir du roi un arbitrage à propos du différend opposant les bouchers à l'abbesse de Montmartre ?

Un siècle plus tôt, ses aïeux avaient fait partie des premiers artisans à louer un étal à proximité du Châtelet et, aujourd'hui, il était l'un des vingt-trois bouchers prospères qui payaient une rente annuelle de trente livres à la communauté de Montmartre, leur propriétaire depuis que le roi Louis, sixième du nom, avait organisé l'affaire[1]. Un arrangement que ces hommes, enrichis et influents, ne respectaient pas toujours, d'où cette querelle qui avait secoué la Grande Boucherie.

Le dos était massif, les épaules larges, et un cou fort émergeait du col de la cotte qu'il portait courte et protégeait d'un vaste devantier retenu, sur une bedaine avantageuse, par une ceinture de chanvre doublement enroulée. Une calvitie découvrait le sommet du crâne et mettait en valeur une tignasse ondulée soigneusement coupée au bas de la nuque, dont la couleur de blé s'abandonnait chaque jour un peu plus à la belle blancheur de l'âge.

– Et toi, que je t'y reprenne à ne faire que la moitié de ton travail, ce sera l'abattage…

Guerry s'était retourné lentement vers Cerneuf. Dans la cour, le silence avait remplacé le léger brouhaha. Tous les employés et apprentis observaient le maître, avec impatience et anxiété.

Le boucher affichait une mine sévère que ses employés n'aimaient pas. L'euphorie de l'importante commande du palais était passée et les réalités du quotidien reprenaient le dessus.

---

1. En 1211.

– Oui, j'ai bien dit l'abattage..., répéta Guillaume en fixant le garçon qui devint tout rouge et balbutia pour tenter de faire diversion :

– En ville, on dit que le roi pourrait revenir victorieux...

– Oh moi, je suis comme saint Thomas, répliqua Guillaume, tant que je ne l'aurai pas vu traverser la ville à cheval avec sa troupe...

Guerry était d'autant plus sceptique qu'il n'avait pas vraiment compris cette guerre du roi de France contre tous les autres. Était-il devenu fou ? Le boucher se souvenait, comme si c'était aujourd'hui, des livraisons de viande au palais quand, dix ans plus tôt[1], le roi avait invité le prince anglais, Jean dit sans Terre, et l'avait installé chez lui avec magnificence, le couvrant de présents de toute nature. Alors lui faire la guerre, était-ce raisonnable ? C'était encore une idée de ce maudit moine, nommé, par la seule volonté du souverain, gardien du sceau royal, puis évêque de Senlis, ce Guérin, son âme damnée.

Tout cela n'était pas son affaire ; il était trop vieux, mais n'était pas loin de désapprouver les artisans et les commerçants partis à la guerre en abandonnant leur entreprise à leurs femmes. Autrefois, il avait vu deux de ses frères s'enthousiasmer pour le voyage outre-mer[2] d'où ils n'étaient jamais revenus ! Alors quand il voyait sa fille puînée, la jeune sœur de Prudence, se démener pour faire marcher les affaires de son mari, il ne pouvait se départir d'un certain ressentiment contre son second gendre, Merri. Pourtant un bon garçon, travailleur, pas un artiste comme l'autre. Mais il s'était passionné pour cette guerre ! Pauvre Marie, tiendrait-elle jusqu'à son retour ?

---

1. En 1201.
2. La troisième croisade en 1190.

Guerry soupira. Il avait payé pour que ses petits-fils, même Loup, le fou, restent à Paris. Il avait d'autres chats à fouetter ; il devait veiller à ce que Cerneuf, à qui il espérait transmettre un jour l'étal, lui obéisse. Il n'avait pas le choix, ne comptant guère sur Odilon qu'il appelait « le clerc » avec mépris. Peut-être saurait-il faire les additions de ses clients, mais pour le reste… À mettre dans le même sac que le Robert…

Les poings sur les hanches, Guerry toisait le garçon, très mince, mais presque aussi grand que lui. Puis son regard inquisiteur parcourut les visages de ses employés, la servantaille, comme il disait parfois ; ils étaient tendus vers les deux protagonistes. Personne n'aurait osé broncher et, lorsque Guerry leva les yeux vers le ciel et parut humer l'air, il y eut comme un frisson.

– Le vent nous amène la punaisie…, lâcha-t-il.

La « punaisie »… Ses employés craignaient les jours où leur maître employait ce mot. C'était mauvais signe. La punaisie, le terme venait de « puer » et de « nez », signifiant à la fois « odeur » et « lieu puant ». C'était une obsession chez cet homme soucieux de bien mener son commerce et de ne pas déplaire en haut lieu. À sa décharge, la grande muraille emprisonnait désormais le quartier des bouchers, mettant fin à sa situation ancestrale, hors les murs, mais plus facile et pratique pour l'hygiène.

– Sais-tu où est ton frère ? interrogea Guerry en fixant Cerneuf de son œil gris pailleté d'or.

Le jeune homme avait hérité de ce regard si particulier, tout comme Loup, son frère, alors qu'Odilon avait les yeux sombres, presque noirs, de son père.

– Ce que je viens d'entendre ne me plaît guère ! poursuivait déjà le grand-père qui avait appris l'affaire des pourceaux précipités à l'eau par une bande de vauriens ; les témoins avaient dénoncé Loup, sans hésiter.

Cerneuf se souvint qu'il venait de croiser des sergents. Étaient-ils venus encore une fois raconter les méfaits de son jumeau ?

– Je ne sais pas..., répondit Cerneuf en soupirant.

Toute sa vie serait-elle pourrie par ce frère ? Il repensa à Michel le décier, qu'il avait un peu oublié depuis son escapade de la veille.

– Où court-il, le gueux ? lança le grand-père qui n'en finissait pas de s'agacer après ce petit-fils plus inventif pour faire des bêtises que pour travailler.

Combien de fois était-il allé le chercher au Châtelet ? L'endroit le plus encombré et le plus fétide de la ville après le gibet[1].

– Où court-il, ce gueux ? répéta Guerry en fixant Cerneuf qui rêvait de lui tenir tête bien qu'il gardât les yeux baissés, timidement.

Comment avouer à son grand-père qu'il avait rencontré son artiste de père la veille et qu'il avait été ébloui ? Ébloui par ce qu'il avait vu, par ces statues et ces dessins que Robert lui avait patiemment présentés, par ces visages si délicats qu'il avait dessinés, puis taillés avec ces outils éparpillés sur le sol de la loge dévastée par les amis de Loup. Il l'avait aidé à les ranger ; il n'en connaissait pas l'usage mais ils semblaient si précieux ; Robert paraissait y tenir autant que Guerry tenait à ses couteaux. Le temps avait passé si vite... Il n'avait évidemment pas été surpris de la colère de Guerry et encore moins de sa visite dans la soirée. Furieux, il avait apostrophé Prudence. Celle-ci n'avait pas eu l'audace de contredire son père et Cerneuf, penaud, n'avait pas osé avouer les raisons de son incartade.

– Chauds pâtés, chauds gâteaux !

---

1. Il ne sera installé à Montfaucon que plus tard.

– J'ai bon fromage de Champagne.
– Pommes rouges, qui en veut ?
Cerneuf entendait les cris de la rue, cette rue qu'il aimait parcourir à longueur de journée et qui allait lui manquer aujourd'hui. Il soupira. Son grand-père avait visé juste pour le punir.

5

Il avait rêvé de ces êtres que son père faisait naître grâce à ses outils qu'il avait sagement alignés dans les cases de bois taillées à cet usage. Et parmi ces personnages que Robert avait nommés, il vit soudain, au milieu de l'enfer destiné au centre de la façade, un démon et, près de lui, Loup qui annonçait triomphalement :

– C'est mon image…

Réveillé en sursaut, Cerneuf avait cherché son frère qui, une fois de plus, avait découché.

– À quoi rêves-tu ? À la mort de Clovis ?

Son grand-père avait déjà posé sa lourde poigne sur son épaule et le poussait vers ce lieu qu'il détestait. Ce lieu sanglant où tout finissait pour les animaux, où tout commençait pour les différentes opérations du métier. Chaque semaine, la Grande Boucherie sacrifiait pour nourrir les Parisiens mille cinq cents moutons, deux cent cinquante bœufs, deux cents veaux et trois cents porcs[1]. Chez Guerry, comme chez les autres bouchers, on ne chômait pas !

---

1. *Le Ménagier de Paris* donne à la fin du XIVe siècle des chiffres précis par semaine : trois mille six cent vingt-six moutons, cinq cent quatre-vingt-trois bœufs, trois cent soixante-dix-sept veaux, cinq cent quatre-vingt-douze porcs. Il y a alors deux cent mille habitants. Au début du XIIIe siècle, Paris comptait environ cent mille habitants…

– Ne fais pas cette mine, murmura Guillaume. Tu vois, tout ce sang te fait vivre. Tu ne vas pas en mourir de te salir les mains ! Fais-toi les doigts et le poignet sur cette bête !

Un valet avait déjà fait avancer avec dextérité vers le maître un mouton bien dodu qui commença à bêler doucement puis, comme s'il avait conscience soudain du sort qui l'attendait, haussa le ton. Entre les quatre murs de la cour, les bêlements devinrent hurlements, tétanisant le pauvre Cerneuf dont les bras ballants disaient assez la désespérance.

– À toi ! cria Guillaume pour couvrir le bruit.

Cerneuf se saisit du grand couteau que lui tendait son grand-père en le fixant d'un regard auquel il ne pouvait se soustraire.

– Tu te souviens… là !

D'un geste significatif, l'homme passa le pouce sous son cou.

Le garçon échangea un pauvre sourire avec le valet qui maintenait l'animal.

– Mets-le sur le dos d'un coup sec, ordonna le grand-père, l'œil gourmand.

À regret, le petit-fils s'exécuta en plongeant maladroitement sur le mouton qui fut retourné avec l'aide du valet.

– Allez, c'est le moment.

Affolé, Cerneuf approcha l'outil de la gorge. Sa main tremblait, mais elle parut s'affermir quand il porta le coup décisif, une incision qui ouvrit la carotide. Le sang jaillit, chaud, dense sur ses mains. Il lâcha le couteau et se précipita jusqu'au puits. La chaîne grinça sur sa poulie et un seau apparut. Cerneuf s'y rinça les doigts, puis courut vomir dans un angle de la cour.

Le grand-père hochait la tête.

– Va donc tailler des pierres, c'est plus propre ! lança-t-il avec mépris.

– C'est une bonne idée, j'y vais, répliqua Cerneuf dont le visage était blanc comme le devantier de Guillaume.

– Reste là ! hurla Guillaume. Amène la chèvre…

– Ah, non, pas une chèvre ! répliqua Cerneuf.

– Et pourquoi messire Cerneuf ne tuerait pas une chèvre ? J'ai une belle commande de la reine… Et la chèvre, cela fait du beau cuir pour ta tante !

Il faisait allusion à sa fille cadette dont le mari, artisan du cuir, avait toujours été friand de chevrotin pour la fabrication des aumônières.

– Une chèvre, c'est gentil, c'est doux…, répondit Cerneuf, bien conscient qu'il aggravait son cas.

– Une chèvre, c'est doux, c'est gentil, l'imita le grand-père qui, lui, avait le rouge de la fureur aux joues. Elle te l'a dit, qu'elle était douce et gentille ?

Docile, le valet avait déjà renversé la jeune chèvre à la fourrure blanchâtre sur le sol de la cour et ramassé le couteau ensanglanté qu'il tendit au garçon avec un air compatissant.

Frissonnant, comme si la fraîcheur de la cour dans laquelle ne pénétrait jamais le soleil lui tombait sur les épaules, il se pencha sur l'animal retenu par le valet. Il aurait aimé détourner son regard des yeux suppliants de l'animal, mais il lui fallait être précis et, encore une fois, le couteau pénétra dans le cou et fit jaillir le sang.

– Nous n'avons pas fini, annonça Guillaume. Passons à la tuée du cochon !

Cerneuf tremblait. Il savait que son grand-père pouvait être impitoyable. Il ne céderait pas et lui, il obéirait pour ne pas se mettre de nouveau dans son tort. Contrairement à Loup, il avait le sens du respect et de l'obéissance.

– Ton frère préfère les jeter à l'eau. Nous, nous allons procéder dignement, comme doit le faire un boucher de la Grande Boucherie.

Il avait tout dit. Quand il prononçait ces mots, il en avait plein la bouche ; Cerneuf le savait. Bertin, le valet, approchait déjà. L'entreprise était plus risquée que pour la chèvre de faible vigueur. Le pourceau, lourd et gras, résistait, mais en un tournemain, l'homme le coucha habilement sur le flanc droit et pesa de tout son poids en s'asseyant à califourchon sur l'animal. Avec un métier consommé, il bloquait de sa cuisse une patte et maintenait l'autre de la main pour limiter les mouvements désordonnés de l'animal.

Précipitamment, Cerneuf avait rabattu son chaperon sur la tête.

– Cache-toi les yeux aussi, ironisa Guillaume Guerry, en tirant violemment sur la cornette pour ramener le chaperon sur les épaules. À genoux !

Le ton montait et Cerneuf, bousculé, se pencha sur le pourceau.

Dans un sursaut ultime, l'animal se mit à hurler. Des cris déchirants qui résonnaient horriblement. Cerneuf mit les mains sur ses oreilles.

– Allez !

Guillaume s'impatientait.

– Puterelle…

C'était un terme familier, assez méprisant, pour signifier une chose honteuse et petite, comme ici la peur de son petit-fils.

Dans un effort surhumain, Cerneuf brandit le couteau effilé et le planta dans la carotide d'où s'écoula ce sang chaud qui lui faisait horreur. Il y avait deux manières de tuer le porc, soit celle-là, soit celle qui consistait à chercher le cœur pour le transpercer avant de parachever le travail en sectionnant les gros vaisseaux. Mais il n'avait pas osé s'y risquer.

L'animal se vidait rapidement. Dans un instant, il serait mort.

Une femme s'était déjà précipitée pour recueillir le sang dans un large récipient où elle agitait une baguette pour éviter la coagulation. Ce liquide ferait du boudin que le boudinier du coin vendrait avec toutes les précautions nécessaires car c'était une « viande périlleuse », soumise à une réglementation drastique.

– Tu n'as pas fini, vercoquin, dit Guillaume qui estimait que son petit-fils n'en avait pas terminé avec sa punition.

« Vercoquin » était cependant dans sa bouche moins infamant que « puterelle ». Cerneuf en conclut peut-être hâtivement qu'il était presque au bout du supplice. Car pour lui, c'en était un. Il regardait ses doigts rouges de sang, ses ongles qu'il lui faudrait curer avec soin, s'il ne voulait pas garder la trace de ce carnage qui le dégoûtait.

– On y va…, dit dans son dos son grand-père.

Bertin avait amené une vache à robe blanche mouchetée de noir avec une grosse tache sombre entre les cornes. Une race que Guerry appréciait ; elle venait de Normandie, une des terres conquises par le roi dix ans plus tôt. Les peaux de ces vaches étaient fort appréciées par les faiseurs de cuir. Cerneuf ignorait tout cela, sachant seulement que la bête était vieille, trop vieille pour travailler et donner du lait. C'était ainsi.

– Je l'assomme ? interrogea le valet.

– Laisse faire ce garçon dont la bonne volonté est manifeste, regarde sa tête ! lança le grand-père sur un ton sarcastique, avec un clin d'œil au pauvre Bertin qui aurait bien voulu éviter cette nouvelle corvée à Cerneuf qu'il connaissait depuis toujours.

Et dire que ce jeune homme pourrait devenir le maître de la Grande Boucherie ! Cela faisait des années que le grand-père rêvait du jour où il pourrait passer la main, encore fallait-il que le petit-fils en fût digne. Après l'apprentissage, son temps de valet durerait longtemps, surtout s'il se montrait toujours aussi fantaisiste et peu appliqué. Il avait l'obligation, en tout cas, de maîtriser toutes les opérations d'abattage. Et en premier lieu celles des bovins, qui devaient être assommés avant d'être égorgés.

– Mets-lui cela ! ordonna le grand-père en tendant un masque de cuir pour coiffer la bête.

C'était un premier exercice délicat que Cerneuf réussit cependant aisément car l'animal résigné était docile. Puis, il se saisit de la corde que tenait Bertin et tenta de reproduire un geste qu'il avait vu ; le spectacle, il le connaissait, puisque son grand-père l'avait contraint à le regarder souvent, lorsqu'il était enfant.

– Aide-le, ordonna Guillaume à son valet qui, d'un geste vif, eut vite fait de relier les cornes à l'un des membres inférieurs, obligeant ainsi la bête à baisser la tête pour ne pas être déséquilibrée et l'empêchant de s'échapper.

– Allez, du nerf !

Les poings sur les hanches, le grand-père encourageait son petit-fils qui avait déjà pris le merlin. Cerneuf le brandit derrière son dos afin d'avoir la force suffisante pour assommer l'animal. Le coup porta immédiatement ; la bête s'effondra.

– C'est bien, tu n'es pas maladroit, commenta Guillaume enfin satisfait. Bertin, mets à mort.

D'un couteau adroit, l'homme expérimenté fit saigner la gorge.

– Tu aideras Bertin pour la découpe de la carcasse…

Cerneuf regarda son grand-père traverser la cour pour rejoindre l'étal et, presque aussitôt, il entendit sa voix forte qui hélait dans la rue les chalands. Il ne pouvait se départir d'une certaine admiration, même s'il se sentait humilié.

– On va l'accrocher, dit le fidèle valet en désignant, sous un auvent, la poutre dont les pitons de bois étaient rougis par les carcasses successives qui y avaient été suspendues.

La bête était lourde. Ils bataillèrent pour la soulever et, quand elle se balança, les pattes écartées, la tête en bas, la langue touchant presque le sol, Cerneuf s'essuya le front. Des gouttes de sueur lui piquaient les yeux.

– Sale métier, marmonna-t-il, trop fort sans doute car Bertin l'entendit.

Le valet éclata de rire.

– Ce métier me fait vivre…, répondit-il calmement.

Cerneuf eut honte soudain. Bertin s'était déjà saisi du grand coutelas dont la lame effilée luisait dans la pénombre de l'auvent. D'un geste précis, il ouvrit la panse ; tout à sa tâche, il ne vit pas que Cerneuf se détournait pour ne pas voir les viscères exposés à l'air libre.

La corvée n'était pas finie. Quand Bertin lui fit signe qu'il devait soutenir la carcasse pour lui faciliter le travail, il eut un haut-le-cœur, mais obtempéra et assista au découpage habilement pratiqué par l'homme d'expérience. D'abord fendue en deux, la carcasse fut démembrée.

– Voilà, tu dois pouvoir t'en aller, finit par dire Bertin.

Sur un long billot, s'étalaient les pièces les plus précieuses : cuisse, épaule, poitrine, longe, souppis[1].

– Voilà pour toi…

Le valet tendit à Cerneuf un nomblet, morceau de filet qui revenait traditionnellement au valet.

– Garde-le pour toi et tes enfants, dit Cerneuf ; il ne pourrait plus avaler le moindre morceau de viande avant longtemps.

---

1. Plat de côtes pour le pot-au-feu.

Quand il rejoignit son grand-père à l'étal, celui-ci le dévisagea d'un air narquois avec cet œil pétillant qui ne lui valait pas que des amis, tant il était moqueur et persifleur.

– Te voilà dans un bel état ! Va à l'étuve de la rue de la Limace, lui dit-il en glissant une pièce dans sa main ensanglantée.

Dans la rue un crieur était passé un instant plus tôt :

– Venez vous baigner, les bains sont chauds, c'est sans mentir…

Guillaume Guerry soupira ; il aurait bien accompagné Cerneuf, mais il n'avait pas le temps. La clientèle était là et il fallait la servir.

– Cela vous conviendra, dame Pauline ? fit-il avec un sourire appuyé en regardant son petit-fils s'éloigner à grands pas dans la rue, un bliaud propre posé sur le bras.

Il lui présentait une belle cuisse de mouton dodue et charnue. Ses clients lui faisaient confiance ; les bouchers parisiens vendaient leur viande au morceau, non au poids, mais cela n'empêchait pas certains fraudeurs de gonfler leurs marchandises avec une paille. Chez Guerry, il n'y avait pas de danger !

Dame Pauline parut immédiatement satisfaite et Guillaume fit une encoche supplémentaire dans la taille de sa cliente, ce bâton de bois où étaient notés les achats qui seraient payés en une fois à une date préétablie. Une facilité pour les clients et aussi pour les marchands qui n'avaient pas à manipuler de la menue monnaie à longueur de journée.

– À vous, dame Amicie…

– Vous avez l'air bien réjoui, dit la nouvelle cliente.

– Toujours quand je vous vois, répondit Guillaume avec un nouveau sourire.

Ainsi le boucher fidélisait-il sa clientèle. Il savait que beaucoup préféraient lui acheter de la viande à cuire, plutôt que d'aller faire des emplettes chez des chaircuitiers qui préparaient des produits élaborés. Alors il fallait les soigner et la matinée, passée avec son petit-fils, l'avait rendu heureux !

– Papa, je n'ai pas reçu de livraison hier…

C'était Marie, sa cadette, venue aux nouvelles.

– Maudit Cerneuf, marmonna Guillaume Guerry. Il est allé se promener je ne sais où.

– Ce n'est pas grave, j'ai encore des réserves.

D'un naturel conciliant, Marie ne voulait pas attiser le feu de la discorde entre son neveu et son père dont elle connaissait trop la sévérité.

– On dit en ville que cette maudite guerre est finie…

– Je le souhaite, ma fille. Que Merri vienne reprendre sa place…

– J'aime bien cette vie, tu sais, dit Marie avec un sourire qui toucha son père.

– Une femme doit d'abord s'occuper de ses enfants. Les tiens seront bientôt aussi mal élevés que ce maudit Loup.

– Loup a des excuses…

– Par la lance de saint Jacques, comme dit notre roi, il a fallu que ta sœur connaisse cet homme de malheur !

– Tu es injuste…

Orgueilleux, Guerry n'aimait pas entendre les vérités que sa fille cadette lui assenait parfois sans pitié. Il secoua la tête avec une moue dédaigneuse et narquoise, et lâcha :

– Ton mari est plus à sa place dans sa tannerie et ses échoppes que sur un champ de bataille.

Guerry était fier de la réussite de ce gendre qui, parti du travail du cuir, avait multiplié les activités ces dernières années, mais il avait failli, à ses yeux, en se mêlant de faire la guerre. À sa ceinture, était suspendue une aumônière de peau très souple que lui avait offerte Marie. C'était un des multiples objets dont elle veillait avec amour à la fabrication, en attendant le retour de son mari. Et ce n'était pas une mince affaire car elle avait obligation de fournir un travail sans défaut, dans les règles de l'art dictées par ses confrères. Ceux-ci lui tendaient des pièges en l'absence du maître, espérant ruiner une concurrente. N'avait-elle pas été dénoncée récemment parce que l'un de ses boursiers travaillait à la lumière des chandelles ? Ses aumônières en peau de lièvre étaient réputées et certains en avaient pris ombrage. Une satisfaction pour la jeune femme qui ne baissait jamais les bras !

6

En son for intérieur, Guillaume Guerry était fier de sa fille. Il la regarda s'éloigner dans la rue avec une certaine tendresse. Elle ressemblait tant à sa mère, plus que Prudence. La journée lui était favorable. Il avait démontré à Cerneuf qu'il commandait encore et ne tolérerait aucun manquement à la discipline. La leçon infligée porterait ses fruits, il en était sûr !

Il ne se doutait pas, évidemment, qu'à peine sorti du quartier de la Grande Boucherie Cerneuf avait fait une mauvaise rencontre, son frère, Loup.

Pour une fois seul, tenant en laisse une petite troupe de chats noirs que tous croisaient avec angoisse, le garçon musardait au milieu des étals, agacé par la résistance d'Opportune. Et, comme lui venaient toujours des idées mauvaises, à peine se cogna-t-il à son frère, qu'il décida de se payer sa tête :

– Alors, toujours au service du vieux ? Te voilà dans un bel état !

Sans pitié, Loup désigna le bliaud maculé de sang.

– Justement, je vais chez l'étuvière de la rue de la Limace.

– Tu veux dire au bordel de la rue de la Limace où le vieux a ses habitudes…

– Tais-toi !

Cerneuf n'aimait pas que son frère appelle leur grand-père « le vieux », et encore moins ses insinuations. Après tout, sa vie ne les regardait pas !

– Me taire, et pourquoi ? ricana Loup. Je vais t'accompagner et te présenter la petite qui le baigne et le câline, si tu vois ce que je veux dire. Elle ne s'appelle pas Opportune, elle…

Comment savait-il toujours tout ? Était-ce un don de fou ou de possédé ? se demanda Cerneuf. Mais Opportune, c'en était trop ! Il mit la main sur le bras de Loup. Il le dominait, l'autre lui arrivait à peine à l'épaule mais, quand leurs yeux se croisèrent, il sut que son jumeau était beaucoup plus fort, ardent et vif. Il l'interrogea quand même, en le regardant intensément dans les yeux :

– Pourquoi parles-tu d'Opportune ?

Sans se troubler, fin et fuyant comme une anguille, Loup invoqua l'église Sainte-Opportune, toute proche. Mais Cerneuf ne pouvait pas croire au hasard. Il posa ses mains aux ongles rouges de sang sur les épaules de Loup et le secoua avec violence. Il avait besoin de savoir, Loup avait-il quelque chose à voir avec la disparition d'Opportune ? Il en avait trop dit. Agile, l'autre lui échappa et l'apostropha :

– Opportune ? Pourquoi te mettre dans des états pareils ? Moi, je voulais te parler de Gervaise, cette petite mignonne, qui ne doit pas réserver ses faveurs au seul messire Guillaume Guerry, maître chef de la Grande Boucherie de Paris. Petits seins, taille fine, bouche vermeille…

Joignant le geste à la parole, Loup avait enlevé le chapeau de feutre rouge qui ne le quittait jamais, pour accompagner la révérence cocasse esquissée devant son frère. Il ajouta :

– Je le dis, devant toi, futur maître chef de la Grande Boucherie. À voir tes ongles et ton bliaud, tu t'y prépares…

Furieux, Cerneuf tourna les talons mais, derrière lui, Loup trottinait. Il sentait les chats qui le talonnaient.

– Gervaise, je te dis, Gervaise, c'est elle qui doit te baigner…

– Laisse-moi !

– Et pourquoi messire Guerry paierait les étuves à l'un de ses petits-fils et pas à l'autre ? hurla Loup en faisant un croche-pied au pauvre Cerneuf qui chuta lourdement dans un tas d'immondices.

– Un peu plus sale, un peu moins… Gervaise n'y regardera pas ! ricana encore son frère.

Une heure plus tard, décrassés par les bons soins de l'étuvière, les deux garçons se retrouvèrent dans la rue. Les chats les attendaient. Ils vinrent se frotter aux jambes de Loup. Il en attrapa un qu'il hissa sur ses épaules. Cerneuf l'observait, les doigts dans la fine ceinture de cuir qui serrait son bliaud, son seul luxe, cadeau de sa tante Marie.

– Écoute, dit soudain Cerneuf très calmement, j'ai rencontré notre père hier, il voudrait te voir.

Un instant, Loup parut tétanisé et interrogea :

– Pour quoi faire ?

– Te voir, tout simplement, et te montrer ses belles sculptures.

– Pff… ses pierres froides, qui se cassent dès qu'on les jette par terre.

– Comment peux-tu te vanter de tes mauvaisetés ? cria Cerneuf, haussant le ton de nouveau.

– Et alors ?

Au bout de la ruelle, apparaissait le clocher trapu de Sainte-Opportune où Cerneuf avait grimpé un jour avec son ami Salomon et le vieil Isaac, une expédition dont il gardait un souvenir inouï. Le grand-père savait tout sur le ciel et les astres. Et pour parfaire et entretenir ses connaissances, il se laissait volontiers enfermer dans les églises pour monter au sommet des clochers d'où il pouvait observer, à sa guise, les étoiles et autres phénomènes nocturnes qui le fascinaient.

Parfois, les sonneurs le trouvaient assoupi au petit matin et le chassaient sans pitié. Il se faisait pardonner d'un sourire bonhomme et dévalait les mauvais escaliers. Ainsi tissait-il à sa manière le dialogue entre les religions sans que quiconque ne trouve vraiment à y redire.

Comme inspiré soudain, Cerneuf saisit son frère aux épaules. Surpris, presque déséquilibré, lui dont le corps semblait parfois tenir debout par miracle, Loup ne se rebiffa pas. La poigne de Cerneuf était ferme.

– Cessons cela, dit celui-ci, viens voir notre père...

– Jamais, murmura Loup. Si tu crois que ses bondieuseries m'intéressent.

– Il n'y a pas que des bondieuseries, il y a aussi des diables.

L'œil de Loup s'alluma. Il posa son chapeau rouge fièrement sur sa tempe droite, la plus meurtrie par les brûlures, qu'il avait l'habitude de dissimuler ainsi.

– Des diables ! répéta-t-il.

Un homme vêtu de rouge les dépassa. Il dévisagea Loup qui le salua en soulevant son petit chapeau de feutre.

– Tu le connais ? interrogea Cerneuf, soupçonneux.

– Je le croise souvent, répondit sobrement l'autre, c'est presque un ami, mais je ne connais pas son nom. C'est un ami d'Arnolda, notre sorcière bien-aimée.

Un ricanement sonore les fit se retourner tous les deux, mais l'homme avait déjà disparu, sans doute dans la venelle voisine. Des moineaux y piquetaient le raisin de la vigne qui s'attaquait à la façade de la maison d'angle.

– Les raisins seront bientôt mûrs, dit Cerneuf, comme pour chasser le malaise qui l'étreignait.

– Oui, mais la Bertille n'aura pas le temps de les manger ! proclama Loup qui allongeait le pas pour que les grandes jambes de son frère ne le distancent pas.

Cerneuf faisait désormais attention à ne pas marcher trop vite, tout en sachant pourtant que Loup était capable de courir lors de ses folles équipées et, quand ils arrivèrent en vue de Notre-Dame, leurs pas étaient presque accordés. « Peut-être un présage », songea le garçon qui se fraya un chemin jusqu'à la loge de leur père.

Robert s'y trouvait. Penché sur une planche, il dessinait. Il avait reconstitué sa réserve de parchemins depuis le pillage. Sentant une présence, il leva la tête et écarquilla les yeux.

– Ça alors ! dit-il avec cet accent qui n'avait rien à voir avec ceux que l'on pouvait entendre à Paris.

Intimidé soudain, Loup semblait sur ses gardes. Robert s'approcha.

– Quelle chaîne d'affection ! Odilon m'a amené Cerneuf qui m'amène Loup.

– Il ne manque plus que notre mère ! lâcha Loup. C'est bien toi qui as rompu la chaîne...

– Oui, tu as raison et j'ai eu tort, répliqua Robert, dont les yeux parurent encore plus sombres sous les sourcils broussailleux et noirs.

– Nous abandonner ainsi, nous jeter au diable ! affirma avec véhémence Loup que Cerneuf regarda comme si, pour la première fois, son frère raisonnait avec justesse.

– J'avais mes raisons, mais j'ai sans doute eu tort, répéta Robert dont le visage aux traits presque émaciés, tant il était maigre, était tendu. Mais peut-être es-tu venu découvrir ce que je fais ici ? Pourquoi ce chat de malheur sur tes épaules ?

– Ce n'est pas un chat de malheur...

– Peut-être, mais il me dérange. Sais-tu que le chat noir est un animal diabolique ?

Loup éclata de rire, laissant le pauvre Robert décontenancé. Mais prenant sur lui, l'imagier proposa :

– Veux-tu voir mon travail ?

– Je l'ai vu déjà avec mes amis... Ils voulaient attaquer tout cela au pic, mais je n'ai pas voulu, je ne sais pas ce qui m'a pris !

– Dis plutôt que les maçons vous ont chassés à coups de truelle ! Déchirer mes parchemins..., gronda Robert.

Léonard avait raison, songea-t-il à regret.

Face à eux, Cerneuf était inquiet du tour que prenait cette rencontre du père et du fils.

– On ne t'a pas dit que je fais le mal partout ? interrogea calmement Loup. Il y en a qui m'appellent le possédé, tu le sais, au moins ? Mais justement, je peux peut-être faire des diables avec cette pierre.

Robert semblait abasourdi. Loup s'était déjà saisi au hasard d'un marteau taillant. Il se pencha sur une pierre blanche qui attendait sur un établi de planches posées sur deux lourds tréteaux.

– Malheureux, tu vas te blesser ! dit alors le sculpteur en tentant de lui arracher l'outil, une sorte de hache à deux tranchants droits et parallèles au manche.

Mais Loup résista.

– Tu crains que je gâche encore une pierre ? dit le garçon en posant enfin le marteau dont il ne savait trop quoi faire en effet.

– Oui, peut-être, admit Robert.

– Ton talent se transmettrait-il de père en fils ? interrogea alors Loup. Je sais peut-être dessiner des démons ?

– Nos grands-pères en ont fait. Le premier de la famille qui a signé de son nom, Robertus, un chapiteau dans une grande église de Clermont, en a dessiné de si beaux. Alors essaie, voilà du parchemin. Moi, pour travailler, je reste debout, devant mes tréteaux !

– Oui, mais moi, avec ma taille...

– Installe-toi là !

Cerneuf observait la scène avec curiosité. Loup parut hésiter un instant, puis prit une plume et la trempa dans le gros encrier sans précaution, maculant ses doigts.

– Doucement, conseilla Robert.

– Oui, répondit le garçon qui soupira et posa enfin la plume sur l'épais parchemin. Un diable, c'est comme un homme, mais avec des cornes, des oreilles pointues…

Cerneuf s'était approché. Médusé, il vit apparaître une figure qui prenait forme à chaque coup de plume. Robert ne disait rien.

– Je ne saurai pas faire les vêtements, avec tous les plis, mais le démon est nu, enfin, velu…

– J'en ai prévu un velu, au tympan central. Voici le modèle que j'ai refait de mémoire. Où as-tu appris à dessiner ? questionna Robert quand Loup releva la tête.

– Nulle part ! répondit-il très calmement. Je peux faire un chat aussi…

En quelques traits, il avait esquissé une silhouette très ressemblante.

– Tu te reconnais ? interrogea Loup en fixant son chat dont les yeux brillaient autant que les siens.

Robert se saisit du parchemin et murmura :

– Et en plus, tu dessines de la main gauche ! Moi aussi, je suis gaucher, comme nos aïeux.

Interrogatifs, les deux garçons le dévisagèrent.

– Oui, user de la main gauche n'est pas si simple, expliqua alors Robert. Certains nous considèrent comme des monstres, car pour eux, seul le côté droit est juste et vertueux. On nous tolère mais avec méfiance. Évidemment, dans le grand Jugement dernier que j'ai dessiné, les réprouvés sont à la gauche du Christ…

Cerneuf et Loup écarquillaient leurs yeux pailletés d'or. Leur père leur faisait entrevoir un monde inconnu.

– Un chanoine m'a raconté que le traître Ganelon avait salué de la main gauche Charlemagne, poursuivait Robert qui demanda, comme pris d'une soudaine inspiration : Voudrais-tu travailler avec moi ?

– Pour faire des diables ?

– Et d'autres personnages…

– Que des diables ou des chats… Des anges et des saints, sûrement pas.

– Essaie un ange.

Robert avait glissé un autre parchemin sur la planche. Loup trempa de nouveau sa plume dans l'encrier, se pencha, parut se concentrer, puis jeta la plume qui vint échouer sur la terre battue. Le félin sombre vint la humer, puis posa un œil brillant sur ces humains au comportement étrange.

– Je ne sais plus faire ! lança-t-il avec ce regard fuyant que Cerneuf lui connaissait bien.

Inquiétant, troublant…

– Ce n'est pas possible, murmura Robert dont la déception se lisait sur le visage.

– Eh si, avec moi tout est possible, le vieux le dit assez !

C'est à cet instant que les cloches de la toute proche Sainte-Marine se mirent à sonner, immédiatement rattrapées par celles de Saint-Pierre-aux-Bœufs. Au-delà du quartier, d'autres bourdons retentissaient, graves, insistants. Saint-Jean-en-Grève, Saint-Gervais-Saint-Protais de l'autre côté, sur la rive droite de la Seine, Saint-Denis-du-Pas, derrière le chevet de la cathédrale, et Saint-Julien-le-Pauvre, sur la rive gauche.

– Mais c'est qu'il n'y a pas que notre paroisse…, dit Robert en prêtant l'oreille. Les autres s'y mettent aussi. C'est quoi ce tapage ?

– C'est le roi, il a dû gagner sa bataille…, répondit Loup qui avait jailli hors de la loge, le chat sur ses talons.

Un vent de stupeur parcourait le chantier. Tout le monde, certes, restait à son poste, mais la truelle levée, le marteau suspendu, le seau posé à terre, la corde du treuil arrêtée dans sa course… Tous savaient que le bourdon annonçait un événement exceptionnel, bien différent du tocsin ou de la cloche des suppliciés dont le vieux boucher avait parfois menacé Loup.

Et cela durait, durait, comme si tous les sonneurs étaient devenus fous. Un vacarme comme on n'en avait jamais entendu, en tout cas depuis longtemps.

– Je n'ai pas ouï cela depuis la naissance du prince Louis, dit une femme aux cheveux gris qui venait livrer sur le chantier des cordes destinées aux engins de levage.

– Oui, les messagers ont dû arriver. Nous les attendions depuis plusieurs jours, renchérit Loup.

Les cloches sonnaient toujours et la rumeur enflait, forte, qui faisait battre les mains, courir les jambes et agglutiner hommes et femmes pour échanger des mots et des paroles illuminant les visages d'une joie indicible. Le roi avait gagné la bataille qu'il livrait contre toute la chrétienté car la coalition qui l'avait défié était devenue, dans la bouche de l'un, puis de l'autre, puis de beaucoup, le monde entier !

– Oui, le roi a gagné…

– Que Dieu le garde !

– Notre fier roi revient dans une chevauchée triomphante…

– Et quand le verrons-nous ?

– Mais êtes-vous sûr ? dit un incrédule. Qui nous dit que cette rumeur est vraie ?

– Moi, répondit fièrement un cavalier qui venait à grand-peine de se frayer un chemin dans la foule amassée à chaque carrefour.

Il emboucha sa fine trompette ornée de la banderole royale, bleu fleurdelisé, dont il sonna une longue fanfare qui prit de l'ampleur jusqu'à dominer peu à peu les cris. Et quand le silence s'imposa presque, l'homme se redressa fièrement sur sa monture, gonflant la poitrine sous sa cotte-hardie bleue semée de fleurs de lys, et proclama d'une voix forte :

– Poussiéreux je suis, mais vous devez savoir la nouvelle. Notre roi haut sur son puissant destrier arrive dans une chevauchée triomphale avec ses barons. La coutume des Français à la guerre est de mourir ou de vaincre, notre roi a vaincu à Bouvines. En face, tous ont trébuché et leurs chevaux furent occis dans ce beau tournoiement où il y eut desport[1]. Chevaliers, écuyers et valets, tous ont usé de l'épée. Et notre roi brandit la lance et brocha des éperons dans la mêlée avec grande ire, tenace et fougueux. Soudain, le cheval d'Otton s'est effondré et le cavalier a fui comme une bête traquée. Et vivrait-il encore mille ans qu'il n'aurait plus jamais envie de combattre notre roi. La victoire est là, à Bouvines. Préparez grande liesse.

Puis, brandie d'un geste lent et solennel, la trompette lança un nouvel air triomphant. Ce n'était plus pour faire taire la foule mais pour donner le signal ; tous pouvaient s'embrasser et commenter, sans fin, les exploits de leur roi. Pourtant, avant que la joie n'explose, il y eut comme un recueillement, comme si chacun avait besoin de se persuader intimement de la véracité de la bonne nouvelle.

– Plus jamais envie de combattre notre roi ! répéta pensif un homme près de Cerneuf.

---

1. L'ancien français *desport* (ou *déport*), « jeu, amusement », lui-même du latin *deportare,* a donné « sport » en anglais.

Celui-ci le connaissait ; il tenait un étal de morue à l'autre bout des halles.

– Que l'empereur mécréant finisse ses jours en enfer ! affirma alors un clerc.

Ne racontait-on pas qu'Otton accusait Philippe, le roi de France, d'être le roi des clercs et prétendait que, lorsque celui-ci serait vaincu et tué, il pourrait réduire le nombre de ces hommes paresseux et inutiles, portés sur la mangeaille et pleins de graisse, et leur prendre leurs biens.

– Que les cloches continuent à répandre la bonne nouvelle, dit encore le clerc en se signant pour la seconde fois.

– Parle toujours ! murmura près de lui un homme dont la cotte rouge étincelait au soleil.

Son petit chapeau de feutre rouge posé hardiment sur le côté ajoutait à l'insolence du regard. Posté derrière Loup, il reprit en chuchotant :

– Voilà une belle journée pour profiter de tous ces bons apôtres ! Il y a du grain à moudre dans les échoppes désertées, mets à profit tout ce désordre. N'oublie jamais que tu es sur la terre pour faire le mal, toujours le mal...

Loup hésita. Son regard croisa celui de Cerneuf qui écarquilla les yeux en reconnaissant l'homme en rouge ; plus loin, Robert s'entretenait avec des chanoines. Ils avaient quitté leur office et commentaient abondamment l'événement.

Loup donna un coup de coude à son frère et lui lança :

– J'ai mieux à faire que de rester ici. Salue le vieux pour moi.

– Tu reviendras ? demanda dans son dos Robert.

– Peut-être...

Loup semblait déjà ailleurs. Cerneuf vit qu'il parlait à deux hommes dont l'allure ne laissait rien présager de bon. Il soupira. Il était temps de rentrer à la boucherie.

– Toi aussi, tu t'en vas ? interrogea son père.
– Je reviendrai, maintenant que je connais le chemin.
– Maître Robert, vous allez pouvoir enfin montrer au roi votre grand dessein…
– Oui, oui.
Le chanoine Aubert, l'un de ses fervents partisans pourtant, ne comprenait pas que l'imagier ait l'air soudain si absent, même s'il savait que les artistes avaient leurs humeurs. Il ignorait que Robert avait poursuivi quelques instants un rêve, transmettre à son tour son art comme cela s'était fait depuis longtemps dans sa famille. Mais ne fallait-il pas avoir de grands rêves pour être sûr de ne pas les perdre de vue ?

« Bouvines, Bouvines… » Le mot était sur toutes les lèvres dans cette foule joyeuse. Chacun le renvoyait à l'autre à satiété, même si bien peu auraient été capables d'expliquer les bienfaits de la victoire.
Au bout de la planche Mibray, un messager, arborant fièrement sa cotte dont le bleu fleurdelisé avait pâli sous la poussière des chemins, n'en finissait pas de louer la geste française dont il était encore ébloui.
– Et au matin commande le roi que tout homme s'arme et soit mis en ordre, expliquait-il, les joues encore empourprées par sa course depuis ce lieu qui avait acquis en quelques heures une immense renommée. La journée était belle, il faisait déjà chaud, le soleil brillait dans le ciel bleu, aux couleurs de notre roi…
– En face, une armée immense grouille dans les champs, poursuivit un autre. Alors les tambours et les trompes rugissent, les harnais des hommes et des chevaux étincellent, mais c'est dimanche et personne ne veut croire qu'ils vont attaquer. Pourtant, sans vergogne, de cette fourmilière immense naît un cri : « Écrasons dans la poussière la couronne et le

sceptre ! » et foncent sur nous des piétons munis d'une arme redoutable qu'ils appellent le fauchart…

À tous les carrefours, des attroupements se formaient pour écouter les messagers et crieurs annoncer la victoire. Bientôt, un seul mot fut sur toutes les lèvres, que chacun répétait à satiété comme pour se persuader : « Bouvines, Bouvines… »

Porté par cette agitation enthousiaste, sûr de son bon droit, Cerneuf n'avait pas envie de rentrer à la boucherie. Comment son grand-père pourrait-il ne pas s'associer à la joie de la ville ? De la planche Mibray, le jeune homme poursuivit son chemin dans la rue des Arcis et remonta vers le nord avant de bifurquer en direction des Halles. Près du cimetière des Innocents, une femme l'interpella en se signant :

– Ils vont réveiller nos morts…

Cerneuf éclata de rire. Il parvint aux Champeaux, comme on appelait les Halles depuis que le roi Louis VI avait acheté ce terrain[1] pour y débiter le blé de Beauce jusqu'alors vendu au marché de la rue de la Juiverie, sur l'île de la Cité, et pour y mieux installer les marchands de la place de Grève devenue trop exiguë. Le jeune roi Philippe Auguste y avait fait construire, au début de son règne, un mur et des auvents, auxquels s'étaient rapidement ajoutés deux bâtiments afin de protéger les commerces des voleurs et les garantir contre les intempéries.

La confusion régnait là, dans le cœur de la ville, où tous ceux qui en faisaient la richesse et l'activité se réjouissaient de cette paix retrouvée, propice à leurs affaires. Les marchands battaient des mains tout en surveillant leurs étals, car ceux qui couraient aux nouvelles auraient tout emporté dans leur joie s'ils n'y avaient pris garde.

1. En 1137.

Loup s'y trouvait déjà avec quelques garnements. Quel serait leur prochain forfait ? Cerneuf soupira et, quand le chat noir sauta des épaules de son frère pour venir se frotter contre ses mollets, il frissonna. Ses yeux s'accrochèrent au pilori qui ne semblait plus intéresser personne. Le condamné qui y était exposé à la vindicte générale avait les yeux perdus dans le vague. Tout près, la potence attendait un prochain supplicié. Sans doute la victoire en différerait-elle l'usage pendant quelque temps.

7

Opportune fuyait sans se retourner. Elle avait profité de l'affolement général provoqué par les cloches sonnant à toute volée et de la curiosité de ses geôlières, les deux ribaudes, qui avaient copieusement abusé du contenu d'un tonneau dérobé le jour même. Chassant les maudits chats qui s'étaient accrochés à sa cotte, elle avait croisé le regard de la tout aussi maudite Arnolda, occupée à touiller, dans un grand chaudron, elle ne savait quel mélange ou breuvage. Effrayée, Opportune s'était immobilisée un instant, mais l'autre avait ricané en lui criant :

– Saisis ta chance, nous nous reverrons ! On ne m'oublie jamais… Et Arnolda ne t'oubliera pas non plus.

Crânement, la jeune femme s'était faufilée jusqu'à la sortie dont les deux gardiens étaient distraits par la foule qui se pressait au carrefour voisin pour écouter les messagers royaux ; ils se succédaient à bonne cadence afin de susciter et d'entretenir la liesse. Une véritable entreprise organisée à distance par le roi et ses conseillers afin de préparer les Parisiens à leur réserver un accueil triomphal.

Dans un premier temps, presque surprise de la facilité avec laquelle elle avait quitté sa cellule, Opportune s'était réfugiée au cimetière des Saints-Innocents. Des murs récents protégeaient les tombes depuis que le roi avait souhaité offrir aux défunts un légitime repos, loin des troupeaux, notamment des porcs qui les déterraient, des chiens qui fouissaient sans pitié le sol ou des ribauds prêts à toutes les folies. Là, assise sur le socle à degrés d'une croix en pierre claire où un sculpteur avait délicatement ciselé une jolie Vierge à l'Enfant, elle se posa pour réfléchir et en vint rapidement à la conclusion que, si elle rentrait chez elle, Loup aurait vite fait de la retrouver. Elle savait maintenant qu'il était capable de tout ! Il convenait donc de trouver un refuge et l'idée s'était imposée, en l'absence de son Pierrot, d'aller demander asile à la reine. Elle pouvait compter sur la bonté de sa cliente avec laquelle elle entretenait les meilleures relations. Qui viendrait la chercher au palais ? Ni Loup, ni les gueux…

Elle prit le temps de boire quelques gorgées d'eau fraîche à la fontaine voisine, l'une de celles qui avaient été installées sur la rive droite depuis qu'étaient exploitées les sources de Belleville et de Ménilmontant. L'eau était belle et claire, autrement bonne que celle de la Seine !

La foule était dense quand elle se retrouva Grande-Rue-Saint-Denis, puis rue de la Sellerie.

« Bouvines, Bouvines… » Autour d'elle, les gens se renvoyaient le mot comme dans un jeu de soule incessant. Opportune ne comprenait guère la raison de cette liesse, mais elle servait sa fuite. Les cloches de Saint-Jacques-la-Boucherie, comme on appelait maintenant l'église qui dominait le quartier dévolu au commerce de la viande, lui rappelèrent opportunément qu'elle pourrait croiser Cerneuf. Elle ne le souhaitait pas ; cela aurait compliqué sa cavale. Quant à Loup, cela aurait bien été la guigne si elle l'avait rencontré !

Elle n'était pas tranquille et préféra le charroi du Grand-Pont à la planche Mibray réservée aux piétons. Le désordre y régnait ; là aussi, les charretiers avaient pris leurs aises pour commenter la nouvelle. Cela arrangeait plutôt Opportune, personne ne prêtait attention à la silhouette souple et preste tout de rouge vêtue pourtant, « couleur sang », comme l'avait voulu Loup. Pour elle, le havre était au bout du pont, sur l'île de la Cité ; elle en apercevait les tours d'enceinte dont elle savait les noms, comme tous les Parisiens : tours d'Argent, de César et Bonbec, et au-delà, la haute tour cylindrique qu'on nommait la Grosse-Tour. Celle-ci surplombait le logis du roi, ouvrant sur des jardins à l'occident, et les bâtiments de l'administration royale serrés contre la muraille.

Habituée à livrer ses chapelets à la reine, Opportune avait une certaine familiarité des lieux. Aussi respira-t-elle quand elle fut au bout du pont à la hauteur de la salle dite Au-bord-de-l'Eau, construite sur la berge au nord de l'île. Il lui restait quelques pas à franchir et surtout à convaincre les sergents ; sans ses chapelets, il lui fallait trouver un prétexte pour pénétrer dans l'enceinte par l'accès habituel, tout près de chez elle, face à la rue de la Draperie. Elle n'ignorait pas que Guérin, le redoutable conseiller du roi, qui réglait avec rudesse la vie intérieure du palais, était parti avec son maître, et espérait un certain relâchement.

Ne manquant pas d'audace, Opportune vint se planter résolument devant le premier sergent qu'elle connaissait un peu.

– Alors, la patenôtrière, tu viens porter des chapelets ? interrogea celui-ci avec un sourire qui dénotait une bonne humeur à l'unisson de cette belle journée.

– Non, mais je viens prendre commande, car la reine va devoir prier et faire prier pour remercier Dieu d'avoir aidé notre roi dans cette bataille.

– Ah, oui, peut-être, fit l'autre, perplexe. Tu ne perds pas le nord, l'Opportune. La reine est justement en train de faire oraison avec son chapelain et ses dames et damoiselles.

– Dans quelle chapelle ?

Opportune savait qu'il y avait trois oratoires dans l'enceinte du palais car elle les avait pourvus en chapelets.

– Je crois qu'elle est à la chapelle Saint-Michel, dit un deuxième sergent plus coopérant qui s'était approché.

Considérant que le renseignement avait valeur d'accord, Opportune s'engagea sous l'arc légèrement brisé surmonté d'une bretèche et tendu entre les deux tours qui gardaient cette entrée. Les deux lourds battants ouverts contre leurs murs offraient au regard leurs puissants renforts de pentures et de clous, impressionnant le visiteur qui découvrait ensuite la cour sur laquelle donnait la salle du roi.

Opportune contourna tranquillement la chapelle Saint-Nicolas[1]. Celle dédiée à saint Michel était à gauche. Par la porte ouverte, s'échappaient des chants où les voix féminines dominaient. Enfin rassurée, Opportune s'approcha et se signa. Elle réalisa, quand ses doigts frôlèrent l'étoffe soyeuse de la cotte rouge, que sa tenue était peut-être davantage celle d'une fille du val d'Amour, comme disaient certains, que celle d'une patenôtrière. Mais peu importait, elle saurait s'expliquer avec la reine.

D'une voix posée, détachant avec soin chaque mot, le chapelain invita la petite assemblée recueillie à faire acte de grâces auprès du Seigneur.

– Prions pour le roi, pour son féal et aimé Guérin… et tous ceux qui ont fait vaillance autour d'eux.

Finement, le chapelain avait cité le nom de l'un des hommes les plus puissants du royaume, auquel le roi ne conférait pas, dans une ultime méfiance, le titre de chancelier, mais qui incarnait un pouvoir presque sans partage,

1. Chapelle qui remontait au XIe siècle et sera remplacée dans les années 1240 par la Sainte-Chapelle.

sinon avec le souverain. Un homme dont il convenait de s'attirer les bonnes grâces. Opportune le connaissait ; il lui avait commandé des chapelets. Un homme autoritaire, mais respectant ses interlocuteurs.

– Prions pour le roi et rendons grâces à Dieu de l'avoir sauvé.

Les récits des premiers messagers avaient été clairs. Le roi avait été désarçonné pendant la bataille et n'avait dû son salut qu'à quelques chevaliers. L'empereur Otton voulait sa mort !

Un dernier signe de croix libéra l'assistance. En tête du cortège presque exclusivement féminin, la reine remonta l'allée centrale de la chapelle dont le berceau offrait un décor de faux appareil dessiné en rouge et jaune. Dans le cul-de-four, trônait un Christ en majesté entouré des symboles des évangélistes.

– Opportune, que fais-tu là ? Ai-je commandé des chapelets ?

La blonde Ingeburge s'était retournée vers une autre blonde qui hocha la tête.

– J'ai besoin de votre protection, répondit sans détour Opportune.

– Ma protection ?

Surprise, Ingeburge avait froncé les sourcils. Comme si elle, dont le statut n'était guère assuré, pouvait protéger quelqu'un !

Opportune n'était pas au fait des histoires de la cour. Elle n'en connaissait que les rumeurs autour du roi et de ses femmes dont les chroniqueurs avaient parfois fait des gorges chaudes. On se les racontait dans les maisons, le soir, devant l'âtre, mais à mots couverts, car les affaires des princes n'étaient pas toujours bonnes à ébruiter. Opportune n'était pas née quand le roi s'était marié pour la première fois avec

Isabelle de Hainaut que la mémoire collective aurait sans doute oubliée si le roi ne l'avait menacée de divorcer. Certains se souvenaient encore qu'il avait dû y renoncer lorsqu'une foule immense, où l'on voyait même des mendiants, des manchots et des lépreux, s'était soulevée pour sa reine. Mais Isabelle était morte quelque temps plus tard et le roi avait pu jeter son dévolu sur Ingeburge, la sœur du roi du Danemark dont Philippe attendait une aide contre l'Anglais. La blonde et grande princesse venue du Nord avait glacé le roi. On avait parlé de « sorcellerie », d'« aiguillettes nouées », d'enchantement, d'herbe vénéneuse.

– Par la lance de saint Jacques, avait-il tonné dès le lendemain des noces, « rugissant comme un lion », selon les témoins.

Il avait proclamé la répudiation immédiate. Peut-être qu'avec sa grande taille, ses hanches larges et sa poitrine généreuse, sa blondeur, ses yeux clairs ne correspondait-elle pas aux canons de la beauté idéale pour le roi ? Toujours est-il qu'il avait entamé sur-le-champ une procédure de dissolution et, profitant de la faiblesse du pape, il s'était autoproclamé délié du mariage. Puis, il avait très vite convolé avec une autre, Agnès de Méranie, dont la taille mince et la silhouette élancée, le teint délicat de lys et de rose et les yeux noirs étirés vers les pommettes l'avaient rendu fou. Un emballement qui lui avait finalement valu d'être excommunié par le pape Innocent III. Mais selon les besoins de sa diplomatie, Philippe ramenait à la cour Ingeburge, puis la renvoyait. Ainsi, l'année précédente[1], avait-il consenti à reprendre un semblant de vie commune, sans doute pour apaiser le roi du Danemark et le pape à la veille

1. En 1213.

d'entreprendre son grand dessein face à la coalition des princes contre lui.

La pauvre reine déchue avait traîné son malheur de monastère en forteresse, montrant toujours beaucoup de générosité, malgré les insultes de cet homme dur avec les femmes. Aussi sa position à la cour pouvait-elle apparaître précaire.

– Je suis sûre que vous pouvez m'aider, supplia Opportune.

– Venez nous conter tout cela… Allons au jardin. L'air est si doux. Accompagne-nous, Gertrude. Demande un hanap de vin de roses et, pour celles qui ne l'aiment pas, comme toi, de la boisson au miel. Avec un peu de fouace et quelques oublies, nous réconforterons notre amie qui semble bien en peine.

D'un pas alerte, alors que la blonde suivante exécutait ses ordres, la reine entraîna Opportune. Elles longèrent quelques bâtiments puis, par un passage étroit, elles accédèrent au jardin.

– Appelle aussi les musiciens, commanda la reine quand Gertrude vint les rejoindre.

Dévouée, l'amie d'Ingeburge, qui était venue avec elle de son lointain royaume, rebroussa chemin, au milieu des carrés du jardin dessinés avec une régularité qui fit l'admiration d'Opportune. Au-delà paissaient tranquillement des chevaux dans un enclos. On disait en ville que le roi ne pouvait se séparer de ses fidèles montures, même devenues vieilles et percluses, et qu'il leur offrait, jusqu'à la mort, la plus douce des retraites, son jardin.

Elles passèrent près du colombier, dont la corniche en épis de briques sommait les murs. Les pigeons venaient se poser dans les multiples trous de boulins. Autour se développait le potager, avec sa treille et ses plessis secs cernant plantes aromatiques et médicinales.

– Les cardons ont beaucoup poussé, commenta Ingeburge, en longeant l'un des carrés d'où émergeaient les grandes branches aux feuilles exubérantes.

Opportune écarquilla les yeux. Elle ne connaissait pas cette plante rapportée de la dernière croisade par un proche du roi qui l'avait acclimatée grâce à des soins constants.

– Poussons jusqu'au labyrinthe, dit la reine qui arborait un chapeau de paille pour protéger sa peau claire.

Si le roi ne prêtait guère attention à elle, elle n'en respectait pas moins les usages. Sa gorge était « plus blanche qu'une hermine », comme disait sa marchande de beauté, douée pour les compliments.

Le parcours clos avait été planté par la reine Isabelle quelques mois avant sa mort. Depuis, les jardiniers avaient soigné avec amour cette promenade, riche en tours et détours, avec des culs-de-sac qui avaient fait la joie des petits princes lorsqu'ils étaient enfants.

Opportune découvrait cet univers bien différent de celui de son modeste champeau et, quand la reine pénétra dans l'élégant pavillon de plaisance où elle aimait se tenir, elle fit signe à Opportune de venir s'asseoir près d'elle. Déjà les musiciens se mettaient en place devant un massif de lys blancs, de giroflées et de roses.

– Messire Arnaud, il vous faudra disparaître bientôt. Le roi ne devrait plus tarder, dit Ingeburge en interpellant un homme grand, au visage encadré de boucles brunes.

Comme les autres trouvères de la ville, il savait que le roi ne voulait pas de leur présence au palais. Ils l'agaçaient avec leurs mièvreries. Et lorsque le roi était présent, ils exerçaient leurs talents ailleurs, c'était ainsi. Philippe avait d'autres vertus et ce n'était pas cette victoire qui le rendrait plus sensible à leur art. Désabusé, le musicien secoua la tête et murmura :

– Demain est un autre jour !

Un grand sourire illuminait son visage au menton légèrement fuyant ; l'homme connaissait parfaitement la règle du jeu.

J'aime fort ma dame, je la veux, je la prie,
Mais je suis trahi sur un point :
Quand je lui parle, je m'oublie,
Écoutez pourquoi : j'ai un si grand désir de son amour
Que je deviens fou quand je la vois.

La musique était douce. Dans la volière, les oiseaux avaient mis un bémol à leurs chants, comme s'ils étaient eux aussi charmés par le son des luths.

Escortée par trois garçonnets, une jeune femme vint se glisser dans le pavillon. Elle tenait serré contre son cœur un bébé emmailloté de lin blanc ; du béguinet de fin linon s'échappaient quelques mèches brunes autour d'un fin visage au teint de porcelaine.

– Protège-le du soleil, conseilla la reine en l'accueillant avec une joie non feinte. Prends soin de Louis[1], il a l'air si fragile.

Les autres petits princes s'assirent à leurs pieds. Ils étaient tous blondinets. Le plus grand, Philippe, qui avait cinq ans, ressemblait à son grand-père qui faisait déjà grand cas de sa personne. Les deux autres, des jumeaux, marchaient tout juste.

Opportune connaissait la princesse Blanche[2]. Sa piété faisait d'elle l'une de ses meilleures clientes. Elle remarqua, enroulé à son poignet, un des derniers chapelets qu'elle lui avait livrés. Elle en avait fait grand usage depuis que son mari était parti guerroyer au printemps et avait provoqué

1. Il s'agit du futur saint Louis, né l'année de la victoire de Bouvines.
2. Blanche de Castille, épouse du futur Louis VIII.

une jolie débandade des troupes de l'Anglais Jean sans Terre à La Roche-au-Moyne. Un réel cadeau pour son père, le roi, et une révélation pour la cour qui avait découvert des qualités prometteuses chez le prince héritier au physique frêle bien différent de celui de Philippe. Il avait même été surnommé « le Lion ».

La jolie jeune femme brune avait déjà retrouvé sa minceur d'avant sa grossesse. Ses yeux sombres ne quittaient guère le bébé qui grogna, puis pleura, attirant soudain tous les regards. La reine le prit dans ses bras et le berça en susurrant une chanson de son enfance. Elle aimait la princesse Blanche qui le lui rendait bien, et était très attachée au nourrisson, elle qui n'avait jamais enfanté, à cause de son étrange vie conjugale.

– Si vous le permettez, dit alors le trouvère, qui ne supportait guère la concurrence de l'enfant.

– Faites, messire Arnaud, répliqua la reine, toujours conciliante.

– Je vais lire ces quelques phrases de la *Chanson de Roland* qui me semblent appropriées pour un jour comme aujourd'hui. Faites vos luths guerriers !

Les musiciens sourirent et grattèrent avec énergie leurs délicats instruments. Des sons cristallins montèrent vers les arbres, rivalisant avec les oiseaux.

La nuit blanchit et le jour brille,
Au soleil les armes reluisent,
Hauberts et heaumes jettent de grandes lueurs
Et avec eux les écus peints à fleurs,
Les lances et les pennons vermeils[1].

---

1. *Chanson de Roland*, chapitre CXL.

Opportune battit des mains comme toute la petite assistance, conquise par ces mots déclamés d'une voix forte.

– Approchez, dit la reine, en faisant signe à une jeune femme qui portait un grand sac. Venez nous montrer vos nouveautés, Marie.

L'interpellée s'approcha vivement :

– Madame, j'ai vos estivaux. Mais, Opportune, que fais-tu ici ?

– Ne vous en préoccupez pas. Opportune m'a demandé protection, répondit Ingeburge avec un grand sourire. Alors videz votre sac.

Marie se maudit pour sa curiosité. Elle avait failli indisposer la reine. En un instant, les objets furent répandus sur un drap.

– Voilà vos estivaux…

La reine se saisit de la paire de souliers que lui offrait l'amie d'Opportune. Un travail parfait, comme savait en réaliser la jeune femme. Un joli cuir rouge estampé avec des fleurs de lys, ainsi que la plupart des objets livrés au palais.

– Voulez-vous les essayer ?

Marie s'était jetée aux pieds d'Ingeburge. Délicatement, elle ôta les souliers de cuir noir, légèrement poussiéreux ; les chausses blanches apparurent, puis disparurent aussi vite dans les nouvelles chaussures.

– Que j'y suis bien ! Un vrai bonheur, dit aussitôt la reine qui se mit debout et fit quelques pas.

Le cordonnier de Marie maîtrisait parfaitement l'art de ces souliers faits d'un assemblage conçu pour épouser délicatement la forme du pied. Ce procédé, assez récent, succédant à la pièce unique moins bien adaptée, constituait une véritable amélioration.

– La semelle est très légèrement pointue, mais pas trop, commenta Marie, fière du travail qu'elle proposait.

Elle faisait aussi allusion à la mode des pigaches qui se développait et donnait lieu à quelques outrances qui n'étaient guère du goût de la reine.

– Il faudrait une aumônière assortie..., dit Gertrude, l'amie de toujours de la reine.

– Voilà !

En bonne marchande, Marie avait réponse à tout. Elle tendait déjà un petit sac avec coulants, dont le cuir était d'une extrême douceur.

– C'est du joli cordoue ! Avec une ceinture coordonnée pour l'accrocher.

– L'affaire est faite, je ne peux résister et c'est victoire aujourd'hui... Et vous, Blanche, ne voulez-vous pas acheter quelque objet ?

– Je prendrais bien cette escarcelle pour mon prince. Mais quand le reverrai-je ?

– Bientôt, bientôt, nous prions pour cela ! Les chapelets d'Opportune nous y aident, même si je ne prierai sans doute plus autant que j'ai pu le faire dans ma vie !

Ingeburge faisait volontiers allusion à ses années passées au couvent contre son gré. À attendre elle ne savait pas quoi et à prier un Dieu qui ne l'exauçait guère.

– Non, ne faites pas cela ici !

Si douce, si apaisée, la reine avait soudain froncé les sourcils et levé le ton. Un fauconnier du roi nourrissait son oiseau de mulots et de souris vivantes.

– Si on ne peut plus faire des gorges chaudes, marmonna l'homme en marchant à grands pas vers le fond du jardin.

– C'est dégoûtant, insista la reine avec une moue significative.

Marie avait déjà remballé sa marchandise. Elle jeta un dernier coup d'œil curieux en direction d'Opportune. Mais la reine avait déjà convié la patenôtrière à s'asseoir près d'elle, la traitant comme une amie. Il n'aurait pas été séant qu'elle restât davantage. Comme tous les Parisiens, elle avait envie de savourer la victoire qui lui ramènerait avant peu son cher Merry. Elle n'aurait d'ailleurs jamais pu imaginer que les aventures qu'Opportune allait conter à la reine touchaient de près sa famille. Son amie s'était bien gardée de lui avouer ses tendres relations avec son neveu Cerneuf !

8

Cerneuf était heureux. Il avait une bonne place sur le parcours qu'emprunterait le roi et il avait entraîné Salomon et Rebecca, dont le sourire délicieux lui donnait une furieuse envie de l'embrasser. Mais oserait-il un jour ? Et comment fausser compagnie au frère pour être seul avec elle, sans compter avec le grand-père, l'« amoureux des étoiles », qui n'aurait donné sa place à personne ? Étrange retournement de situation ; il allait acclamer celui qui avait été son bourreau et celui de ses amis ! Dépouillé par le roi trente ans plus tôt[1], comme tous les Juifs de la ville, dénoncés par les commerçants qui espéraient ainsi se débarrasser de dangereux rivaux, il avait vécu en Champagne pendant vingt ans. Ses biens, comme ceux de ses amis, avaient été redistribués, les synagogues transformées en églises. Mais bien vite le roi avait réalisé qu'il venait de commettre une erreur car les Juifs contribuaient grandement à la prospérité économique comme prêteurs et, seize ans plus tard, il les avait autorisés à revenir. Isaac avait mis du temps à se décider, craignant l'impôt spécial qui frappait chacune de leurs transactions, puis s'était enfin résolu à rentrer à Paris. Et il ne le regrettait pas ; le roi était devenu le meilleur protecteur de son peuple, alors même que l'Église, sous l'autorité du pape Innocent III, durcissait son attitude

1. En 1182.

contre lui. De plus, le change et le prêt restaient deux activités lucratives et majeures dans la vie économique du royaume. Ce n'était pas demain la veille que le roi parviendrait à mettre de l'ordre dans les monnaies[1] !

Voilà pourquoi Isaac acclamerait de bon cœur, comme les autres, le roi vainqueur. Ils étaient postés à deux pas de la rue de la Juiverie où ils habitaient. Isaac appréciait Cerneuf qui le lui rendait bien, malgré les remarques peu amènes de Guillaume Guerry, prisonnier de ces rancunes ancestrales contre les Juifs que Cerneuf ne comprenait guère.

Mais les Parisiens communiaient dans la joie de la victoire. Ils avaient décoré leurs maisons de tentures hâtivement extraites des coffres, de courtines de toutes les couleurs et même d'étoffes de soie. Ils avaient écouté avec avidité les sermons des clercs excités par la défaite de l'empereur excommunié et de ces féodaux toujours prêts à les dépouiller. Ils avaient dansé sur les places, le soir, à la lueur des torches et des lanternes, dans une débauche de lumière.

Cerneuf savait par ses amis du guet que la grosse tour du Louvre avait été préparée pour accueillir les prisonniers de rang. Autour de lui, l'impatience grandissait. Il soupira, scrutant cette foule dans laquelle il espérait toujours apercevoir Opportune. Il songeait à la déception du coutillier qui ne trouverait pas sa femme à son retour. La veille, il avait fait le détour par sa boutique pour constater que le volet était toujours fermé. Inexplicablement. Nulle présence non plus dans son jardin où tout semblait abandonné. Il y avait versé le contenu de quelques chantepleurs sur de pauvres plantes

1. Il existait en effet quantité de monnaies différentes (environ deux cents au XIIIe siècle sur le territoire de la France actuelle) avec des jeux d'équivalence très compliqués.

assoiffées par une saison sèche. Il y avait croisé Loup qui, devant son étonnement, avait lâché :

– Je ne sais où elle est… Je la cherche partout, la garce. Elle doit se languir du plaisir que je lui ai donné. Je l'ai un peu forcée, mais elle a aimé cela. Elle m'a dit que je le faisais mieux que toi. Mes amis se relaient pour guetter son retour, mais la maline ne se montre pas !

Rouge de colère, vexé, Cerneuf aurait voulu l'assommer, ameuter le voisinage contre ce diable de garçon, mais son frère avait détalé si vite sur ses petites jambes atrophiées qu'il n'avait pu le rattraper. Il avait seulement buté sur un homme vêtu de rouge qui lui avait demandé de l'aide pour sortir la roue de sa charrette d'une ornière, arrêtant ainsi sa course. Depuis, il se perdait en conjectures. Où Opportune s'était-elle réfugiée ? Excédé, il était retourné sur le chantier de Notre-Dame pour dénoncer les agissements de Loup. Il voyait désormais en son imagier de père un dernier recours. Mais à deux pas de la loge, il avait hésité et rebroussé chemin, préférant se confier à Odilon, croisé quelques minutes plus tard. Le frère aîné avait haussé les épaules. Il n'avait pas digéré que Cerneuf ait amené à leur père son jumeau, sans le prévenir. Maintenant cela ne l'ennuyait donc plus de désobéir à leur grand-père. En pianotant des doigts sur la sacoche en cuir qu'il portait en bandoulière dans laquelle un petit livre aux feuillets de parchemin inégaux avait été glissé, il avait lancé en désignant le ciel du majeur tendu :

– Dieu y reconnaîtra les siens !

C'était l'expression favorite de l'un de ses maîtres depuis qu'elle avait été rapportée, quelques années plus tôt, par un chroniqueur décrivant l'un des épisodes les plus sanglants de la lutte contre les cathares, des hérétiques. Un légat du pape, Arnaud Amaury, avait ordonné de donner l'assaut contre la ville de Béziers et de tuer tout le monde avec cette belle formule : « Dieu y reconnaîtra les siens ! »

La tête ailleurs, Cerneuf n'avait rien compris au discours d'Odilon.

– Les voilà ! cria soudain une voix depuis le Grand-Pont.

On entendait grand bruit en effet. Des trompes et des vivats montaient depuis la rive droite de la Seine ; la troupe devait être encore Grande-Rue-Saint-Denis. C'était là que Prudence et Guillaume Guerry avaient décidé de se poster. Il fallait que l'événement soit d'importance pour que le boucher abandonnât son étal ! Il avait même accepté que Prudence et Marie y déploient des guirlandes de feuillage, comme l'avaient fait beaucoup de bourgeois avant d'encourtiner leurs pignons de draps ou de ciels de lit.

Puis tout alla très vite. L'oriflamme de Saint-Denis, une pièce de soie d'un rouge cramoisi frangée de vert, attachée à une hampe en argent, ouvrait la marche, précédant une forêt de bannières, de gonfanons, de pennons et d'étendards. Puis apparurent les chevaliers dont les hauberts en mailles de fer bruni épousaient les bustes, descendaient en fourreaux jusqu'aux pieds et encapuchonnaient les têtes. Pour l'occasion, ils avaient jeté, sur leur uniforme de fer, une cotte en étoffe précieuse, pourpre ou azur, parfois filetée d'or ou d'argent, et toujours rehaussée d'armoiries orgueilleuses.

Et là, au milieu, le roi…

Un frisson parcourut la foule qui hurla en levant les bras vers le vainqueur arborant une cotte bleu fleurdelisé. Comme ses chevaliers, l'arçon de sa selle de cuir fauve présentait son heaume, cylindre de métal brillant légèrement cabossé, preuve d'un combat sans merci qui ne l'avait pas épargné. Avec un luxe de détails plus ou moins enjolivés, on racontait même qu'il avait failli périr. Autour de lui, en garde rapprochée, se pressait une petite troupe de fidèles dont le fameux frère Guérin, reconnaissable à sa cotte rouge d'hospitalier.

– Il a fière mine, notre roi, dit Rebecca dont les yeux clairs brillaient d'une étrange lueur.

– Peut-être parce qu'il a le plus beau cheval, répondit avec un sourire malicieux Salomon, sans doute moins crédule que sa sœur car plus au fait des misères subies par son peuple.

– Peut-être, admit Rebecca peu convaincue.

Autour d'eux, beaucoup semblaient partager son enthousiasme.

– Il a belle figure quand même…, dit une femme.

– Dommage qu'il soit presque chauve, rétorqua une autre.

– Tant mieux, ses cheveux étaient si broussailleux !

Certains l'avaient surnommé « le Malpeigné », mais les Parisiens aimaient leur roi. S'il pouvait être très avare avec ceux qui lui déplaisaient, il savait être généreux et jugeait toujours avec droiture. Il avait aussi le souci de leur bien-être.

Suivait le gros de l'armée ; Cerneuf y chercha aussitôt Colin. Non, il ne pouvait être dans ces cavaliers protégés le plus souvent d'une simple broigne[1] de cuir et d'un petit bouclier rond pendu à la hanche, qui se balançait au pas du cheval ; ils tenaient hache, arbalète ou masse d'armes et précédaient la piétaille. La troupe était encore plus hétéroclite ; des bourgeois armés selon leurs moyens, qui avaient accepté de sacrifier du temps au roi. Et peut-être leur vie. Sans cotte de mailles, au prix trop élevé pour une escarcelle d'artisan ou d'échoppier, avec seulement des plastrons de cuir ou des gambisons de toile rembourrée de chiffons, ils risquaient gros. En masse compacte, hérissée de piques rivées dans la terre,

1. Courte tunique matelassée.

ils constituaient pendant la bataille un bouclier humain pourtant non négligeable pour protéger le roi ou les chevaliers.

Des archers défilaient avec leurs carquois remplis de flèches en bandoulière, puis les coutilliers parmi lesquels Cerneuf aurait voulu repérer le Pierrot d'Opportune, mais c'était bien vain puisqu'il ne le connaissait guère. Certains brandissaient joyeusement leur fauchard, cette faux de guerre à manche court, d'autres leur doloire, sorte de hache en demi-lune. Ils en avaient astiqué les lames qui luisaient au soleil.

– Ils sont beaux ! murmura Rebecca en joignant les mains.

– Surtout courageux, souffla derrière elle Isaac.

– Moi, je les trouve beaux, s'entêta Rebecca en regardant Cerneuf qui sentit le rouge lui monter aux joues.

S'il avait été à Bouvines, il aurait défilé avec eux et Rebecca l'aurait trouvé beau. Une bouffée de jalousie l'assaillit et, comme par hasard, Loup choisit cet instant pour le rejoindre après avoir joué des coudes, provoquant quelques remous dans la foule. Venu de nulle part et sans doute prêt à disparaître aussi vite qu'il était apparu. Dans son sillage, Cerneuf reconnut l'homme à la cotte rouge qu'il avait aidé quelques jours plus tôt.

– Tu es avec tes Juifs. Rebecca a remplacé Opportune !

C'en était trop ! D'un geste rapide, imprévisible, Cerneuf le saisit à la gorge.

– Eh, mon garçon, qu'est-ce qui te prend ? interrogea Isaac, en le tirant par la cotte. Si c'est pour les Juifs, on a l'habitude. Ce garçon n'est pas le premier et ne sera pas le dernier.

Cerneuf desserra son étreinte, laissa tomber ses bras le long du corps. La mine triomphante de Loup lui faisait mal.

– Qui est-ce, Opportune ? La patenôtrière ? s'enquit Rebecca.

– Oui, la patenôtrière. Demande à ton amoureux ce qu'il fait avec elle.

– Suffit ! hurla Cerneuf dont la voix parut dominer un court instant les nouvelles clameurs qui montaient de la foule amassée.

– Voilà les prisonniers !

– Qui c'est, celui-là ? interrogea Rebecca.

– Le comte de Flandre, Ferrand, répondit Isaac qui savait toujours tout.

Enchaîné, barbu, hirsute, l'homme, traîné sur une charrette, ce qui était particulièrement infamant pour un homme de son rang, faisait piètre figure. Les quolibets, pour ne pas dire les insultes, qui pleuvaient ne semblaient pas l'atteindre. Cela faisait des jours qu'il subissait les sarcasmes des paysans. Les Parisiens ne retenaient pas davantage son attention, même s'ils devaient lui rappeler qu'il avait rêvé, avant la bataille, d'entrer en vainqueur dans la ville. Ferrand était loin d'être un inconnu puisqu'il avait épousé une nièce et pupille du roi, Jeanne de Constantinople, héritière du comté de Flandre. Mais l'homme allait payer pour ne pas avoir respecté ses engagements !

– On raconte qu'une sorcière lui avait prédit une entrée solennelle dans Paris, porté sur un char, dit Isaac, l'œil pétillant. Elle avait raison, simplement, elle avait oublié de lui dire que le peuple gambaderait autour de ses chaînes.

– Quatre ferrants bien ferrés traînent Ferrand bien enferré, dit une voix derrière Cerneuf.

Odilon, qui adorait les jeux de mots, avait saisi l'occasion ; les quatre chevaux tirant la charrette arboraient un pelage fauve qui leur valait le surnom de « ferrants ».

– Je n'aime pas ces transports humains. Si je n'avais pas pensé te voir, je serais resté à la montagne Sainte-Geneviève à écouter l'un de mes maîtres qui dissertait sur la vanité de ce monde. Crois-tu que le roi gagnera son paradis ainsi ?

Cerneuf écarquilla les yeux. Il ne comprenait pas toujours ce que racontait son frère.

Celui-ci dut bien se résigner à supporter ces « transports humains » car la liesse dura six jours. Une épreuve pour ceux qui durent se rendre à l'évidence ; leur mari, leur fils, leur frère n'étaient pas rentrés. Sur les deux mille partis, beaucoup n'étaient pas revenus.

Robert avait assisté de loin au retour du roi qu'il avait vu disparaître derrière les lourdes portes du palais de la Cité après sa chevauchée triomphale. Le défilé avait été pour lui l'occasion de saisir sur le vif quelques images qu'il avait tracées à grands traits dans son carnet de parchemin. La fierté du roi sur son cheval l'avait renvoyé au projet qu'il mûrissait depuis son séjour à Laon durant lequel il avait visité les chantiers des cathédrales voisines, Amiens et Reims. C'est dans cette dernière ville, imprégnée des symboles royaux du sacre, qu'il en avait eu l'idée. Depuis, elle lui trottait dans la tête avec une obstination qui aurait pu devenir obsession. La destruction de ses dessins par Loup et sa bande aurait pu y mettre un frein mais, bien au contraire, elle avait ravivé son enthousiasme. Et surtout, il avait enfin trouvé l'homme à qui se confier. En dépit du péché de vanité qu'ils réprouvaient dans leur cœur, les chanoines n'étaient pas indifférents à la perspective d'innover ou de surpasser les autres chantiers, mais ils se montraient circonspects. Portraiturer et statufier le roi et ses ancêtres, et installer ces effigies de pierre dans une galerie au-dessus des portails leur semblaient fou. Ils l'avaient incité à représenter les rois de l'Ancien Testament, c'était intemporel et plus en rapport avec une cathédrale que les images de rois dont on ne savait jamais quelle idée germerait dans leurs têtes d'humains. Ils n'oubliaient pas les démêlés de Philippe avec le pape quand il avait voulu annuler son mariage avec la reine Ingeburge !

En revanche, son ami, Villard de Honnecourt, qu'il avait croisé à Laon et qui venait d'arriver à Paris, l'avait vivement encouragé. Il n'y avait plus qu'à convaincre le roi. Mais on murmurait que celui-ci allait bientôt repartir guerroyer au sud de la Loire avec son fils, le prince Louis, face à l'Anglais Jean sans Terre. Robert devrait faire vite.

Il soupira en se penchant sur le drapé qu'il ciselait délicatement à l'aide de son marteau taillant. L'outil était adapté à cette pierre tendre qu'il avait découverte à son arrivée à Paris. Rien à voir avec la roche dure qu'il avait travaillée lors de son apprentissage dans son pays. Ce grès légèrement ocre que ses père, grand-père et arrière-grand-père, tous des Robert, avaient taillé, et cette pierre grise, qui laissait échapper des éclats, avec des dégâts irrémédiables, si l'artisan était maladroit. Il avait encore dans les oreilles les jurons que son maître de père poussait lorsqu'il gâchait un bloc. Mais le métier était rentré, lentement, et ses mains calleuses avaient eu plaisir à caresser ce calcaire clair qui se prêtait à merveille aux désirs, voire aux caprices de l'artiste. Il l'avait apprivoisé avec passion et, quand il se retournait et jaugeait les portails de la façade de Notre-Dame, auxquels il consacrait tant d'heures, il était fier. Mais il n'était pas au bout de ses peines ; il n'en avait pas encore fini avec les figures des voussures. Certes il n'était pas seul ; autour de lui s'affairait à longueur de journée toute la chaîne d'ouvriers qui, depuis le carrier venu livrer les provisions de blocs de pierre blanche jusqu'à l'imagier, œuvrait pour la cathédrale.

D'un geste qui lui était familier, Robert essuya la légère suée qui perlait à son front. Il faisait très chaud en ce matin d'un été qui avait déjà tenu ses promesses. Devant lui séchait une gerbe de blé dont les épis gonflés à souhait indiquaient que la nature avait été généreuse, alternant à bon escient soleil et pluie. Lui, le créateur d'images, était toujours émerveillé par les prouesses d'une nature derrière laquelle les clercs l'invitaient à voir la main de Dieu. Par habitude, il le croyait, n'osant faire part du scepticisme qui parfois le tenaillait.

Il se pencha sur la pierre qui l'occupait. Le faucheur qui figurerait le mois de juillet prenait forme et la gerbe de blé qu'il empoignait d'un geste vif avait belle allure. Tout à son art, il ne vit pas l'ombre qui se rapprochait en claudiquant ; il sursauta même quand on l'interpella :

– Père, me voilà !

Surpris, Robert écarquilla les yeux.

– Loup ?

– Si tu pouvais m'apprendre ton métier…

– T'apprendre mon métier ? Tu sais, ce n'est pas un jour oui, un jour non…

– Je pourrai faire les démons.

– Pas que des démons. Ici, il faut tout faire.

Renfrogné, Loup réajusta son chapeau rouge. Robert osa le dévisager. Cette face défigurée le fit frissonner mais ce rictus qui animait ses lèvres tuméfiées l'intéressait ; n'avait-il pas raison de douter de l'existence d'un Dieu qui aurait laissé faire cela ?

– Vous devriez écouter votre fils, dit une voix grave derrière lui.

– De quoi vous mêlez-vous ? se rebiffa Robert.

– De mes affaires, dans cette cathédrale vouée à Dieu. Vous devez faire place aux démons, affirma l'homme tout vêtu de rouge.

– En quoi il s'agit de vos affaires ?

– Devinez ! Mais sachez que votre fils m'appartient !

– Qu'est-ce que c'est que ce fou, tu le connais ? interrogea Robert qui avait sorti de sa ceinture son carnet de croquis. Belle figure avec sa peau mate, ses grandes oreilles et son nez busqué, je ne dois pas l'oublier, celui-là...

– C'est une vieille connaissance, confirma Loup en ricanant.

– Mais où est-il ?

– Il vient et disparaît aussi vite ! dit une voix féminine un peu rauque. Mais il faut l'écouter... surtout une veille de pleine lune.

– Vous, la sorcière, dehors, faut-il que j'appelle les sergents du roi pour que vous compreniez que vous n'avez rien à faire là ? Vous nous jetez le mauvais sort !

– « Mauvais sort », siffle, beau merle. Vous autres, vous prétendez que j'ai jeté un mauvais sort quand un homme tombe de vos maudits échafaudages. Accusez votre dieu plutôt que moi, la pauvre Arnolda ! Ton fils est possédé du diable et, quoi que tu fasses, il faudra bien que tu l'admettes. Donne-moi plutôt ta main, que j'y lise ton avenir... Cette gauche qui fait des miracles avec la pierre m'intéresse.

– Emmenez-la ! hurla Robert. Partez ou les chanoines vous feront chasser. Et toi, si tu veux travailler ici, tu commenceras par obéir. C'est ainsi sur un chantier, on n'y fait pas n'importe quoi.

– Bien dit !

Léonard avait tout entendu. Robert se retourna et fixa son rival, l'œil mauvais. Lui aussi avait formé son fils, Léonard dit le Jeune, qui travaillait désormais avec lui. Celui-ci avait déjà obtenu le titre de maître tailleur de pierre. Maintenant, c'était son petit-fils qui apprenait le métier et Léonard tirait une juste fierté de cette lignée qu'il avait fondée. Robert n'en était pas encore là. Derrière lui, Arnolda ricana.

– Tu vas commencer par te débarrasser de ce chat ! dit alors le père inquiet.

– Je ne peux pas…

– Je vais m'en occuper, annonça Arnolda en se saisissant de l'animal qui miaula, un cri déchirant heureusement couvert par le bruit du chantier.

Un clerc s'était précipité.

– Chassez cet animal ! lança-t-il de façon péremptoire avant de s'engouffrer dans la cathédrale dont le clocher du transept égrenait le glas des funérailles.

Dans son sillage, Robert vit d'autres chanoines franchir la porte provisoire qui permettait d'accéder à l'église. La vie n'était pas simple non plus pour le clergé ; certes, l'église était utilisable, mais les contraintes liées au chantier exacerbaient parfois les tensions inévitables entre l'évêque et les chanoines. Ainsi Robert avait-il assisté le matin même à un règlement de comptes concernant les luminaires. Le prélat avait reproché l'absence de cierges dans le chœur où allait être accueilli le défunt et en avait profité pour déplorer que les deux chandelles destinées à l'autel de la Vierge ne soient pas en permanence allumées.

Le glas s'était enfin arrêté. L'imagier imagina que les chantres prenaient le relais. Il les avait observés la veille, saisissant sur le vif ces visages gonflés d'air et ces lèvres articulant avec soin les paroles des hymnes qui montaient vers les voûtes dont la hauteur emplissait de fierté les chanoines.

Une fierté qu'ils devraient rabattre car Robert savait que les bâtisseurs de cathédrales rivalisaient d'audace pour élever des voûtes toujours plus hautes. Ainsi à Reims, à Amiens ou à Beauvais, les ogives culmineraient à des niveaux incroyables ! À faire pâlir les chanoines parisiens…

9

Un matin, quelques jours plus tard, Robert avait à peine gagné sa loge qu'un chanoine vint le quérir.

– Voilà le roi !

Effectivement, un petit cortège surgissait de la rue Notre-Dame. Au milieu se tenait le roi qui avançait du pas d'un homme pressé. Il semblait presque modeste parmi ses proches formant un carré d'intimes, mais n'importe quel étranger l'aurait reconnu entre mille. Robuste et de belle taille, plutôt maigre – l'épopée de Bouvines ne l'avait guère engraissé –, il n'avait pourtant pas, à pied, la prestance de son entrée triomphale dans Paris. Il était maintenant presque chauve et son visage un peu rougeaud offrait des traits réguliers rehaussés d'une moustache rousse ; son air déterminé et son regard impérieux le distinguaient entre tous. L'évêque Pierre de La Chapelle, dont la mine hâve faisait toujours craindre qu'il passât dans l'heure, paraissait encore plus fragile à ses côtés. Pour faire bonne mesure, la nouvelle de la visite du roi s'étant propagée très vite, les chanoines avaient aussitôt afflué, doyen en tête. Tous les clercs avaient suivi : des bénéficiers, des chapelains et des hebdomadiers.

La troupe inspecta la façade. Les structures des portails avaient progressé depuis le départ du roi et n'attendaient plus que les sculptures dont Robert présenta les dessins. Encadré des chanoines guettant avec inquiétude les réactions royales, il fournit quelques explications qui semblèrent recueillir l'intérêt du roi et surtout de son âme damnée, le frère Guérin. La robe rouge d'hospitalier de ce dernier, qu'il continuait à porter bien qu'il ait été nommé évêque de Senlis un an plus tôt, formait un violent contraste avec la cotte bleu fleurdelisé de Philippe II, que l'on appelait désormais Auguste. Plus modeste était, près d'eux, le chroniqueur Guillaume le Breton dont on murmurait qu'il était toujours à ruminer quelque texte afin d'écrire la geste de son héros[1].

– Je te sais gré d'avoir mis le roi du bon côté, commenta le souverain en découvrant le projet du tympan central où le Christ Juge dominerait la séparation des élus et des damnés.

Robert éclata de rire. Si le roi avait su la discussion qui l'avait opposé aux chanoines quand il avait voulu installer un roi du côté de l'enfer…

– Les rois ne sont pas tous des saints ! répondit l'imagier avec une ardente audace qui affola les clercs.

– Et vos tours monteront à quelle hauteur ? interrogea Philippe qui ne s'attardait jamais sur un sujet.

Le maître de la fabrique, un chanoine qui régissait le chantier, s'avança :

– Nous comptons arriver à une quarantaine de toises…

Philippe II fronça les sourcils.

– Vous allez rendre ridicule mon donjon qui n'en fait pas la moitié, sans compter les tours de mon palais…

Quand le roi parlait de « son donjon », il faisait allusion à la Grosse-Tour, surnommée « le Louvre », qu'il venait de faire bâtir à l'ouest, dans la toute nouvelle enceinte, un cylindre impressionnant dont les murs avaient plus de deux toises d'épaisseur et s'inscrivaient dans un quadrilatère

1. Il écrira après Bouvines la *Philippide*, où il conte l'histoire de Philippe Auguste.

rehaussé de multiples tours. Un symbole de pouvoir, devenu celui de sa victoire puisqu'il avait été transformé en geôle pour y retenir les prisonniers de Bouvines que certains appelaient déjà par dérision les « châtelains ».

– Les tours de nos cathédrales doivent tutoyer le ciel, s'approcher du divin…, rétorqua le doyen des chanoines dont la large tonsure luisait au soleil.

– Voilà une belle explication, répliqua le roi, visiblement agacé. Et du haut de vos tours, vous aurez une vue imprenable sur mon château !

Il s'était retourné en direction du palais qui n'était en effet qu'à quelques rues.

– Sire, n'allez pas imaginer que nous passerons nos jours au sommet de ces maudites tours où l'air est si vif.

– Vous aurez bien toujours quelques bedeaux ou sonneurs de cloches curieux…

– Nous veillerons à la discrétion, mais notre maître imagier a, je crois, une requête.

– Voyons !

Le roi avait déjà retrouvé sa bonne humeur. Un sourire plissait ses yeux où l'ironie perçait souvent.

Robert, mesurant la susceptibilité du roi, hésitait.

– Dis toujours, maître imagier…, l'encouragea le roi.

Soutenu par les chanoines et par le regard volontaire de son ami Villard de Honnecourt, il s'enhardit et répondit d'une voix ferme :

– Sire, je voudrais hisser, au-dessus des portails, à la base des tours, toute votre parentèle…

Il s'était tourné vers l'édifice, où les ouvriers avaient cessé de travailler par respect pour le roi, et désignait de la main droite l'emplacement visé, une portion de mur qui faisait la transition avec le niveau où serait insérée une rose de verres colorés.

– Toute ma parentèle, que veux-tu dire ? reprit le roi, à la fois amusé et surpris.

– Oui, votre parentèle depuis Charlemagne…

Robert avait bien préparé son discours. La légende de l'empereur s'épanouissait et beaucoup savaient que leur roi ambitionnait d'égaler l'homme qui avait régné sur le monde.

Il comprit qu'il avait fait mouche car Philippe redoubla d'attention.

– Là, dans une galerie, entre de fines colonnettes, les statues de vos ancêtres proclameraient la gloire de votre famille.

– Et moi aussi, je serai là-haut ? interrogea le roi vaguement incrédule. Messires les chanoines l'autoriseraient ?

Ces derniers firent simultanément le même signe de tête ; il aurait fallu être grand clerc pour y voir un réel engagement, celui-ci pouvant tout aussi bien signifier l'acquiescement que la dubitation. Le roi choisit d'emblée la première hypothèse qui l'arrangeait.

– Messire le roi, ne croyez-vous pas que Dieu pourrait être offensé de cet orgueil…, risqua cependant un chanoine dont l'audace emplit de crainte ses collègues qui échangèrent des regards consternés.

– Par la lance de saint Jacques, vous venez me parler d'orgueil, vous qui voulez bâtir les tours les plus hautes du royaume ?

– Certes, certes, convint le chœur presque contrit des chanoines qui connaissaient les promptes fureurs du roi mais le savaient peu rancunier. Fougueux comme sa mère, une Champenoise renommée pour sa vivacité.

Le roi, faisant fi du manque d'enthousiasme évident, poursuivait déjà en fixant le doyen du chapitre qui sentit une légère rougeur lui colorer les joues :

– Nous sommes ce que nous sommes et c'est plus souvent pour la gloire de Dieu que nous nous battons que pour la nôtre. Avez-vous oublié les voyages outre-mer et notre lutte contre les infidèles ? Aujourd'hui, en sauvant notre royaume, nous avons aussi sauvé les chanoines de la barbarie !

– Certes, certes, répétèrent les clercs non sans une pointe de servilité.

Aucun n'aurait avoué son scepticisme patent. Le roi n'avait-il pas écourté quinze ans plus tôt son expédition vers Jérusalem ? Et depuis, d'autres princes n'avaient-ils pas failli à leur mission en pillant avec une cupidité inouïe Constantinople[1] ? Certes, le roi de France n'avait pas participé à cette mise à sac qui marquerait longtemps les mémoires, mais l'avait-il condamnée ? N'avait-il pas lui aussi nourri des rêves de gloire ?

– J'ai envoyé trouvères et ménestrels pour clamer notre renommée, continuait le roi décidément très en verve.

Sa belle voix forte détachait posément chaque mot.

– Juchés sur quelque tréteau aux carrefours des cités et des bourgs, ils ne clameront pas seulement ma gloire, mais surtout celle des hommes qui ont remporté la bataille de Bouvines à mes côtés. Alors pourquoi ne pas célébrer cet exploit sur le fronton de la cathédrale la plus proche de mon palais ?

Plus ou moins convaincus, les chanoines hochaient la tête pour donner le change.

– Mais tu ne sais pas comment étaient faits mes ancêtres ? ajouta soudain Philippe II, en prenant affectueusement le bras de Robert. Tu ne peux plus les contrefaire à vif !

– Cela n'a pas d'importance, répondit aussitôt Robert qui avait prévu l'objection.

---

1. Philippe Auguste avait rapidement abandonné la troisième croisade. Parti en 1190, il était rentré dès le mois de décembre 1191. En 1202, les Occidentaux, menés par le doge vénitien Dandolo et Beaudoin de Flandre, étaient partis à leur tour. En 1204, ils pillaient Constantinople et Beaudoin se faisait couronner empereur.

– Aucune, confirma Villard de Honnecourt qui s'était avancé. Ce sont des images de roi qui seront hissées là-haut, et je suis sûr que maître Robert saura faire votre portrait.

– Mais qui me reconnaîtra ? demanda le roi dans un grand éclat de rire qu'imitèrent complaisamment ses compagnons, entraînant les chanoines dans une hilarité générale.

Redevenu sérieux, Philippe ajouta en plissant les yeux :

– Maître Robert, c'est une bonne idée. Il serait bien que tous les imagiers du royaume s'en inspirent. Je vais envoyer un messager à Reims pour que les chanoines prévoient une galerie de mes ancêtres dans leur nouvelle cathédrale dont les fondations commencent à peine. Leurs tours seront peut-être plus hautes que les vôtres.

Le roi avait accompagné cette dernière phrase taquine d'un clin d'œil peu royal.

– Sire, péché d'orgueil ouvre les portes de l'enfer. C'est l'orgueil qui a provoqué la chute du démon et des mauvais anges !

Tous se retournèrent vers l'homme en rouge qui venait de les menacer de manière honteuse. Qui osait interpeller le roi de la sorte ?

– Orgueil, orgueil…, répéta une autre voix plus caverneuse.

– Loup, qu'est-ce que tu as ?

Le garçon avait roulé à terre et se contorsionnait en hurlant ; son chapeau rouge avait chu sur un tas de sable. Robert se précipita pour remettre son fils debout.

– Laissez-le, il est possédé par le Malin, dit un chanoine en faisant hâtivement un signe de croix que ses collègues reprirent avec componction. Il bave, ne le touchez pas ! Voilà pourquoi il ne sait faire que des images de démons.

– Des images de démons ? demanda le roi aussi interloqué qu'intéressé.

– Regardez-le, il est petit, laid… un changelin, un enfant du démon. Maître Robert, il faudra vous séparer de votre garçon qui fait scandale sur le chantier. Renvoyez aussi cette créature satanique qui apporte le mauvais œil.

Le doyen du chapitre, furieux, désignait le chat qui avait élu domicile dans la loge de Robert depuis que Loup avait commencé son apprentissage. Le mal rôdait désormais et l'allusion au changelin, qui faisait peur depuis des lustres à toutes les mères, n'était pas anodine. Il s'agissait d'un petit démon que les mauvaises fées venaient placer dans les berceaux à la place des bébés.

Mais le roi le toisa et lui dit :

– Balivernes, le diable, c'est aussi votre affaire, alors occupez-vous de ce possédé !

C'était un ordre. Loup s'était calmé, le chat se frottait à ses braies. Robert l'aida à se remettre debout.

– Messire le roi, je n'y peux rien. Je vois des choses que je ne devrais pas voir, murmura Loup dont la cotte sombre était maculée de poussière.

– Adresse-toi aux hommes d'Église mais consulte aussi la médecine qui est moins ignorante depuis que les Arabes nous donnent des leçons.

Le roi avait-il sciemment voulu choquer les chanoines en faisant référence aux infidèles ? Les clercs devaient admettre, à regret certes, leur bonne réputation en la matière. Grâce à eux, s'offraient d'autres explications à la maladie que celles du péché et donc du démon, des influences astrales ou tout bêtement du destin. Le roi soulevait un problème douloureux : la querelle latente entre l'Église et les médecins. La défiance envers les infidèles, fussent-ils savants, ne s'éteindrait sans doute jamais. Le roi en jouait.

– Viens au palais, poursuivit le roi, heureux de son effet, en s'adressant à Robert. Mon médecin qui connaît par cœur le traité d'Avicenne pourra peut-être t'aider.

Le doyen des chanoines fit une moue que remarqua avec amusement Philippe II à qui rien n'échappait. Le souverain venait en effet de proposer une alternative à la cérémonie habituellement présidée par un clerc chasseur de démons. Mais peu lui importait et, après cet intermède, il dit encore :

– Maître Robert, poursuis ton beau projet et qu'il soit avancé quand je reviendrai. Maintiens le roi du côté du paradis, je ne te décevrai pas ! Je ne décevrai personne…

Léonard observait la scène, les bras croisés, fou de colère qu'il n'y en ait eu que pour l'Auvergnat. Le roi s'arrêta un instant devant lui et lança à la cantonade :

– Travaillez bien tous !

Sans un regard pour le faiseur de chapiteaux, comme s'il faisait partie du paysage, tels les machines, les tas de pierre ou de sable.

– Voici la commande du palais. Ne barguignez pas, les hasteurs n'attendent pas.

Il ne fallait pas décevoir en cette période faste. Guillaume Guerry, maître de la Grande Boucherie, n'entendait pas manquer ce moment intense. Il n'en finissait pas d'envoyer Cerneuf et ses autres livreurs sur l'île de la Cité depuis le retour triomphal du roi. Les festins se succédaient pour fêter la victoire et l'aliment de choix restait la viande rôtie dont Guerry approvisionnait abondamment les immenses foyers des cuisines royales. Le roi aimait autant la bonne chère et le vin que les femmes !

Comme beaucoup d'autres, Cerneuf passait donc chaque jour la grande porte, longeait l'enceinte tout de suite à droite pour gagner le cellier à côté de la cuisine de bouche. Il régnait toujours une vive animation dans ce que certains nommaient le « ventre du palais ». Cerneuf y croisait tous les fournisseurs qui, depuis le retour du roi, s'étaient multipliés, chacun espérant tirer profit de la belle humeur rapportée de Bouvines. Il n'était pas rare de voir arriver, outre les commerçants habituels, des cueilleurs en tout genre apportant – c'était la saison – des baies et des fruits sauvages dont le maître fruitier jaugeait la qualité d'un seul coup d'œil et fixait le prix sans appel. Certains repartaient déçus, d'autres, au contraire, faisaient leur miel d'un gain inespéré.

– Vite, cédez la place aux suivants, hurlait le chef de l'hôtel du roi qui régentait les dépôts de marchandises. Ici, les légumes. Vos poireaux sont-ils bien frais ? Là, les pois et les lentilles, ne renversez pas les paniers, là, les herbes…

– Une livre[1] de girofle, une de muscade, deux de gingembre et trois de cannelle, bon poids, dit une femme d'une voix forte.

Les livreurs n'avaient guère le loisir de visiter la grande cuisine où les broches ne semblaient pas avoir de repos, ni les crémaillères où étaient suspendus marmites et chaudrons. L'homme au soufflet, grand maître du feu en charge de le moduler avec art, houspillait à grands cris braises et flammes pour satisfaire aux exigences du hasteur. Chacun était à sa tâche, sans un regard pour l'autre et, quand l'aumônier – une invention récente du roi – quémandait les reliefs de la table royale pour ses pauvres, personne ne lui prêtait attention. Il se servait, en maugréant parfois qu'il ne restait pas grand-chose.

Cerneuf s'apprêtait à s'en retourner à la boucherie selon le parcours qu'il observait maintenant depuis quelques jours. Chaque matin, il passait devant l'échoppe d'Opportune où il n'y avait toujours aucun signe de vie. Ni la patenôtrière,

1. Au Moyen Âge, la valeur de la livre en France variait, suivant les provinces, entre trois cent quatre-vingts grammes et cinq cent cinquante-deux grammes.

ni même son coutillier de mari qui aurait dû être rentré. Puis il faisait un détour par Notre-Dame pour y voir son père et Loup, à qui il en voulait pourtant de ce qu'il avait fait à Opportune. Mais le voir travailler, presque heureux, avec leur père le réconfortait. Ces détours occasionnaient une perte de temps qu'il fallait rattraper pour ne pas contrarier son grand-père.

À l'instant où il allait franchir la grande porte du palais, pour rejoindre la rue Saint-Barthélemy, son attention fut attirée par une silhouette à quelques pas.

– Eh, Cerneuf, ton grand-père va attendre, dit le livreur qui l'accompagnait.

– Je te rejoins, pars devant, dit Cerneuf, content de s'en débarrasser.

– Mais ton grand-père ?

Cerneuf lui avait déjà tourné le dos, aimanté par cette silhouette, vêtue d'une cotte rose serrée à la taille par une fine ceinture de cuir. Il avança de quelques pas, puis s'arrêta, indécis. Pivotant sur elle-même, la femme se retourna et le vit.

En trois longues enjambées, il fut devant elle :

– Opportune, que fais-tu là ? Je t'ai cherchée partout, depuis tout ce temps.

– Cerneuf… Ah, si tu savais !

– Mais tu n'es pas avec ton mari ?

– Il n'est pas rentré ; chaque jour, la reine envoie une de ses dames vérifier à l'échoppe. Toujours personne. Viens !

Lui saisissant le poignet, Opportune entraîna Cerneuf qui résista :

– Je dois rentrer, mon grand-père sera furieux…

Lui appliquant un doigt sur les lèvres, elle le fit taire. Il regardait autour d'eux, mais personne ne leur prêtait attention ; il y avait tant de monde dans la cour du palais, un vrai univers en réduction. Chacun vaquait à ses occupations, sans se soucier des autres.

– Viens !

Cerneuf se maudit de se laisser faire, mais le doigt sur ses lèvres, qui sentait si bon, lui avait enflammé les sens ; une fois encore, Opportune était maîtresse du jeu. Et ce malgré les insinuations de Loup. Contournant une chapelle à laquelle le garçon n'avait jamais prêté attention, car jamais il n'aurait osé s'aventurer là, ils accédèrent au jardin. Opportune marchait vite. Elle savait où aller.

– Viens, répétait-elle, en fixant le garçon d'un air suppliant.

Ils s'arrêtèrent sur une pelouse à clôtures treillissées, sillonnée d'allées ; une fontaine y trônait, cernée de parterres de fleurs.

– Sens cette rose… Je ne connais rien qui embaume si délicieusement. La reine l'appelle *rosa gallica*. Elle m'en donnera pour mon jardin. Enfin, quand je pourrai y retourner.

Les rosiers avaient près d'une toise de haut. Opportune se pencha et prit une fleur entre ses doigts. Le feuillage était d'un joli vert, les cinq pétales formaient une corolle rose délicatement assortie à la cotte d'Opportune. Cerneuf s'approcha, huma le parfum et voulut prendre la jeune femme par la taille, mais elle s'esquiva.

– Allons dans le verger, nous y serons plus tranquilles, assura Opportune en franchissant une porte dissimulée dans un mur palissé de vigne.

Des carrés d'herbes et de plantes en damiers voisinaient avec des arbustes curieusement taillés. Cerneuf n'avait jamais rien vu de tel. Il écarquillait les yeux, surpris et sous le charme. Opportune semblait chez elle dans cette sorte de paradis, où il rêvait maintenant de se perdre. Aussi, quand sa compagne se laissa tomber sur un banc de pierre abrité par une tonnelle qui formait une sorte de nid, il voulut l'enlacer, mais Opportune se déroba, encore une fois.

– Pas ici, Cerneuf, tu n'y penses pas et je dois te parler !

– Pourquoi as-tu quitté ton échoppe ? interrogea Cerneuf, renfrogné et déçu.

– Tu vas le savoir… Ton frère et sa bande m'ont enlevée, emmenée dans un village où ton immonde frère fait la loi, à la Grande-Truanderie. J'étais retenue prisonnière, Loup, ce monstre, a abusé de moi.

– Et il paraît que cela te plaisait bien…, laissa tomber Cerneuf, subitement furieux.

Le récit d'Opportune le rendait encore plus jaloux que celui de Loup. Elle haussa les épaules.

– Qui peut prétendre cela ?

– Lui ! Il m'a tout raconté.

– Et tu n'as rien fait pour me secourir ?

Pour Opportune, la meilleure défense était l'attaque.

– Il t'a dit qu'il voulait se venger de toi ? J'ai compris qu'il nous avait espionnés. Je me suis échappée le jour de l'annonce de la victoire et me suis réfugiée ici, auprès de la reine.

Cerneuf bouillait ; ses poings serrés sur sa poitrine, le visage tendu, il enrageait. Contre son frère, mais aussi contre elle.

– Je le tuerai, murmura-t-il cependant en se saisissant des mains d'Opportune. Je le tuerai !

– À quoi bon, cela te mènera au Châtelet et au gibet.

Elle ajouta :

– Je ne t'ai pas tout dit. Je vais avoir un enfant.

– Ah ?

– Je te l'avais dit que tu me ferais un enfant, pas comme mon Pierrot.

– Justement, ton Pierrot, tu en fais quoi ?

– Il n'est pas rentré, je t'ai dit ! s'impatienta-t-elle. Cela ne te plaît pas d'avoir un enfant ?

– C'est que...

Cerneuf aurait été bien incapable de dire si cela lui plaisait. Puis, pris d'une soudaine inspiration, il avança :

– Le père peut tout aussi bien être mon frère.

– Ne parle pas de malheur. Avoir un monstre...

– Qu'est-ce que tu vas faire ?

– C'est toi qui dois agir, tu vas m'épouser !

– Je suis bien trop jeune. Et tu es déjà mariée avec ton Pierrot.

– Oui, mais moi, je ne peux avoir cet enfant seule. Je serai damnée et ne pourrai plus faire de chapelets. Je ne gagnerai plus ma vie et deviendrai une pauvresse. Tu ne voudrais pas cela ?

Cerneuf restait coi ; conscient du piège dans lequel il se trouvait enfermé, mais ne sachant comment en desserrer l'étau, il oscillait entre la colère contre son frère et la perplexité où le plongeait cette étrange situation. Il osa cependant dire :

– Et si ton Pierrot rentrait ?

La question lui venait naturellement à l'esprit car elle se posait dans sa famille à propos de son oncle Merri. Il n'était pas rentré, lui non plus, mais personne ne désespérait encore de le voir arriver un jour. Chacun y allait de son anecdote sur des hommes revenus d'outre-mer bien après le gros de la troupe. Prudence et Cerneuf voulaient effacer à tout prix la triste prophétie de Loup, qu'ils n'avaient révélée à personne.

« Encore Loup, toujours Loup », songea Cerneuf.

– Pierrot, revenir, répéta Opportune d'un ton las, tu y crois, toi ?

– Mon grand-père est sûr que l'oncle Merri va débarquer un jour ou l'autre.

– Lui non plus n'est pas rentré ? interrogea Opportune qui connaissait bien Marie.

– Non, et grand-père ne peut pas croire qu'il ait disparu.

Cerneuf soupira. Son grand-père, aussi abasourdi qu'irrité, n'osait pas rappeler combien il avait désapprouvé le départ à la guerre de ce gendre qu'il affectionnait. Plus que jamais, Guillaume Guerry faisait figure de chef de famille, alors que les années se faisaient pesantes sur ses épaules. Et si la nouvelle de la disparition de Merri se confirmait, nul doute qu'il serait aussi abattu que lors de la mort de sa pauvre femme.

– Comment savoir ?

Opportune faisait écho aux sombres pensées de Cerneuf qui se leva soudain.

– Alors, il faut te préparer à notre mariage, j'en parlerai à la reine. Elle sera compréhensive.

– Attendons un peu..., tempéra Cerneuf qui se dandinait d'un pied sur l'autre.

– L'enfant n'attendra pas. Sais-tu qu'il pourrait être là avant le printemps ?

– Je dois en parler à mon grand-père, dit encore Cerneuf en avançant dans l'allée où se balançaient doucement les branches alourdies des poiriers.

Un fruit tomba devant lui. Il s'en saisit et y planta les dents avec hargne. Il avait un goût suave. Il ne se retourna même pas, étonné que le désir qu'il avait eu d'Opportune ait disparu.

– Tu n'en parlais pas à ton grand-père quand tu venais me voir au jardin, lança dans son dos la jeune femme en levant un poing rageur.

10

Quelle ne fut pas la surprise d'Opportune de trouver, un matin, Loup sur le chantier de Notre-Dame. Elle avait accompagné la reine et quelques dames pour prier auprès d'un autel dédié à la Vierge dans la cathédrale où Ingeburge aimait particulièrement se recueillir. Elles voulaient y rendre grâces de la paix signée à Chinon avec le roi anglais[1]. Elles en profitaient pour découvrir l'état d'avancement des travaux qu'elle suivait avec assiduité. La reine s'identifiait volontiers aux statues déjà en place ; il y avait deux femmes couronnées et celle dénommée reine de Saba la faisait rêver. Il est vrai que comparée à sa propre vie, la légende flattait son imagination.

– Vous avez un aide ? interrogea Ingeburge dont l'isolement imposé par le roi avait excité la curiosité.

– C'est mon fils ! répondit maître Robert, toujours flatté que la reine s'intéressât à lui.

– C'est une bonne idée de transmettre votre art, commenta-t-elle aussitôt, sans remarquer qu'Opportune avait reculé de trois pas.

Loup avait levé la tête de son ouvrage, dévoilant soudain son visage tuméfié. Il portait, serrée par un lien sous le menton, une cale de grosse toile écrue. Celle-ci avait remplacé

1. La paix de Chinon, signée le 18 septembre 1214.

son éternel chapeau rouge comme le bliaud de laine de même couleur avait remplacé sa cotte écarlate. Robert avait exigé qu'il revêtît la même tenue que n'importe quel ouvrier du chantier.

Tremblante, Opportune ne pouvait détacher les yeux de son bourreau, fascinée, et, quand leurs regards se croisèrent, elle crut défaillir. L'émotion fut sans doute tout aussi forte pour lui, car il jeta devant lui le trépan avec lequel il s'était attaqué à un petit bloc de pierre tendre et se mit à tenir des propos inintelligibles, avant de se jeter à terre. Là, quelques convulsions le secouèrent puis, comme son père lui parlait doucement, il se calma.

Médusées et compatissantes, la reine et ses suivantes n'osaient bouger. Ingeburge demanda cependant de sa voix aux intonations toujours marquées par l'accent de son pays, mais si douce, habituée qu'elle était à psalmodier sans fin des prières :

– De quoi souffre-t-il ?

– Les uns disent qu'il est possédé, répondit Robert humblement. D'autres pensent que c'est une maladie, mais que faire ? Le roi m'a proposé de venir voir son médecin.

– Ah, maître Al Mehmet, dit la reine. Il sait tant de choses !

Robert ignorait que l'homme dont avait parlé le roi était arabe. Comprenant soudain les réticences des chanoines, revenus à la charge sans cesse depuis la visite royale pour préparer une cérémonie religieuse, en critiquant avec les mots les plus durs les hommes de l'art, comme ils disaient, cette médecine qu'ils réprouvaient, il répondit sobrement à propos de Loup :

– Il apprend à tailler la pierre et à faire des images, cela le guérira peut-être.

– Oui ; je fais des diables ! confirma Loup. Comme cette diablesse… mais elle, je ne lui ferai plus de mal.

Opportune, désignée ainsi à l'assistance, éclata d'un rire nerveux, imité derrière elle par une autre femme sur laquelle se reporta aussitôt l'attention. La jeune femme reconnut la maudite Arnolda dont le visage outrageusement fardé contrastait avec ceux de la reine et de ses suivantes qui, malgré leur quarantaine[1], entretenaient avec soin un teint de lys et de rose. Certains disaient que la reine n'avait pas renoncé à séduire le roi.

– Arnolda, que fais-tu là ? Les chanoines ne t'ont-ils pas déjà chassée ? interrogea Robert d'une voix forte.

Il paraissait tout à coup excédé.

– Ton fils n'est pas malade. Il nous appartient ! répondit la femme en détachant chaque mot de ses lèvres aussi écarlates que sa ceinture.

– Va-t'en ! hurla Robert.

– Même si je suis loin, je suis toujours là, n'est-ce pas ?

À ses côtés, se tenait ce maudit homme en rouge. Un tailleur de pierre, qui avait participé au dernier voyage outre-mer et en avait rapporté des rudiments d'arabe, l'avait baptisé *al hamra,* « le Rouge », le livrant ainsi à la vindicte de tous. Mais beaucoup le craignaient et personne n'osait l'affronter.

Maître Léonard, le rival de Robert, ne s'était pas privé d'insinuer qu'on ne côtoyait une telle engeance que depuis l'arrivée de Loup. Il observait de loin la scène, furieux que la reine ne vienne pas bavarder avec lui ; le faiseur de chapiteaux présentait moins d'intérêt que l'imagier. Et quand Cerneuf arriva pour sa visite quotidienne, il murmura :

1. Ingeburge est née en 1174. Elle a donc juste quarante ans l'année de la victoire de Bouvines.

– Il ne manquait plus que le boucher pour compléter la drôle de famille.

Heureusement, le chanoine Aubert surgit et entraîna la reine à l'intérieur de la cathédrale. Arnolda avait disparu, comme l'homme en rouge, et Robert incita, non sans rudesse, Loup à se remettre au travail. L'automne était déjà frais, il fallait compter avec le crachin dont l'humidité pénétrait les bliauds, l'hiver viendrait vite et le chantier serait alors ralenti, il fallait prendre de l'avance.

– Ne reste pas là ! murmura Loup à son frère qui avait désormais obtenu de son grand-père la permission de passer presque chaque jour voir son jumeau et son père.

Maître Guerry avait appris avec satisfaction que son gendre honni consentait enfin à s'occuper de son diable de petit-fils.

– Pourquoi ? demanda Cerneuf qui était fasciné par le chantier.

– Un homme peut toujours tomber du ciel ! répondit Loup en levant les yeux vers les tours.

À peine avait-il prononcé ces mots qu'un grand cri s'éleva justement de la plate-forme supérieure de l'échafaudage de la future tour sud. Cerneuf vit tomber, presque à ses pieds, un maçon ; l'homme avait encore sa truelle à la main quand il s'écrasa au sol.

– Vite, dit Robert, une civière.

Mais l'homme gisait inerte.

– Je crois qu'il est mort, observa Cerneuf, tremblant.

Deux ouvriers s'étaient précipités. Ils avaient l'habitude car les accidents n'étaient malheureusement pas rares. En un instant, le blessé fut chargé sur un brancard et les deux hommes partirent vers l'Hôtel-Dieu tout proche.

– Comment tu savais qu'un accident allait arriver ? interrogea alors Cerneuf.

– Je savais, répondit Loup, comme je sais que l'oncle Merri a été tué et que ton Opportune va avoir un enfant...

Cerneuf ouvrait des yeux aussi grands que ceux que Loup tentait de donner à la figure dont il esquissait doucement le visage.

– C'est qui, ton Opportune ? s'enquit Robert.

– C'est une de celles qui accompagnaient la reine...

Loup observait son frère avec un sourire comme pouvait en esquisser sa bouche tordue dont les lèvres étaient à jamais tuméfiées.

– Mais comme j'ai aussi couché avec elle, l'enfant est peut-être de moi...

Les yeux incrédules de Robert allaient de Cerneuf à Loup. Il regrettait soudain d'avoir renoué avec ces fils qui lui compliquaient la vie.

– Je te la laisse...

– Tu sais peut-être aussi si son mari, le Pierrot, est mort, toi qui es si malin ? demanda Cerneuf.

Loup secoua la tête négativement, puis se remit à son ouvrage.

La reine, qui avait dit ses prières, sortit alors de l'église. Opportune passa à côté d'eux sans un regard.

– Il faut que j'y aille, dit précipitamment Cerneuf. Je n'ai pas fini mes livraisons.

– Cerneuf, si c'est toi le père, tu dois réparer !

– Opportune est mariée. Et pourquoi Loup ne s'en chargerait-il pas ?

Robert soupira. Il aurait voulu lui rappeler l'état de son frère, mais se tut de crainte de déclencher une nouvelle crise. Il regarda Cerneuf se faufiler rapidement entre les tas de pierres en attente, soit d'être mises en œuvre par les maçons, soit d'être taillées par les sculpteurs. Les réserves impressionnantes étaient chaque jour alimentées par de lourds chariots venus d'au-delà des remparts.

Ce fut l'après-midi de ce jour qu'Opportune décida de rentrer chez elle. La reine Ingeburge, consultée, l'incita à reprendre son métier, tout en l'assurant de sa protection.

– Chère Opportune, nous avons besoin de tes chapelets, lui dit-elle. Sinon, comment pourrai-je remercier Dieu des félicités qu'il nous a accordées ?

La blonde Ingeburge avait un visage radieux depuis la belle victoire, comme si elle avait été soudain assurée de conserver désormais sa place de reine et d'épouse qui lui avait été rendue par le roi avant son départ. Le roi ne l'avait-il pas nommée « sa chère femme » dans les discours prononcés devant ses invités lors des fêtes pour célébrer Bouvines ? Après tout, celle que le roi avait choisie après sa répudiation n'était-elle pas morte depuis treize ans et l'immense chagrin du roi ne s'était-il pas estompé[1] ?

– Je t'enverrai chaque jour dame Gertrude pour vérifier que tout va bien. Ton échoppe est si près du palais… Mais n'as-tu pas forci depuis ton arrivée ? Tes joues n'étaient pas aussi pleines. C'est la bonne chère du palais ?

Opportune sentit le rouge lui monter au front. La honte l'assaillait.

– Madame, puis-je vous avouer…

– Dis, dis…

– Me voilà avec un enfant sous le devantier.

– Quelle belle nouvelle ! s'écria aussitôt Ingeburge en joignant les mains sur sa poitrine, déjà prête à en rendre grâces à Dieu.

---

1. Il s'agit d'Agnès de Méranie qui mourut en couches en juillet 1201. Le roi obtint du pape la légitimation de ses enfants, Marie et Philippe.

– Un enfant sans mari, est-ce une bonne nouvelle ? interrogea alors Opportune, interrompant presque la reine.

– Je prierai pour que ton époux revienne enfin, dit Ingeburge dont les longs cheveux blonds nattés avaient été coiffés en couronne sous le voile de fine toile.

– Mon Pierrot sait que les enfants se font en neuf mois... J'ai peur que le père ne soit ce monstre dont je vous ai parlé. Imaginez que j'accouche d'un changelin ?

– Mais que dis-tu ? Tu te fais des idées, ton mari sera si heureux de trouver un petit tout fait.

– Et s'il ne rentre pas ? Je serai seule, que diront mes voisins ?

– À trop s'occuper de ce que disent les autres, on ne fait plus rien, n'est-ce pas, Gertrude ? Et belle comme tu es, tu t'en retrouveras bien un autre. Après tout, est-ce si grande faute ? Souviens-toi de Lancelot et de Guenièvre !

Opportune avait découvert en effet, lors des longues lectures faites par messire Arnaud, le ménestrel, cette histoire impossible où l'adultère apparaissait comme le seul berceau de l'amour. Elle n'avait pas tout compris. Sa reine s'était passionnée pour ces récits qui la distrayaient fort après toutes ces années passées dans des monastères ou dans le triste donjon de Dourdan. Ils lui laissaient entrevoir un amour qu'elle ne connaîtrait jamais dans son union désastreuse avec le roi.

D'ailleurs, peut-être était-ce pour cette raison que le roi ne tolérait pas la présence des poètes à la cour. À moins que ce ne soit les déboires de son père avec la fameuse Aliénor d'Aquitaine qui l'aient brouillé avec cette engeance. Se souciant comme d'une guigne de ce que la reine pensait, le souverain avait apprécié que musiciens et chanteurs aient déserté les lieux pendant son court séjour puisqu'il était vite reparti rejoindre le prince Louis qui combattait Jean sans

Terre. Attaché aux choses simples de la vie, le roi aurait, toute son existence durant, des relations fortes et conflictuelles avec les femmes. Les délicatesses de l'amour courtois lui étaient étrangères. N'étaient-ce pas les troubadours du Sud qui l'avaient érigé en système, cinquante ans plus tôt, encouragés par la belle Aliénor d'Aquitaine, celle qui avait fait le malheur de son père ? Il en avait suivi de loin les méandres à la cour de sa demi-sœur, Marie de Troyes, fille d'Aliénor, pour qui le poète André Le Chapelain avait codifié cet amour dans un long texte, *De amore*, qui faisait les délices de tous ces musiciens pervers.

Parfois, Philippe II s'avouait même avoir été bien imprudent en laissant Aliénor choisir sa petite-fille, Blanche de Castille, pour devenir un jour peut-être reine de France. Dans ses veines coulait ce sang de l'exubérance méridionale qui lui faisait peur. Autant éloigner ces poètes et éviter qu'ils n'enflamment ses sens !

– Lancelot et Guenièvre… pourquoi en parlez-vous ? interrogea la jeune princesse qui était entrée dans la salle où Opportune conversait avec la reine. Quand reverrons-nous messire Arnaud pour qu'il nous charme ?

Ingeburge éclata de rire. Un rire cristallin qui monta jusqu'à la charpente couvrant cette salle de dimensions modestes où la reine aimait se tenir parce qu'elle bénéficiait de l'éclairage de grandes baies au sud et de coussièges d'où elle pouvait observer les allées et venues dans la cour. Dans la grande cheminée crépitait un feu pour combattre l'humidité et la fraîcheur qui caractérisaient l'automne de cette année 1214.

– Si votre beau-père vous entendait, il serait terrorisé. N'imaginerait-il pas que vous ressemblez à votre grand-mère ?

Le destin d'Aliénor fascinait les princesses. Belle, amoureuse, deux fois reine, et même davantage puisqu'elle avait continué à l'être en conseillant et même en régnant à la place de ses fils !

Blanche rit de bon cœur avec celle qu'elle considérait comme sa belle-mère et pour qui elle s'était prise d'une réelle affection. Elle serrait sur son cœur son bébé[1] qui devenait chaque jour plus gracieux. Il fit un grand sourire à Opportune qui lui saisit la main.

– Opportune attend un enfant, annonça Ingeburge. Et elle rentre chez elle.

– Alors tu vas de nouveau faire des chapelets ? interrogea Blanche. Je t'en commande une dizaine. J'en enverrai à mes sœurs.

– Et reviens quand tu veux, tu es ici chez toi. Après tout, le palais du roi n'est-il pas la maison de tous ? ajouta la reine, approuvée par la princesse.

Celle-ci déposa en douceur l'enfant dans un berceau près de son faudesteuil. Puis, extrayant un petit livre de son aumônière, elle le feuilleta en soupirant :

– À défaut de poètes, il nous reste leurs textes !

Comme tous les étudiants parisiens, Odilon allait chaque jour place Maubert pour écouter des cours. Très assidu, il était spécialement attentif ce jour-là, le propos du maître avait de quoi l'intéresser ; il y était question de bien et de mal et, derrière le mal, il y avait forcément le diable. Et qui disait diable, disait aussi possédé et toutes ces forces qui semblaient habiter le pauvre Loup, comme son père le lui avait confié récemment.

1. Le futur saint Louis.

De gros nuages moutonneux se chargeaient lentement en noirceur du côté de l'ouest et les oiseaux volaient en tous sens comme s'ils pressentaient le pire. Il faisait frais sur cette place à laquelle menait la longue rue de Garlande. Odilon y partageait une maison avec d'autres étudiants. Une masure misérable telle que les propriétaires peu scrupuleux et cupides en louaient à cette nouvelle clientèle apparue quinze ans plus tôt et qui n'en finissait pas de croître. À tel point qu'une réglementation était annoncée pour punir les abus, leurs auteurs seraient bientôt interdits de location pour une durée de cinq ans. Un vrai manque à gagner ! Et comme c'était la pratique, Odilon devait demander à son grand-père de payer chaque année le loyer d'avance pour les douze mois à venir. Il logeait certains de ses amis qui n'avaient pas la chance d'avoir pour grand-père le maître de la Grande Boucherie.

La place Maubert tenait son nom de Jean Aubert, le deuxième abbé de l'abbaye Sainte-Geneviève, propriétaire du site. Elle était devenue le lieu de ralliement des maîtres et des élèves dès les débuts de l'université à laquelle le roi avait accordé des privilèges quatorze ans plus tôt, reconnaissant ainsi ces écoles où l'on enseignait médecine, droit canon, droit civil, arts et théologie. Une affaire d'État dont l'évêque et les chanoines de Notre-Dame lui tenaient toujours grief. Il avait, en effet, officialisé une institution créée quelques décennies plus tôt par des esprits libres, soucieux d'enseigner hors de la tutelle épiscopale. Ceux-ci avaient encore aggravé leur cas en bénéficiant de la complicité des ennemis jurés, les chanoines de Saint-Victor, vrais trublions de la vie intellectuelle, dont l'indépendance était encore symbolisée par une abbaye restée hors la nouvelle enceinte bâtie par Philippe II.

Odilon se souvenait, comme beaucoup d'étudiants, de la colère des chanoines de Notre-Dame quand un prédicateur avait déclaré au roi dans une grande envolée, quelque temps avant son départ à la guerre : « Votre cité est un moulin dans lequel tout le froment de Dieu est moulu pour la nourriture du monde entier. Il est moulu par les leçons et les discussions des maîtres. Votre cité est le four et la cuisine dans lesquels le pain du monde tout entier est cuit et la nourriture de ce monde préparée. »

Les étudiants s'étaient eux rengorgés de ce destin qui leur était ainsi tracé. Odilon avait même raconté l'affaire à son boucher de grand-père, pour tenter de lui démontrer le bien-fondé de ses études, et ainsi justifier l'abandon du métier familial. Mais en vain, Guillaume Guerry, peu réceptif, avait balayé ses arguments d'un haussement d'épaules, ce qui ne l'avait pas empêché de subvenir généreusement aux besoins de son petit-fils.

– Dans le Nouveau Testament, deux termes d'origine grecque désignent principalement le diable.

Le voisin d'Odilon lui tapa les côtes d'un coup de coude en hochant la tête. C'était Denis, un de ses amis qui appartenait au collège de Constantinople dit aussi collège Grec, l'un des premiers à avoir été fondé, dès 1206, et à avoir assis une réputation internationale à l'université. Denis ne manquait pas une occasion de tirer orgueil de la culture grecque à laquelle les cours faisaient souvent référence. Le teint toujours basané, il avait des yeux rieurs et moqueurs et, si sa silhouette fluette le faisait paraître plus jeune qu'il ne l'était, il savait faire blouser sa longue cotte sombre pour se donner une stature. Il n'était pas rare qu'il gonflât la poitrine exagérément pour rivaliser avec d'autres plus costauds, ce qui n'était pas vraiment le cas d'Odilon, à peine plus grand et plus fort.

Ce dernier restait de marbre, l'air sérieux avec ses lunettes qui lui faisaient une marque presque indélébile sur le nez ;

il ne les quittait guère. Lui aussi portait une cotte longue, puisqu'elle était obligatoire pour les étudiants. Devant lui, ses condisciples, tous vêtus d'une couleur uniforme tirant sur le gris, offraient au soleil leur tonsure. Celle-ci faisait partie des exigences de leur état. Ce signe, sorte de gage donné aux détracteurs de l'université, affirmait qu'il n'y avait pas rupture avec les clercs, contrairement aux dires de certains.

– Ces deux termes…, poursuivait maître Gerbert, dont le verbe, haut et clair, tenait en haleine des élèves pourtant bien inconfortablement installés sur des bottes de paille disposées en demi-cercle tout autour de l'orateur.

Sur leurs genoux, ils écrivaient hâtivement quelques notes dans un carnet de parchemin, tout en sachant qu'ils pourraient acquérir ou lire, chez un libraire de la rue Saint-Séverin, l'exemplaire sur lequel le maître consignait l'essentiel des connaissances distillées dans son cours.

– *Diabolus*, qui veut dire « celui qui sépare », et *daemon*, qui veut dire « esprit bon ou mauvais, intermédiaire entre dieux et hommes ». En hébreu, *ha-sâtan* signifie « accusateur », il y a aussi Lucifer, le nom du plus lumineux des anges avant sa chute… Beaucoup d'expressions existent, « le Malin », « l'Adversaire », « le Tentateur » et aussi des noms comme Belzébuth, Belphégor ou Léviathan.

Soudain distrait, Odilon suivit un vol d'hirondelles qui rasa presque le sol avant de remonter vers un ciel de plus en plus menaçant. Il envia la liberté de ces oiseaux dont on disait qu'ils migraient l'hiver vers des contrées plus accueillantes. Ils n'allaient pas tarder. Quand Denis éclata de rire, comme toute l'assistance, Odilon sembla perdu. Qu'avait bien pu dire le maître pour réjouir ainsi ses élèves ?

– Un rien vous amuse, commentait déjà l'homme dont la longue cotte sombre contrastait avec ses cheveux blancs qui formaient une toison en rouleau autour du cou. Que les diables n'aient pas plus de sexe que les anges est une évidence, cela n'empêche pas certaines femmes de se dire victimes de démons incubes qui auraient pris corps pour abuser d'elles dans leur sommeil. Elles les décrivent volontiers velus, hirsutes et dotés de pieds de bouc...

Odilon les imaginait sans peine. Il avait regardé la veille le démon velu que son père avait dessiné pour le tympan principal de Notre-Dame ; il disputait une pauvre âme à un ange. Tout un programme ! Il n'en revenait toujours pas que Loup réalise la figure diabolique.

– Et leurs maris croient ces fables ? lança un étudiant au premier rang.

– Ne faites pas le malin. Quand vous serez clerc, vous aurez à entendre ces témoignages.

– Il n'y a pas de femmes incubes ? questionna un autre étudiant avec un fort accent dont les cheveux blonds comme les blés indiquaient une origine nordique.

– Si, mais on les appelle succubes, messire. Voilà une belle excuse pour vos frasques à venir.

L'homme, qui avait ajusté sur son nez de petites lunettes pour mieux fixer son interlocuteur, rit à son tour de bon cœur, avant de solliciter des questions de son auditoire. Ce maître aimait particulièrement la *disputatio*, ce moment de discussion qui suivait le cours magistral, qu'il encourageait toujours même si, parfois, le dialogue pouvait être rude.

Pris d'une subite inspiration, Odilon se leva et demanda :

– Pouvez-vous nous parler des possédés ?

– Voilà un beau sujet qui peut nous emmener loin, mais nous avons le temps. Enfin, si le ciel nous épargne.

Maître Gerbert avait levé la tête. Les nuages menaçaient toujours, mais la pluie ne semblait pas imminente.

– Un possédé est un être tourmenté, persécuté par des forces hostiles, des désirs mauvais. Beaucoup d'entre nous sont torturés par les tentations du diable, certains semblent totalement possédés.

– Que faire face à un possédé ?

Odilon s'était enhardi à poser une seconde question. Son ami Denis le dévisagea, étonné que ce garçon si serein habituellement se passionnât pour le sujet.

– Là, c'est l'affaire des clercs et de leur cérémonie rituelle… Mais il se met à pleuvoir. Demain, je vous parlerai du péché.

Sur sa faim, Odilon se leva à regret.

– Tu en fais une drôle de tête, lui dit son ami grec. Viens plutôt avec nous voir le gibet. J'adore ce spectacle !

Odilon fit une moue. L'autre n'insista pas. Pour se mettre à l'abri de la pluie, beaucoup d'étudiants s'étaient réfugiés dans les échoppes qui s'étaient multipliées depuis que l'université avait investi les lieux. Il y avait l'embarras du choix. Les enseignes, plus affriolantes les unes que les autres, interpellaient le chaland. Quand le vent se levait, il faisait tinter pendant les cours les plaques de fer coloré offrant des dessins évocateurs, une distraction donnée gratuitement aux étudiants qui laissaient volontiers vagabonder leur imagination.

Odilon et Denis aimaient bien Le Chapeau rouge dont le patron au nez écarlate adorait se mêler aux discussions de ses clients, en leur versant généreusement du vin de la colline de Montmartre. Mais parfois ils lui préféraient son voisin, L'Homme sauvage, dont l'hypocras était plus gouleyant. Aucun de ces jeunes gens ne pouvait imaginer combien le quartier avait été bouleversé depuis que des assoiffés d'indépendance avaient décidé de franchir la Seine, dépouillant ainsi l'évêque de son monopole. L'école du cloître de Notre-

Dame était en effet, jusqu'au siècle précédent, le principal lieu d'enseignement. Les cours y étaient dispensés par les chanoines sous l'étroite surveillance du chancelier épiscopal.

C'était justement au Chapeau rouge qu'Odilon, lors d'une de leurs premières rencontres, avait raconté à son ami Denis l'histoire d'Abélard qui avait contribué à ce déménagement vers la rive gauche sous la protection de l'abbaye Sainte-Geneviève, hors de la juridiction de l'évêque. Un vrai séisme dans la vie parisienne, beaucoup plus important que l'affaire privée de Pierre Abélard dont les étudiants faisaient encore des gorges chaudes un siècle plus tard. La romance entre le maître et son élève Héloïse, l'enfant né de ce couple et surtout l'émasculation d'Abélard, privé à la fois de son état de clerc et de maître, les deux amants finissant leur vie chacun dans un couvent, voilà de quoi faire spéculer les jeunes gens !

Odilon jeta un coup d'œil inquiet vers la percée qui donnait sur la Seine et, au-delà, sur le palais épiscopal et le chevet de Notre-Dame autour duquel étaient bâties les maisons des chanoines. Il avait habité celle du chanoine Simon quand il était clergeon, échappant ainsi à la manécanterie, résidence habituelle des enfants de chœur. Comme les autres, il assurait le chant à la cathédrale et découvrait les rudiments du savoir à l'école du cloître sous l'autorité d'un maître sévère. Très assidu, beaucoup plus que Cerneuf qui n'avait guère persévéré, il y avait appris à lire et à écrire, à compter et à chanter avec un écolâtre austère qui lui avait aussi inculqué la grammaire et la géométrie. À quinze ans, doté d'un bagage non négligeable, il avait traversé la Seine où l'université n'en était encore qu'à ses débuts, optant pour de longues études en droit et théologie qui pouvaient durer jusqu'à dix ans.

– Il ne pleut plus, dit près de lui Denis. Je vais au gibet.

– Je te suis, répondit Odilon en lui emboîtant le pas sans enthousiasme.

– Cache ton plaisir, plaisanta Denis, troublé par l'attitude de son ami.

11

Quelques minutes plus tard, ils arrivaient au gibet. Ils avaient franchi l'enceinte par la poterne Barbette en direction du Temple[1]. Il régnait dans ce lieu, de triste mémoire pourtant, une grande agitation, comme toujours avant l'exécution de sentences prononcées la veille. Les condamnés étaient déjà là, parqués dans un petit carré de cordes soigneusement surveillé par des sergents d'armes dont le glaive menaçant présenté devant la poitrine devait ruiner toute idée de fuite ou même d'attaque en vue de délivrance par des tiers.

La foule était déjà dense, attirée par un spectacle dont elle ne se lassait pas. Cruelle et revancharde, elle ne trouvait guère d'excuse à ceux qui allaient payer, devant elle, le prix de leurs forfaits.

Les quatre condamnés, assistés d'un clerc qui psalmodiait des prières, furent hissés sur le tertre où les attendait la potence, puis une corde fut passée autour de leurs cous par les sergents qui les poussaient devant eux sans pitié.

– C'est bien fait, dit une femme près d'Odilon.

– Et pourquoi ? demanda celui-ci en la fixant de ses yeux qu'il avait noirs comme son père.

Il avait repoussé ses lunettes sur le bout du nez.

– Vous êtes bien cruelle.

1. Il ne s'agit pas encore du gibet de Montfaucon.

– Moi, cruelle ? Par saint Augustin, mon saint patron, que me dit cet homme ? Lui, vous le voyez ? C'est un barbier et savez-vous ce qu'il faisait ? Il égorgeait les étudiants qui habitaient chez des chanoines de Notre-Dame et vendait leurs corps au pâtissier. L'autre, à côté de lui, le gros brun. Et savez-vous qui mangeait les pâtés ainsi confectionnés ?

Odilon fit une moue dubitative.

– Vous n'allez pas me croire, le pâtissier les vendait aux chanoines !

– Quelle horreur ! fit Denis avec une mine dégoûtée.

– Personne n'a rien à déclarer ? interrogea alors à la cantonade le bourreau qui exécuterait la sentence sur un signe du sergent d'armes posté au pied de la potence.

– Si, moi !

Toutes les têtes se tournèrent en direction de la voix. C'était une femme aux cheveux grisonnants qui se fraya un chemin dans la foule et parvint au pied de la potence.

– Celui-là, je l'épouse, alors laissez-lui la vie sauve.

– Oh, oh…

– Vous l'épousez sur-le-champ ? questionna le sergent qui arborait avec fierté une cotte bleue ornée de fleurs de lys royales.

– Sur-le-champ ! répondit la femme.

– Le règlement prévoit cette possibilité de surseoir à une exécution. Vous êtes bien sûre ?

Le sergent était méfiant ; il y avait déjà eu des cas de connivence.

– Aussi sûre que je m'appelle Augustine ! Mon homme n'est pas revenu de Bouvines. Il pavait les rues quand il est parti et m'a laissé le travail en plan ! Celui-ci a des bras, c'est juste ce qu'il me faut !

– Et rien d'autre ? lança Loup qui venait d'arriver et se trouvait de l'autre côté de la potence, juste en face d'Odilon.

Ceux qui avaient compris l'allusion salace s'esclaffèrent, les autres haussèrent les épaules en découvrant l'auteur du mot.

– Taisez-vous ! ordonna le sergent qui n'entendait pas se laisser déborder par une foule indisciplinée. Paver les rues, ajouta-t-il, voilà une bonne occupation et utile à tous !

Il y avait près de trente ans que le roi avait entrepris ce grand projet de salubrité publique. On racontait qu'il avait vu depuis une fenêtre du palais combien les ornières dans les rues de terre battue rendaient la circulation difficile. Le pavement était aussi une manière de régler la question des ordures ; un canal central permettait désormais de les évacuer ainsi que les eaux usées. Un remède aux odeurs pestilentielles ! Le pari était grand, mais l'affaire pouvait durer un siècle car les entreprises, comme celle du mari d'Augustine, n'étaient guère nombreuses. La requête de cette femme ne pouvait qu'être reçue favorablement.

– Et vous, Firmin, cela vous dit-il, car il faut aussi que vous le vouliez.

– J'aurais préféré la damoiselle qui est là, dit l'homme en désignant une jolie donzelle blonde et mince. Mais il vaut mieux la vie avec Augustine que pas de vie du tout.

– Affaire conclue !

– Toi aussi, tu pourrais trouver une femme ici, dit une voix derrière Loup.

C'était Arnolda qui lui fit un clin d'œil quand il se retourna. Il y avait longtemps qu'il n'était pas allé voir ses amis dans le repaire de la Grande-Truanderie. Une vague de nostalgie embrunit son regard.

Le bourreau avait déjà libéré Firmin que le clerc maria sur-le-champ pendant que le sergent donnait l'ordre de procéder à l'exécution des autres.

– Il est temps de les faire gigoter au bout de la corde, lança la voisine d'Odilon.

La foule s'impatientait. Venue pour du spectacle, elle restait sur sa faim. Le bourreau fit signe qu'il était prêt. En un instant, les trois condamnés offrirent au public la « danse des pendus » comme on disait en ville. Ils se balançaient, bras relâchés, jambes et corps secoués de spasmes. Aimantée par les trois suppliciés qui rendraient bientôt l'âme, l'assistance semblait encore attendre d'autres rebondissements.

– Avec un peu de chance, le barbier va vider son intestin, dit un habitué.

– Les femmes attendent surtout que son sexe se lève, ricana son compère. Il y en a beaucoup qui n'en ont pas vu depuis longtemps !

– À qui la faute, messire le cancaneur ? répliqua leur voisine.

– Quand tu veux, proposa Loup.

Odilon frémit. Son frère allait-il encore faire scandale ?

– Allons-nous-en, murmura-t-il à Denis qui s'amusait beaucoup et répondit :

– Moi, je reste.

Odilon était déjà loin. Il en avait assez vu et ne supporterait pas davantage ce spectacle dont beaucoup se repaissaient et se repaîtraient car les pendus se balanceraient longtemps au bout de leurs cordes avant d'être jetés dans un charnier. Saisi de nausée, le garçon vomit juste avant de repasser la muraille.

« Une mauviette », comme disait son grand-père. À cette pensée, Odilon éclata de rire.

Arnolda avait à peine regagné son antre qu'Opportune vint lui rendre visite. Cela faisait déjà quelques jours que celle-ci était rentrée chez elle. Elle avait fait un grand ménage dans sa maison envahie par les araignées qui avaient tissé leurs toiles d'un chapelet à l'autre, d'une poutre à l'autre. Elle ne les craignait pas, heureusement, sauf peut-être les très grosses à pattes velues, mais la majorité étaient petites et légères, se carapatant dès qu'on les débusquait. Opportune aurait presque admiré le travail insensé de ces ouvrières filant, à longueur de journées et de nuits, ces ouvrages d'une telle finesse qu'aucun homme ou femme, même les plus habiles, ne pourraient imiter.

Puis, une fois que tout lui avait semblé avoir recouvré une allure décente, elle avait déballé le baluchon où la princesse Blanche avait réuni quelques affaires pour l'enfant à venir. Des linges de lin d'une grande douceur qui en feraient un petit prince, car d'habitude c'était le chanvre qui enveloppait les bébés du peuple. Des langes à croiser sur le ventre du nourrisson, comme le lui avait montré Blanche, et des bandes de lin pour l'emmailloter serré afin qu'il reste droit complétaient ce premier trousseau.

Elle avait tout rangé soigneusement dans le modeste coffre qui constituait, avec sa paillasse, le seul mobilier de la soupente. Elle y avait ajouté une cotte que la princesse avait tenu à lui offrir. Opportune s'était alors sentie submergée par l'émotion et avait longuement pleuré, en ressassant sa situation. Qu'allait-elle devenir ?

Le lendemain, elle était allée voir maître Guerry pour lui signifier qu'il pouvait reprendre les livraisons ; il était temps qu'elle se remette au travail. Elle nourrissait surtout l'espoir de voir Cerneuf. Quand elle vit arriver un autre livreur, elle comprit avec chagrin que le garçon ne reviendrait plus.

Courageusement pourtant, elle s'attela à la tâche. Elle préféra à l'os une matière première qu'elle trouvait dans son jardin, des graines de faux pistachier, que certains appelaient d'ailleurs « larmes du Christ » ou « larmes de Job »[1]. Elle devait honorer la commande de la princesse Blanche et très vite sa clientèle de clercs retrouva le chemin de son échoppe dont elle baissait le volet chaque matin pour signifier sa présence.

Certains s'enquéraient de son mari en désignant la boutique voisine toujours fermée. Ils regrettaient le Pierrot qui alimentait, de ses chandelles, la luminerie de beaucoup d'églises. On ne retrouvait pas la même qualité ailleurs. Avec celles de Pierrot, trois chandelles suffisaient pour la nuit, car elles servaient aussi à compter les heures. Chez d'autres faiseurs, il en fallait quatre !

Elle soupira et les larmes qui perlaient à ses cils en faisaient, aux yeux de tous, une veuve éplorée. Un état qui lui déplaisait souverainement. Devait-elle renoncer pour autant à vivre, comme le lui laissaient envisager ces mines compatissantes qui défilaient dans son échoppe ? Et l'enfant ?

Après avoir ruminé tout cela pendant des jours, elle se décida à demander des conseils. Comment l'idée lui vint-elle d'aller voir Arnolda ? Il lui aurait été bien difficile de le dire, mais elle ne savait trop à quel saint se vouer, alors autant chercher du côté du diable !

Peut-être rassurée de l'avoir vue sur le chantier de Notre-Dame, elle ne manquait cependant pas d'audace… Revenir sur les lieux où Loup l'avait gardée prisonnière était hardi. C'était dans sa nature et quand, du pas de sa porte, Arnolda l'interpella, sous l'œil intéressé des ribaudes qui avaient été ses geôlières, son cœur battit à peine plus fort.

– Tu viens me vendre tes chapelets ? ricana la sorcière. Tu sais qu'on ne commerce pas avec le diable au moyen de chapelets ?

1. Il s'agit du staphylier, appelé aussi pour cet usage « patenôtrier ».

Opportune réalisait qu'elle ne savait trop ce qu'elle allait demander à cette femme. Sur son éternelle cotte noire dont l'amigaut particulièrement profond laissait entrevoir avec une certaine indécence plus que la naissance d'une poitrine opulente, elle était en train de nouer un immense devantier de toile rayée noir et rouge. Opportune, qui ignorait que ces stries verticales étaient symboles de désordre, l'observait, inquiète.

– Que puis-je pour toi ? Ose entrer chez une de ces femmes qu'on dit scélérates, suppôts de Satan et trompées par des fantasmes diaboliques !

Opportune écarquilla les yeux ; elle ne comprenait guère les mots de cette femme qui lui prenait la main pour l'entraîner.

– Eh oui, on nous reproche de détourner le culte de Dieu au profit du diable, ajouta-t-elle en invitant Opportune à s'asseoir. Que puis-je pour toi ? Conte-moi les pitoyables folies qui conduisent les hommes à venir nous voir. Ton bel amoureux t'a quittée ? Assieds-toi !

Arnolda désignait un petit banc de bois devant la cheminée où crépitait un feu guilleret. Elle tira à elle un faudesteuil où elle prit place, trônant ainsi face à sa cliente. Une manière de l'intimider encore. Opportune s'habituait lentement à la pénombre ambiante d'où émergeaient quelques objets. Ses narines étaient assaillies par des odeurs multiples qu'exhalaient tous ces paniers et corbeilles entassés le long des murs et regorgeant de plantes qu'elle n'aurait pu identifier. Les parfums se mélangeaient, entêtants, oppressants, écœurants même.

– Alors ? interrogea Arnolda en la fixant de ses yeux globuleux.

Près d'elle était posé un balai de paille qu'elle fit tourner négligemment de la main gauche.

Opportune n'était pas assez au fait de ces choses pour savoir que cet objet, sceptre du royaume du mal, emblème dérisoire de l'état démoniaque, était le symbole de ces femmes que l'on appelait sorcières.

– Autour de nous, tu trouveras tous les philtres possibles. Des potions comme tu es incapable d'en imaginer… Mais que veux-tu soigner ?

D'un geste théâtral, elle désigna sur une étagère des pots et des pichets soigneusement alignés. Des pots de verre qui laissaient apparaître leur contenu, des pots de terre plus mystérieux.

– Tout d'abord, pouvez-vous me dire si mon mari va revenir ? demanda Opportune timidement et à voix basse.

Arnolda éclata de rire.

– Alors, tu crois comme les clercs que j'ai le pouvoir, toute corporelle que je suis, de sortir par la porte fermée et de parcourir l'espace avec d'autres femmes qui me ressemblent… Donne-moi ta main et viens dans ce cercle.

Elle s'était saisie d'une chandelle noire et montrait une trace sur le sol en terre battue tout en agitant un encensoir qui répandit une odeur qu'Opportune n'avait jamais sentie que dans les églises.

– Le diable aime aussi l'encens, murmura Arnolda. Tout-puissant Lucifer, archange de la révolte, parle-moi.

La voix devenue grave débita ensuite des mots incompréhensibles. Un flot de paroles qui ne s'arrêtait plus. Retenant ses mains qui auraient voulu boucher ses oreilles, Opportune avait peur ; elle songeait à fuir, mais n'osait pas.

– Il n'est pas mort…, dit soudain la sorcière. La voie n'est donc pas libre pour ton amoureux, fille perdue.

– Il n'est pas mort, répéta Opportune sidérée. Et pour l'enfant, que pouvez-vous faire ?

– Tu veux dire, le faire passer ? Voilà une potion, tu la prendras ce soir. Tu te tordras un peu sur ta paillasse et demain tu n'y penseras plus.

– Vous êtes sûre ?

L'odeur de l'encens ajoutée aux autres parfums faisait tourner la tête d'Opportune. Elle interrogea cependant encore :

– Si cet enfant est celui de Loup, il sera comme lui ?

– Tu veux dire possédé ?

– Et tout mal fait ?

– Ah, la belle affaire, si c'est un enfant pour le diable... Nous nous en occuperons.

Opportune serrait contre elle la fiole qu'Arnolda lui avait remise. Un instant, elle eut envie de la jeter à terre mais, paralysée par la peur, elle ne bougea pas.

– Sors de ce cercle et va-t'en, commanda alors la femme dont les yeux s'étaient encore un peu plus exorbités. Mais ne raconte à personne ce que tu as vu et entendu ici, sinon...

– Sinon ? trouva la force de dire Opportune en se levant, tremblante.

– Lucifer s'en souviendra... Et puis, abandonne tes bondieuseries et fais donc des colliers et des bracelets pour parer les femmes et inciter les hommes à pécher. N'as-tu pas entendu les clercs répéter à satiété que les femmes ont le pouvoir d'exciter les passions ?

Opportune se rua dehors. Elle n'entendait plus rien. Elle croisa des ribaudes ivres mortes. Des chats miaulèrent affreusement, déchirant le silence de la nuit.

Longtemps, pantelante sur sa paillasse, Opportune hésita. La fiole maléfique dans la main, elle tremblait de tout son être. Elle finit par la déboucher, en huma le contenu qui lui brûla les narines. Elle s'imagina aussitôt l'effet de ce liquide rougeâtre sur ses entrailles et remit le petit bouchon. Puis, épuisée, s'endormit.

Quand, bien des heures plus tard, le soleil entra par l'étroite fenêtre simplement obturée par un parchemin, elle s'éveilla. Elle avait la tête lourde. Dans son ventre, elle sentit l'enfant bouger pour la première fois. Elle regarda la fiole qui n'avait pas quitté sa main, puis descendit l'étroit escalier de bois, ouvrit la porte de l'échoppe et sortit. En quelques instants, elle fut au bord de la Seine. Des barques remontaient le fleuve, lourdement chargées, entre l'île de Notre-Dame et la rive gauche où elles allaient livrer leurs marchandises au port Saint-Bernard. La voie fluviale était très fréquentée parce que plus sûre pour les objets fragiles supportant mal les ornières des chemins de terre. L'air était vif, Opportune frissonna. Sa cotte bleu ciel, un cadeau de la reine pour remplacer l'innommable vêtement couleur sang dont l'avaient affublée les ribaudes aux ordres de Loup, était légère. Heureusement, elle pourrait bientôt endosser la robe de laine de la princesse.

Un batelier vint accoster à deux pas. Il sauta avec légèreté sur la rive et amarra sa barque à une grande pique de fer installée à cet effet. Il regarda avec curiosité Opportune à qui ses cheveux emmêlés et défaits sur les épaules donnaient mauvais genre, puis il s'affaira à poser une planche pour faire rouler ses tonneaux qu'il commença à décharger.

Opportune l'observa un instant, remonta ensuite lentement la rive avant de s'arrêter brusquement. Le fleuve véhiculait dans ses eaux sales toutes sortes d'immondices, les déchets de l'Hôtel-Dieu comme les marchandises avariées des halles ou les charognes de la Grande Boucherie. Mais pas plus que ses concitoyens, Opportune ne pouvait imaginer que les porteurs d'eau puisent ailleurs l'eau que buvaient les Parisiens. Elle en regarda un avec ses seaux qui brinquebalaient sur le bâton posé sur son épaule. Il allait d'un bon pas et perdait une partie de sa précieuse cargaison qui se répandait sur le sol et éclaboussa une passante.

Heureusement, personne ne prêtait attention à cette jeune femme triste qui semblait fascinée par ce cours paisible. Soudain, elle mit la fiole dans le creux de sa main, la fit rouler, l'ouvrit et en délivra le liquide qui s'écoula dans l'eau à ses pieds. Elle chercha à en suivre le cheminement, en vain. Comment repérer cette trace rougeâtre quand les teinturiers jetaient sans cesse des résidus autrement colorés ?

Puis, comme si la petite fiole de verre lui brûlait encore les doigts, elle la lança loin. Elle fut elle aussi immédiatement engloutie. Soulagée, elle rebroussa chemin, s'arrêta à l'ouvroir de l'échoppe d'un boulanger, lui acheta une boule dans laquelle elle planta les dents avec appétit.

À pas lents, elle revint en direction du Petit-Pont qu'elle franchit au milieu d'une foule indifférente de gens pressés. Elle ne jeta pas un regard vers le chantier de la cathédrale. Les cloches sonnaient pour un événement qu'elle ignorait. L'odeur de l'encens lui revint soudain. L'église Saint-Germain-le-Vieux était tout près. Elle en poussa la porte, remonta la nef et vint s'agenouiller au premier rang, près d'un clerc qu'elle dérangea un bref instant dans ses prières. Elle eut le temps de remarquer qu'il égrenait l'un de ses chapelets avant de reporter ses yeux sur le Christ en majesté peint dans le cul-de-four.

Apaisée, elle retrouva la rue de la Lanterne, sa rue, où toutes les maisons se ressemblaient avec leur rez-de-chaussée en pierre de taille et leur étage en moellons et plâtre entre les bois des colombages. Seules les distinguaient les enseignes, car toutes abritaient un commerce ou un artisanat et le faisaient savoir par des images sur des fonds de couleurs différentes. Ainsi la sienne et celle de son mari, représentant des chapelets peints en blanc sur fond vert et, à côté, des chandelles sur fond rouge. Mais justement quelle ne fut pas sa surprise de découvrir le volet de l'échoppe de Pierrot abaissé. Elle s'en approcha et vit son mari de dos. Il avait posé un baluchon de toile grise à ses pieds. Il se retourna lentement. Elle découvrit alors qu'un pilon de bois remplaçait l'une de ses jambes.

– Et alors, Opportune, où étais-tu ? Tu ne fais pas tes chapelets à cette heure ?

Elle ne répondit pas et se jeta dans ses bras.

Sur les étagères, des pots de cire et de suif attendaient que le maître des chandelles leur donne enfin des formes. Les araignées les avaient enveloppées d'une belle toile qui allait d'un mur à l'autre.

12

« Un an déjà », songeait Robert. Une année qui marquerait d'une pierre blanche la mémoire de l'Auvergnat, comme on l'appelait désormais sur le chantier où son talent était très respecté. L'apprentissage de Loup lui avait donné tant de soucis. Le garçon n'avait pas rompu avec ses mauvaises habitudes et ses relations douteuses, et il avait fallu beaucoup de persuasion de la part de Robert pour qu'il y renonce quelque peu. Mais l'équilibre était si fragile. Un an après, il était toujours capable du pire ; il donnait l'impression d'être sous l'emprise de forces qu'il ne parviendrait jamais à dominer.

Les incursions de ses amis de la Grande-Truanderie sur le chantier étaient aussi intolérables ; ils venaient inspecter régulièrement son travail et provoquer les ouvriers. Ces derniers, qui méprisaient cette faune de gueux mal embouchés déferlant au milieu d'eux en les insultant ou pire en renversant les auges à mortier ou les seaux d'eau, en voulaient à Loup qu'ils accusaient volontiers de tous les maux.

Cela n'avait pas été simple d'imposer celui que beaucoup nommaient « le possédé » ou même « le diable », à voix basse et en regardant autour d'eux pour que personne ne surprît ces mots terribles, car ils avaient peur des représailles. Sauf Léonard qui ne se privait pas de le claironner, exacerbant ainsi ses différends avec Robert.

Et cela d'autant plus que, les premiers mois, chaque incident survenant sur le chantier était immanquablement attribué à Loup, vite « baptisé » le Gaucher du diable, un surnom où fleurissaient autant le mépris que la crainte. Et Dieu sait s'il s'en produisait ; chaque jour réservait son lot de surprises. Peu de temps après l'arrivée de Loup, le hasard, sans doute, fit que plusieurs accidents entraînèrent la mort d'ouvriers. La base des tours prenait forme et la hauteur de près de quinze toises sanctionnait toute maladresse ou imprudence par une chute mortelle. Sur les échafaudages souvent précaires, les maçons jouaient les équilibristes avec plus ou moins de talent. Invariablement, Loup en était tenu pour responsable. Robert se gardait bien d'avouer que, chaque fois, le garçon avait annoncé la mort imminente dans une transe impressionnante.

« Ton fils a le mauvais œil, il faut l'éloigner » était la formule consacrée des ouvriers. Le chef de la fabrique, le chanoine Raoul, devait se faire assister par d'autres clercs pour démontrer que ces allégations n'étaient pas fondées et ramener calme et raison.

Il fit tout de même admettre à Robert que les chats noirs qui rôdaient sur le chantier depuis l'arrivée de Loup n'étaient pas tolérables. Les clercs, ne voulant pas avoir l'air de céder à la superstition populaire, se cachaient derrière la théorie mise à la mode par l'auteur d'un traité sur l'hérésie des cathares, affirmant que le mot *cattus*, « chat », avait donné celui de « cathares ». Ils ne s'embarrassaient guère de la polémique autour de cette interprétation puisque d'autres tenaient pour assuré que ledit mot venait de *katharoï*, signifiant « purs »[1].

Cathare, le mot était encore sur beaucoup de lèvres. L'apostasie, malgré la croisade lancée par le pape, n'était pas

1. Alain de Lille écrivit son traité entre 1179 et 1202.

éradiquée et nombre d'hommes et de femmes étaient prêts à mourir pour défendre leurs idées. Leur affirmation d'une création du monde imparfaite relevant du mal, dont il fallait s'abstraire par la pauvreté, était considérée comme sacrilège. Les accès de folie de Loup n'étaient-ils pas liés à cette hérésie ?

Ses chats avaient continué à hanter le chantier jusqu'à ce que les chanoines prennent peur en découvrant que trois bêtes avaient déjà été jetées par des ouvriers excédés entre deux parements et amalgamées au mur de leur cathédrale. Un funeste présage qui les faisait frémir. Aucun n'avait osé l'avouer à l'évêque ! L'affaire des chats ayant encore exacerbé leurs craintes, les clercs revenaient désormais sans cesse à la charge pour qu'il acceptât de célébrer une cérémonie afin de chasser le démon.

Arguant que la maladie ne pouvait avoir le diable pour seule origine, Robert répondait qu'il préférait la médecine. Sa rencontre, au cours de l'automne, avec Al Mehmet, le médecin du roi, l'avait fasciné. L'homme de petite taille parlait lentement, ponctuant ses propos d'éclats de rire qui découvraient des dents très blanches contrastant avec sa peau basanée. Car il ne se prenait pas au sérieux, ce savant qui avait fait prendre conscience à l'imagier que notre appréhension des maladies dépendait de notre vision du monde dans laquelle le destin, le péché ou les astres jouaient un rôle.

– L'efficacité de nos traitements est liée à nos croyances, avait-il affirmé en insistant sur l'influence du spirituel.

Robert en avait conclu que les frontières étaient minces entre cet art incertain de la médecine, la magie, la sorcellerie et la religion. Fallait-il en effet espérer davantage d'Al Mehmet que des chanoines qui préconisaient, pour guérir, le repentir ou les prières, et allaient même jusqu'à parler de

Dieu comme d'un médecin divin ? Mais il aurait écouté sans fin l'Arabe parler de son art nourri aux sources diverses de l'Inde ancienne, de la Grèce et surtout de la pratique des médecins musulmans. Si Loup avait refusé de le voir, Robert avait décrit les symptômes que le vieil homme avait promis d'étudier. Al Mehmet s'était même déplacé sur le chantier et avait eu la chance, si on peut dire, d'observer le pauvre garçon en pleines convulsions. Perplexe, il ne s'était pas prononcé, mais Robert espérait toujours qu'il trouverait une solution.

Hausser les épaules quand un chanoine parlait de chasser le démon et se concentrer sur son travail, le tympan principal de la façade, telle était désormais sa ligne de conduite, tout en veillant à la formation de Loup. Celui-ci avait été admis comme apprenti par le maître de la fabrique qui administrait les biens et les hommes du chantier. Il était encore temps, puisque l'âge des apprentis fluctuait entre quatorze et vingt-cinq ans selon une réglementation stricte. Et comme il en avait l'obligation, Robert hébergeait Loup ; enfin en théorie, car sous des prétextes divers il découchait plus souvent qu'il ne passait la nuit dans la maison donnant sur la Seine au niveau du port Saint-Landry. À deux pas du chantier, une vraie commodité pourtant.

Enfin habitué au physique de Loup, Robert se concentrait sur sa formation ; ses aptitudes au dessin et son habileté à attaquer la pierre étaient surprenantes, presque inquiétantes, comme s'il était soumis à quelque inspiration invisible. Il avait déjà taillé des diables, dont certains avaient été hissés comme gargouilles. Le plus intéressant trônait au centre du tympan qui prendrait place au milieu de la façade. Face à un ange, le démon résumait à lui seul l'enfer et faisait l'admiration de tous. Robert avait décidé de poursuivre l'idée sur la voussure. Il avait dessiné avec brio une superposition de personnages qui avaient déclenché une polémique avec le chanoine Raoul ; les premières figures réalisées, à savoir les visages d'un roi, d'un évêque et d'un laïc, seraient chevauchées par des démons que Loup réaliserait. Un démon serait armé d'un glaive, un autre, assis jambes écartées, serait doté d'une lourde poitrine avec autour du cou et des chevilles la chaîne qui retiendrait un damné tirant la langue. Une composition dont Robert était très fier. Elle lui rappelait certaines images créées par ses aïeux dans les églises de son pays.

Loup s'y était attaqué avec énergie, mais lorsque Robert lui suggérait d'entreprendre un autre thème, la scène était toujours la même. Loup s'y refusait avec hargne quand il n'était pas en proie à ces convulsions qui faisaient peur à tous, provoquant des commentaires acerbes de la part des clercs.

– Quand on ne peut trouver aucun remède à une maladie, c'est que cette maladie est causée par le diable…, disait l'un, accordant quand même quelque crédit aux hommes de l'art.

– Toute maladie inconnue et incompréhensible tient de la sorcellerie, affirmait un autre.

– Nous chasserons le démon, concluait toujours un clerc sans plus de précisions car, il en était bien conscient, l'affaire était délicate.

Pour Robert, c'était une préoccupation permanente, mais il ne pouvait pour autant négliger son travail. Le projet, décidé de concert avec les chanoines, devait à la fois démontrer les splendeurs de la Création et éclairer le fidèle pour le guider sur la voie du Salut. Il avait découvert, à Saint-Germain-des-Prés, puis à Laon, l'organisation d'un grand chantier comme il n'en avait jamais connu dans son Auvergne natale. Il réalisait aussi chaque jour combien il était nécessaire d'évoluer sans cesse. Ces cathédrales, qui poussaient comme des champignons, étaient d'immenses champs d'expériences obligeant les artistes à être sans cesse novateurs. Ce qui n'allait pas toujours de soi pour des commanditaires souvent attachés à la tradition.

– Maître Robert, j'ai réfléchi, dit ce matin-là le doyen des chanoines. Je ne crois pas que votre idée soit bonne…

– Laquelle ? interrogea l'imagier en levant à peine la tête.

– Cette parentèle du roi…

– Que me chantez-vous là ? Le roi lui-même n'a-t-il pas été séduit ? Et frère Guérin est revenu pour en parler…

En effet, quelques jours après la visite du roi, le moine hospitalier, conseiller et confident du roi, le fameux Guérin, avait tenu à mettre les choses au point avec l'imagier. Il lui avait rappelé la phrase que le roi tenait de son père, comme lui-même l'avait reçue du sien, et ainsi de suite, depuis Hugues Capet, leur grand ancêtre : « Nous n'avons de raison d'être que si nous rendons bonne justice à tous. »

– Quand vous ferez sa statue, pas question de mettre dans les mains du roi le glaive, mais la main de justice et, évidemment, le sceptre.

Robert avait accepté de se plier à une exigence qui ne le dérangeait guère. C'était presque un détail ; la situation haute des statues ne permettrait guère d'en avoir une vision précise. Il aurait sans doute été insolent d'évoquer la guerre que le roi venait de gagner par un glaive, tout comme sa nouvelle expédition prévue contre le roi d'Angleterre. Frère Guérin lui aurait sans doute répondu que le roi ne faisait la guerre que pour se défendre contre ses agresseurs. Comme tout le monde, Robert connaissait les circonstances de l'imminent départ du roi ; Philippe allait prêter main-forte à son fils face au maudit prince anglais, le fameux Jean sans Terre, que l'on disait dépravé, sournois et couard. Et s'il n'avait pas tenu sa langue, frère Guérin aurait eu beau jeu d'insister sur les motifs religieux méritant de « faire vaillance », une de ses expressions favorites.

– Peut-être, peut-être, reprit le doyen, mais frère Guérin n'est pas parole d'Évangile... Nous, cela nous chagrine. Maître Léonard le disait aussi...

Curieuse maladresse de la part du chanoine Raoul. Robert jeta au sol son marteau taillant. Il fallait qu'il soit vraiment hors de lui pour maltraiter ses outils.

– Alors, dites à maître Léonard de finir ce travail ! Loup, on s'en va.

Le trépan en suspens dans sa main gauche, le garçon regarda son père avec étonnement. Rouge de colère, celui-ci se dirigeait déjà vers la porte de la loge. Le chanoine parvint à lui mettre la main sur l'épaule avant qu'il ne la franchisse.

– On en reparlera...

– Écoutez, j'en ai assez de votre chantier. J'ai déjà fait beaucoup de concessions, mais je ne peux plus travailler ainsi.

En parlant, il s'était dirigé vers la façade et planté devant le tympan déjà en place.

– En connaissez-vous beaucoup qui auraient accepté qu'on leur installe sous le nez un tympan vieux de cinquante ans ?

– Il est beau, n'est-ce pas ?

– Oui certes, mais maintenant on ne taille plus les statues ainsi, et cette Vierge à l'Enfant, on en faisait dans mon pays au début du siècle dernier. Il faut évoluer, messire le chanoine ! Regardez ces visages avec leurs pupilles creusées au trépan et ces corps d'un bloc simplement orné de ces innombrables incisions... Vous voyez la vie dans ces blocs ? Et là, vous avez bien des rois et cela ne vous dérange pas.

– David et Salomon ne sont pas nos rois..., osa l'interrompre le chanoine.

– Et les deux autres ?

Gêné, le clerc se mordit les lèvres et ne répondit pas. S'ils étaient aussi couronnés, il ignorait leur identité.

– Moi, je veux abandonner cette rigidité, donner du corps à mes personnages, créer de l'expression dans les visages, rendre les femmes désirables, et rompre avec vos conceptions à l'ancienne.

Le chanoine frémit. La notion de désir n'était-elle pas sacrilège ?

– Mon père a connu l'imagier qui a fait ce tympan et ces statues, dit une voix derrière eux. Tu devrais respecter son travail.

Robert se retourna vivement. C'était Léonard.

– Toi, l'Auvergnat, tu crois tout connaître mais, avant ton arrivée, on savait aussi travailler ici.

– Ah non, maître Léonard, vous n'allez pas recommencer !

– Le faiseur de chapiteaux est toujours prêt à cracher son venin, mais je lui montrerai de quoi je suis capable.

– D'avoir abandonné ta femme ?

– Suffit !

À peine le clerc avait-il eu le temps de se mordre les doigts d'avoir rallumé cette querelle qui sourdait perpétuellement entre les deux hommes qu'Odilon arriva, très excité.

– J'ai appris de maître Fulbert qu'à Montpellier on a percé le crâne d'un homme que l'on disait fou et soumis à des forces extérieures, comme à l'influence pernicieuse de la lune. Les médecins ont fait sortir la matière malade.

– Balivernes, par saint Valentin, ne va pas ébruiter cette affaire, ordonna aussitôt le doyen des chanoines. La guérison de ton frère ne viendra pas des médecins, elle ne peut passer que par la foi. Maître Robert, nous allons préparer la cérémonie pour chasser le démon… Enfin, on verra après le concile.

En effet, l'évêque s'apprêtait à répondre à l'invitation du pape à se réunir au Latran pour débattre de la maudite hérésie cathare qui empoisonnait l'Église.

Mais le lendemain, ce fut une autre affaire qui secoua le chantier. Les églises voisines sonnaient sexte quand arriva Loup qui avait disparu depuis le matin au grand dam de Robert. Dans son sillage suivait une belle jeune fille à la silhouette élancée, mais dont la cotte en haillons laissait présager le pire.

– Où étais-tu ? l'apostropha Robert.

– Moi ? je me suis marié ! répondit avec aplomb le garçon, laissant abasourdi Robert qui répéta presque hébété :

– Marié ?

– Oui, voilà ma femme, je l'ai sauvée de la potence…

– C'est vrai, père ! confirma Odilon qui les accompagnait. Ici, à Paris, si un homme ou une femme s'engage à épouser un condamné, celui-ci peut être gracié.

– Quelle drôle d'idée, personne n'a empêché cela ?

Odilon secoua la tête et demanda innocemment :

– Pourquoi Loup ne pourrait-il avoir une vie comme chacun ?

– Toi, es-tu marié ?

– Non mais, moi, j'oscille entre clerc et laïc et je n'ai toujours pas choisi, répliqua Odilon en fronçant les sourcils, soudain conscient de cette anomalie.

– Et pourquoi était-elle condamnée ? s'enquit Robert, très contrarié.

– Ce n'était pas grave, elle a tué un homme qui voulait la violer, répondit Loup.

Le chanoine éclata de rire.

– Ce n'est pas grave d'envoyer un homme *ad patres* ! Loup, sauras-tu enfin ce qu'est le mal ?

Loup regarda le clerc ; son rictus parut s'accentuer sur ses lèvres déformées. Il ressemblait étrangement au démon du tympan consacré au Jugement dernier.

– Ils sont devenus fous, dit le clerc en se signant ostensiblement. À quoi servent les sergents ?

Hagarde, la jeune fille ne disait rien. Odilon la regarda soudain. Ses lunettes avaient glissé au bout de son nez. Réchappée *in extremis* d'un monde inconnu, elle lui sourit, montrant ses dents ; les deux incisives de la mâchoire supérieure étaient étrangement écartées. Son visage s'éclaira, presque radieux. Le nez était joliment retroussé et des taches de rousseur émaillaient les pommettes. Les yeux bleus, comme il ne se souvenait pas d'en avoir déjà vu, le fixèrent. D'un geste gracieux, elle réunit ses cheveux blonds comme les blés sur une épaule, dégageant une nuque fragile. Le cœur battant, Odilon se détourna. Une légère suée perla à la naissance de ses cheveux bruns et coula le long de ses tempes. Que lui arrivait-il ?

Dans un effort presque surhumain, il murmura enfin d'une voix blanche :

– Je dois partir, c'est l'heure du cours de maître Gerbert.

Surpris, Robert le vit tourner les talons précipitamment et traverser à grands pas le chantier en direction de l'Hôtel-Dieu. Il ne put entendre les premiers mots prononcés par la jeune fille depuis son arrivée :

– Pourquoi ce n'est pas celui-là qui m'a épousée ?

– Parce que c'est moi ! ricana Loup.

Affolée, elle regarda autour d'elle, puis se mit à courir vers Odilon.

Agile, Loup la rattrapa sans efforts et lui saisit le bras :

– Si tu pars, j'appelle les sergents, menaça-t-il. Ils te ramèneront au Châtelet et à la potence.

Il avait une certaine jouissance à brandir un châtiment qu'il aurait déjà enduré dix fois si son grand-père n'était intervenu. Cela ne l'empêchait pas de bien connaître les cachots humides de la forteresse.

– Le prévôt et ses sergents te retrouveront ! Comment tu t'appelles ?

Vaincue, du moins en apparence, vaguement penaude mais surtout finaude, elle parut se rendre à ses arguments :

– Je m'appelle Gudule, murmura-t-elle, comme ma pauvre grand-mère. Ne me touche pas !

Il avait tenté de lui prendre la main pour la ramener.

– Il faudra bien, chuchota-t-il avec une soudaine douceur. Tiens, voilà mon frère...

Cerneuf venait de paraître au bout de la rue, une grande hotte sur le dos, remplie de peaux destinées à la parcheminerie.

– Tu en as beaucoup, de frères ? interrogea Gudule. Celui-là aussi est beau.

– T'occupe pas, il vient de la Juiverie où il laisse traîner son cœur, dit aussitôt Loup avec un clin d'œil.

Cerneuf s'était suffisamment approché pour entendre les mots de Loup qui ajouta en ricanant :

– Rebecca fait aussi bien l'amour qu'Opportune ? Gare, ne lui fais pas un enfant comme à l'autre !

Cerneuf avait déjà bondi. Rapide et vif, Loup lui échappa, mais la fureur donnait des ailes à son frère qui parvint à saisir son bliaud à l'encolure et stoppa sa course. Ils roulèrent tous les deux dans le merdereau central. Les mains de Cerneuf se rapprochèrent dangereusement autour du cou de Loup qui commença à suffoquer quand quatre poignes s'abattirent sur les combattants et les remirent debout :

– Une nuit au Châtelet les calmera, dit une voix forte habituée à donner des ordres. Encordez-les, cela les réconciliera !

Attachés l'un à l'autre par de solides liens, les deux frères remontèrent la rue de la Lanterne. Opportune se tenait justement devant son échoppe avec son bébé. Ils ne lui jetèrent pas un regard. Ni l'un ni l'autre n'avaient revu la jeune femme depuis qu'elle avait accouché d'un petit garçon qui n'avait heureusement rien d'un changelin, mais était un joyeux chérubin blond dont Marie, la tante de Cerneuf et de Loup, avait dit innocemment qu'il lui rappelait ses neveux. Opportune avait failli éclater de rire, mais n'avait rien dit à son amie dont le veuvage était déjà une épreuve suffisante. Inutile de l'ennuyer avec des histoires de famille !

Opportune serra l'enfant contre elle. Pierrot la regardait tendrement. Il était tellement heureux de cette paternité inattendue qu'il n'avait posé aucune question.

– Regardez ces vauriens, dit près de lui le chanoine Aubert en train de passer une importante commande pour la luminerie de la cathédrale. Notre imagier n'en finit pas d'avoir des ennuis avec ce possédé. Mais revenons à nos chandelles…

– J'ai bien noté, répondit Pierrot avec tout le sérieux qui faisait sa réputation. Cinquante cierges torches, quarante faisceaux de chandelles, une centaine de bougies, autant de suif… Vous voulez ajouter des lampes à huile ?

– Oui, nous avons décidé de doubler les chandelles qui éclairent les livres liturgiques. Peut-être avons-nous la vue qui baisse ? Pourtant le maître d'œuvre nous a ménagé beaucoup de baies ! Les vitraux colorés mangent tout de même une partie de la lumière… Il nous faudra aussi prévoir des bougies pour la cérémonie qui chassera le démon de ce vaurien de Loup. Enfin, nous avons le temps !

À côté, Opportune avait installé son bébé dans le petit lit de bois qu'elle balançait tout en travaillant. Elle avait écouté les conseils d'Arnolda en se lançant dans la confection de colliers que les élégantes, avides de nouveauté, s'étaient arrachés. Depuis, son échoppe ne désemplissait pas. Elle délaissait de plus en plus les chapelets, au grand dam de sa clientèle. Le curé de Saint-Pierre-des-Arcis lui avait même fait de sévères remontrances, dénonçant des connivences avec le diable.

– En ces temps d'hérésie, le mal est partout, avec vos chapelets, vous aidiez à le combattre. Avec vos colliers, vous le cultivez, avait-il ajouté en hochant la tête d'un air entendu. J'espère que vous n'en parez pas les filles des rues chaudes.

– Savez-vous, avait renchéri le jeune clerc de la paroisse, que trois ribaudes ivres mortes et entièrement nues, à l'exception de vos colliers qui pendaient à leur cou, ont été portées au cimetière des Innocents où elles se sont enfin réveillées ! La veille, elles avaient ripaillé chez Ernout, le tavernier de la rue des Noyers, qu'elles avaient payé de leurs hardes. Vous voyez bien que ces colliers sont maléfiques !

Opportune avait laissé dire. Elle, elle ignorait tout de ces cathares qui les rendaient fous ! Ils voyaient le mal partout. Quant à Florée du Bocage ou Gila la boiteuse, et bien d'autres, elles étaient déjà de bonnes clientes, mais cela ne regardait pas le chanoine ! Pas plus que les noms des princesses qui la faisaient venir au palais.

Il s'en était fallu de peu que le clerc ne rencontrât Arnolda venue féliciter la jeune femme de sa nouvelle activité, ravie d'avoir semé ce mal que le pape voulait combattre grâce à son concile.

13

– Loup, si tu veux faire un visage triste, tu traces des yeux en oblique et tu les tires en amande…

Robert n'en finissait pas de donner des conseils à son apprenti, d'expliquer, de rabâcher même. Mais celui-ci les écoutait trop souvent d'une oreille distraite. Après tout, les sentiments que son père entendait donner aux figures qu'il créait, lui importaient peu, puisque les démons devaient surtout avoir l'air effrayant.

– Tu m'écoutes ? Tu comprends bien l'importance que cela a de faire vivre nos personnages…

Loup soupira. Il avait la tête ailleurs depuis que Gudule, profitant de sa bagarre avec Cerneuf, avait disparu. Il avait ameuté les sergents et même interpellé le prévôt lors d'une de ses visites à Notre-Dame. L'homme avait levé les yeux au ciel. Cette fille avait, de toute façon, recouvré la liberté grâce à un système qu'il réprouvait, alors il n'allait pas lui mettre aux trousses les sergents des « onze-vingt ». Deux cent vingt hommes qui avaient d'autres chats à fouetter. Les viols, les vilaines plaisanteries d'écoliers folâtres, les vauriens qui forçaient les maisons jour et nuit et terrorisaient des rues entières, les clients avinés des tavernes, les filles chaudes… Tout ce beau monde occupait largement les journées du prévôt qui siégeait au Châtelet où il régentait les grandes salles d'incarcération aux étages supérieurs et les cachots sans air ni lumière, dits de la Fosse ou de la Gourdaine.

Assurer la sécurité, dans une ville aux ruelles et venelles sombres, n'était pas une mince affaire. Prison, pilori, châtiments corporels, fouet ou marquage au fer rouge et même peine de mort, ces menaces en laissaient beaucoup indifférents. Alors cette Gudule, qui avait échappé à la mort par miracle, n'allait pas retenir l'attention d'un prévôt qui, certes, prêtait serment, mais ne s'engageait pas à tout réussir ! Pour preuve, la fuite de deux prisonniers de Bouvines qui avaient creusé un souterrain et étaient parvenus à leur échapper grâce à des chevaux amenés il ne saurait jamais par qui !

– Pour les drapés…, poursuivit Robert.

– Mes démons sont nus…

Renfrogné, Loup n'écoutait rien. Agacé, Robert insista pourtant. Son ami Villard de Honnecourt dessinait près de lui sur les grandes pages de parchemin qu'il réunissait chaque soir avec un ruban. Comme la matière coûtait cher, il en couvrait la moindre surface, parfois même dans tous les sens. Et faute de place, il dessinait souvent des demi-figures.

– Les drapés doivent paraître mouillés.

– Ainsi ils collent au corps, reprit Villard, et en laissent deviner les contours. Les chanoines n'aiment pas beaucoup que les formes soient dévoilées, mais après tout Dieu n'a-t-il pas créé des femmes aux silhouettes harmonieuses et même voluptueuses ? Ève avait tout pour tenter Adam. J'ai même vu à Sens une vierge folle, sculptée par un ami, dont je suis tombé amoureux… mais elle est restée froide !

L'imagier éclata de rire, entraînant son ami dans une hilarité qui lui fit du bien. Loup les observait tout en donnant de légers coups de marteau taillant sur un beau bloc de calcaire blanc. Les doigts à peine crispés sur le manche, il entamait délicatement la pierre dont de légers éclats se détachaient en douceur. Villard lui avait dessiné un dragon la veille et, comme il lui avait expliqué que l'étrange animal était une image du démon, le garçon avait accepté de le reproduire. Il en avait tracé avec soin les contours sur la pierre à l'aide d'une craie, travail facilité par le croquis de Villard presque aux dimensions de la pierre. Réaliser une sculpture à partir d'un dessin primitif plus petit obligeait l'imagier à utiliser le compas et même des gabarits. Loup n'avait pas l'expérience suffisante.

Villard vint se pencher sur son travail qu'il scruta avec une attention critique.

– C'est bien, continue, tu en fais un premier tout simplement. Ensuite, on verra. Applique-toi, ne gâche pas cette pierre.

Villard de Honnecourt avait une vision pessimiste de l'avenir, incitant à économiser les matériaux dont il prédisait la pénurie. Ainsi avait-il conçu des échafaudages légers, peu gourmands en bois, en dénonçant une surexploitation des forêts. Ces charpentes qui couvraient des édifices aux dimensions démesurées avec des fermes massives consommaient plus que les futaies ne pouvaient produire. Il avait mis en garde les bâtisseurs de maisons, leur conseillant de renoncer aux pans de bois au profit de la seule pierre. De même veillait-il avec ardeur à la réutilisation des moles, ces gabarits qui servaient de modèles aux sections et profils de moulures. Mais il prêchait dans le désert quand il exhortait les tailleurs de pierre à travailler sans modèle.

Quant à la pierre, il prévoyait aussi de futures difficultés d'approvisionnement, mais convenait qu'elle était épargnée grâce à ces voûtes bâties sur ogives, beaucoup plus légères que celles de leurs prédécesseurs. Économie de matériau et donc coût réduit ; évêque et chanoines appréciaient, évidemment.

Loup jeta un coup d'œil furtif à cet homme écouté de tous. Son visage aux traits réguliers, buriné, avec sa barbe blanche soigneusement taillée et ses cheveux épais, constituait un bel écrin pour ses grands yeux tombants ourlés de longs cils blanchis. L'homme avait un aspect rassurant qui apaisait Loup.

Aurait-il jamais avoué que sa vie sur le chantier lui plaisait chaque jour davantage, si ce n'était ces crises qui le secouaient et le ramenaient à son proche passé, tout en lui rappelant la perspective de la fameuse cérémonie que réclamaient les chanoines. Il avait découvert, jour après jour, les multiples facettes d'une existence riche au milieu de compagnons tous dotés des talents les plus divers mis unanimement au service de la grande œuvre. Il comprenait presque l'enthousiasme de son père, mais, orgueilleux et farouche, il ne l'aurait jamais reconnu.

Chacun travaillait avec ardeur sous l'œil impérieux du maître de la fabrique et du proviseur qui dirigeait les travaux, achetait les matériaux et engageait les ouvriers. Robert n'était qu'un artisan parmi les autres, obéissant aux directives conjointes de ces hommes et du maître d'œuvre. Ce dernier, dans la continuité de ses prédécesseurs qui, depuis 1163, s'étaient succédé, avait fait des plans. Il veillait à leur bonne exécution, mais, certains osaient le dire, il ordonnait seulement par la parole et n'y mettait que rarement la main, percevant pourtant des salaires infiniment plus élevés que quiconque sur le chantier.

L'homme, un certain Hugo, venu du Nord, n'était pas aimé. Trop arrogant et sûr de lui, des défauts assez courants dans son métier. Robert avait déjà croisé à Laon un autre maître tout aussi intransigeant et il savait l'autorité nécessaire pour coordonner les multiples corps de métier qui cohabitaient parfois difficilement : imagiers, tailleurs de pierre, dessinateurs, charpentiers, menuisiers, couvreurs, maçons, forgerons, verriers… Chaque métier avait ses habitudes et ses exigences et les perturbations provoquées régulièrement par Loup posaient des problèmes. Même si la plupart, et Hugo le premier, reconnaissaient au gaucher ce talent inné qui lui permettait déjà de créer des figures remarquables.

Il travaillait dans la loge voisine ; il n'était pas rare que Robert y consultât ses dessins que le maître d'œuvre traçait à l'aide de l'équerre et du compas qu'il portait presque toujours attachés à sa ceinture par des liens de chanvre. Il lui arrivait d'esquisser sur le tas un détail en incisant une pierre avec la plus grande précision. Hugo était aussi ingénieur, perfectionnant les machines les plus ingénieuses pour mouvoir et soulever des blocs parfois impressionnants selon les nouvelles méthodes appliquées dans la construction.

– Dans la voussure supérieure de la porte centrale, il serait bien, maître Robert, de placer une figure qui me représenterait. Après tout, si les rois y sont présents, moi, l'architecte, j'y ai bien ma place.

Hugo était entré en coup de vent dans la loge où s'étaient réfugiés Robert et Loup depuis le début de l'hiver. L'imagier hocha la tête. La demande ne le surprenait pas ; il observa cependant :

– Ton collègue de Laon a été plus modeste ; il s'est contenté de la voussure de la fenêtre du septentrion sur la façade principale…

Tout en parlant, il avait pris une pile de parchemins, celle qui avait échappé miraculeusement aux amis de Loup l'année précédente. Il la feuilleta et en sortit un qui présentait de multiples dessins.

– Voilà l'image, je lui avais fait un bonnet rond, et il est en train de dessiner une épure.

L'autre fit une moue et interrogea :

– Quelle dimension ?

Robert superposa ses mains ; entre les deux, il y avait environ deux pieds[1].

– Hum, je voyais plus grand, répliqua l'homme dont les pommettes s'étaient soudain colorées. Et puis, il faudrait un compas, l'équerre et une règle. Et plutôt qu'un bliaud, je préférerais une cotte longue.

Il désignait les objets qui pendaient à sa ceinture et qui ballottaient à chacun de ses pas. Quant à la robe qui lui était fournie par le proviseur, un de ses multiples avantages en nature, c'était un attribut auquel il tenait beaucoup. Elle lui donnait de la prestance et, pensait-il, de l'autorité, et expliquait qu'il ne mette jamais vraiment la main à l'ouvrage…

– Plus grand, plus grand… Tu ne peux pas être plus grand que les prophètes ou les saints. Je verrai…

Robert était prudent. L'autre ne broncha pas, tourna le dos, puis traversa le grand espace encombré des machines du chantier, mais qui formerait un jour un parvis prolongé par la rue Neuve-Notre-Dame, selon le vœu de Maurice de Sully, l'évêque qui avait lancé la construction, pour créer un lieu intermédiaire entre le monde profane et le monde de la foi. Vision illusoire sans doute, tant l'imbrication de la religion et de l'univers laïc était forte.

– Il te déteste !

Robert regarda Loup qui venait de lancer cette phrase. Il avait les yeux exorbités, signe d'une crise imminente. Effectivement, quelques instants plus tard, il se jeta à terre en hurlant :

– Je les vois, Odilon et Gudule sont ensemble.

– Mais non, que dis-tu ? interrogea Robert en le remettant debout d'une poigne ferme.

---

1. Environ soixante centimètres.

– Je le sais ! jeta Loup en quittant la loge.

Robert se tourna vers Villard de Honnecourt qui avait assisté à la scène.

– Que faire ? Et là, pour une fois, il se trompe puisque Odilon est au concile.

– Voire !

Villard était dubitatif, même si l'aîné était venu faire ses adieux à son père avant de partir pour Rome avec quelques clercs et étudiants en droit canon et théologie. Une décision qu'il semblait avoir prise hâtivement, mais dont Robert ne s'était pas étonné. Le garçon était si indépendant et avide de parfaire ses connaissances…

– Il a besoin de partir pour s'affirmer, avait commenté le chanoine Simon chez qui le garçon avait habité quand il était à l'école du chapitre. Ce concile, il y a si longtemps qu'on en parle. Il n'y en aura peut-être pas d'autre avant bien des années !

En effet le pape avait publié sa bulle d'indiction *Vineam domini sabaoth* le 19 avril de l'année 1215 pour convoquer les évêques à ce nouveau concile qui devait se tenir au Latran[1]. Le clergé attendait maintenant avec impatience le retour des prélats et de leurs accompagnants pour en connaître les conclusions. Les voyageurs ne tarderaient guère à rentrer, même si les intempéries pouvaient causer des retards.

Robert observa le ciel avec anxiété. Il était bas et cotonneux. La neige ne tarderait pas à tomber. Ce n'était pas sa première offensive depuis le début de l'hiver, paralysant à plusieurs reprises le chantier. Malgré les braseros allumés çà et là, il était difficile de travailler dans l'humidité et le froid. Mais les chanoines n'en avaient cure. En effet, après la fête

1. Quatrième concile du Latran qui débuta le 11 novembre 1215 et dura trois semaines.

de Noël, ils préparaient activement une autre réjouissance que beaucoup redoutaient car elle offrait un visage insensé de l'Église. L'imagier avait découvert cette étrange pratique des clercs parisiens à son retour dans la capitale, deux ans plus tôt. Il en gardait un souvenir mitigé d'extravagances et d'excès, et n'avait pu croire que cette célébration étrange existait ailleurs.

Pressés, entièrement dévoués à cette unique préoccupation, les clercs ne s'intéressaient plus au chantier et il était à craindre qu'en l'absence de l'évêque, encore sur le chemin de Rome, les débordements ne soient terribles. Et cela d'autant plus qu'il se murmurait déjà que le concile pourrait interdire cette fête à jamais. Robert redoutait aussi que cette excitation n'ajoute à la nervosité de Loup.

Celui-ci n'était toujours pas revenu quand, le lendemain, jour de la Circoncision, le premier janvier, la fête dite des fous débuta. La neige avait tout recouvert ; les ouvriers avaient déserté le chantier. Robert, que ses doigts démangeaient, avait rejoint sa loge à l'heure habituelle, c'est-à-dire au moment où il pouvait enfin disposer d'un éclairage suffisant pour travailler. L'atmosphère était laiteuse, rendant irréels les objets et les rares silhouettes qui se faufilaient furtivement vers les portes de la cathédrale. Les marguilliers, qui veillaient pendant la nuit sur l'édifice, avaient été remplacés depuis longtemps quand le premier rassemblement avait eu lieu. Alors que sexte sonnait, les chanoines et les clercs, qui avaient convergé là comme des fourmis attirées par un pot de miel, marchèrent en procession, lentement, vers le portail principal. En tête du cortège, deux par deux, venaient les dix jeunes clercs dont l'un serait élu évêque pour le temps des festivités. Derrière ce clergé nombreux, de tous âges, se pressait une foule qui tapait des pieds pour se réchauffer. Certains, les plus argentés, avaient chaussé des patins de bois attachés par des lanières de cuir pour doubler leurs fins estivaux ; une précaution à la fois pour ne pas glisser sur la neige et pour s'en isoler.

En tête, des musiciens jouaient des mélodies guillerettes peu conformes aux musiques douces et compassées des cérémonies religieuses. Si les luths, qui accompagnaient habituellement le chant des psaumes, ouvraient la marche avec l'orgue portatif, ils étaient inaudibles, car les hauts instruments destinés au plein air les dominaient insolemment : cornets divers, trompettes, timbales et tambours. Certes ces derniers étaient dans la Bible symboles d'autorité religieuse et politique, mais ce n'était pas l'usage d'en faire retentir les sons tonitruants dans les églises.

Curieux, Robert observait le spectacle. Il se serait volontiers bouché les oreilles tant la cacophonie régnait, mais derrière la foule grossissait encore, comme si toute la ville s'était donné rendez-vous à la nouvelle cathédrale presque achevée et désormais capable d'offrir une place à chacun. N'était-ce pas un des enjeux de ce projet démesuré, même pour la ville où résidait le roi quand il n'était pas à la guerre ?

Puis tout à coup, dans la cohue, il aperçut Loup qui souleva sa cale de laine écrue pour faire signe à son père. À côté de lui, Robert reconnut Gudule. Ébahi, l'imagier se faufila pour les rejoindre et, quand il fut à leur hauteur, il demanda :

– Où l'as-tu retrouvée ?

– Chez mes amis les gueux. Arnolda fait aussi des miracles, il n'y a pas que tes saints !

Un rire éclata derrière eux. La sorcière était là ; elle était accompagnée de l'homme en rouge dont les yeux brillants croisèrent un instant ceux de Robert. Gudule saisit le bras de l'imagier et chuchota :

– Odilon vous ressemble tant !

Robert se souvint de la crise de Loup, la veille, et comprit qu'il avait peut-être vu juste. Ce dernier paraissait apaisé ; autour de lui, quelques-uns de ses anciens amis avaient surgi, ribaudes, larrons et larronesses, prêts à profiter de cette journée exceptionnelle où le désordre régnerait, propice à leurs commerces douteux.

Loup s'agita soudain. Il venait d'apercevoir, un peu plus loin, Cerneuf, en compagnie de Salomon et de Rebecca. Il signala leur présence à Robert en annonçant bruyamment :

– Il y a même des Juifs. On dit que le concile va y mettre de l'ordre…

Une fois de plus pris de court par les observations de son fils, Robert ne releva pas ces paroles. Ils avaient pénétré dans l'église et chacun courait pour trouver une place propice afin de ne rien manquer du spectacle. Robert alla s'appuyer contre une des grosses colonnes qui séparaient la nef des bas-côtés ; ceux-ci, doubles, offraient des espaces de circulation qui permirent rapidement à cette foule immense de s'installer, tandis que les musiciens redoublaient d'ardeur. Leur musique prenait une amplitude incroyable sous ces voûtes dont les chanoines vantaient la hauteur avec un orgueil qui serait bientôt puni par la construction d'autres cathédrales encore plus élancées. Hugo, le maître d'œuvre, l'avait déploré quelques jours plus tôt, regrettant d'avoir à travailler sur des plans qui dataient du roi Louis VII et réduisaient ses ambitions. Il avait appris que son collègue de Reims visait quelques toises supplémentaires, mais il espérait secrètement que cet excès serait sanctionné par des difficultés insurmontables.

Robert aperçut justement Hugo, le maître d'œuvre, à la croisée du transept, adossé négligemment à l'un des gros piliers qui en marquaient le carré. Comme d'habitude, il portait à la ceinture son compas et son équerre et tenait sa règle, qui lui servait à tirer des traits certes, mais surtout à désigner une pierre mal alignée ou même à taper les doigts d'un ouvrier récalcitrant. Au-delà de la croisée, les clercs avaient pris place dans le chœur, dont les dimensions, presque aussi importantes que celles de la nef, offraient un vaste espace où, sur une estrade de bois, avait été positionné le trône épiscopal.

Un chanoine s'avança à l'extrémité occidentale du chœur, puis déroula le long parchemin qu'il tenait roulé sous son bras. D'un geste impérieux, deux autres clercs ordonnèrent aux musiciens d'arrêter leur concert. Le silence se fit lentement dans la foule, chacun comprenant peu à peu que le moment le plus important de la journée arrivait. Quand le chanoine jugea que le calme était revenu, il lut à voix forte la liste des noms des jeunes clercs appelés à concourir pour l'élection de l'évêque des fous. Regroupés en demi-cercle, ils avancèrent d'un pas à l'énoncé de leur nom. Puis tout alla très vite ; les clercs crièrent le nom de celui qui leur semblait le plus apte à remplir la fonction. Sans doute fallait-il être bien malin pour discerner le plus acclamé. Avec autorité, et coupant court d'emblée à toute contestation, le chanoine annonça :

– Saturnin est donc notre nouvel évêque des fous.

Une clameur monta de la foule avant même que les musiciens n'aient eu le loisir d'entamer un morceau triomphal. Des cris jaillissaient de toutes parts. Robert se serait finalement beaucoup amusé s'il n'avait senti près de lui la présence de Gudule qui se pressait contre son épaule. Il avait sorti son carnet de croquis et saisissait quelques attitudes et quelques visages.

– C'est beau ! murmura la jeune femme.

Robert se retourna vers elle et commença à la croquer. Il avait chaud, sur ses mains moites le morceau de charbon de bois laissait des traces noires, son cœur battait.

– C'est beau, répéta Gudule.

– C'est toi, répliqua Robert en levant les yeux vers la voûte, comme s'il cherchait le secours de ce Dieu qu'on disait si bon.

Arnolda s'approcha et ricana. À sa ceinture étaient suspendues les aumônières dont certains commentaient avec effroi le contenu. Des herbes à tout faire, à envoûter ou même tuer. Robert la fixa un instant. Il sentit une bouffée de haine l'oppresser mais, dans le chœur, la cérémonie continuait. Saturnin avait été revêtu des habits épiscopaux, une précieuse chape de soie verte rehaussée d'or sur une aube d'une blancheur immaculée, une étole et un manipule assortis à la chape. Seule entorse au costume épiscopal, la mitre était remplacée par un gros bourrelet de toile écrue.

Ainsi paré, il vint s'installer sur le trône de bois clair, dont le dossier était sculpté de mitres et de roses, et déclencha une nouvelle ovation. Avant même que le calme ne revienne, l'élu fit signe à l'un de ses concurrents malheureux et lui signifia qu'il le nommait son aumônier. Celui-ci, après quelques congratulations dont l'assistance n'entendit rien, obtint le silence. Il lui restait, en effet, une tâche bien précise à accomplir. Ne boudant pas un plaisir évident, il s'acquitta aussitôt de sa mission très attendue par la foule toujours plus friande de scandale.

– Je vous bénis…

Écartant largement les bras, il les leva ensuite vers la voûte et fit un signe de croix à l'envers que chacun pouvait reproduire s'il le souhaitait.

Robert se surprit à jouer le jeu, comme Gudule près de lui et Loup, un peu plus loin, au milieu de sa troupe de gueux qui ricanaient bruyamment.

Puis, d'une voix forte, le jeune homme tendit les mains devant lui et prononça les phrases que chacun espérait

– J'implore pour vous tous ici un grand mal de foie…

Bien peu connaissaient la différence entre « foi » et « foie », mais chacun savait que tout était dérision. Pour plus de sûreté, le clerc ajouta :

– Vous aurez compris que je demande pour vous à Dieu, qui doit avoir pour la journée la tête à l'envers, un grand mal de ventre, et aussi des bannes de maux de dents et deux doigts de teigne sous le menton.

Robert sourit quand il vit qu'instinctivement chacun portait la main à son menton, éprouvant sans doute comme lui une légère démangeaison. C'était magique.

– Et enfin, poursuivit l'autre avec de plus en plus d'exaltation, je demande pour tous des bannes de pardons, quoi que vous ayez fait.

Une salve de jurons partit des compagnons de Loup qui fut porté en triomphe.

– Et maintenant, servez saucisses et boudins, clama l'évêque des fous qui s'était levé de son trône et se dirigeait d'un pas rapide vers l'autel. Et n'oubliez pas, le vin doit couler à flots.

Robert observa le drapé de la chape trop longue qui se répandait sur le sol. Une belle idée pour un ange descendant du ciel, songea-t-il en fixant l'image dans sa mémoire.

Une odeur se répandit alors dans l'église, nauséabonde. Des clercs agitaient des encensoirs où ils avaient jeté des déchets divers ; cela faisait aussi partie du programme, comme de jouer aux cartes et aux dés. Michel le décier avait expliqué la veille à Cerneuf que toute sa production avait été achetée à cette fin sacrilège. Devant l'air étonné du garçon, l'homme avait conclu :

– Bah, il y en a bien qui ont joué la tunique du Christ aux dés.

À deux pas de ces parties qui s'improvisaient gaiement dans le chœur, Cerneuf repensa aux mots de Michel. Le décier devait être quelque part dans l'église, comme beaucoup de commerçants qui avaient abandonné leurs échoppes pour assister à cette folle cérémonie. Il le chercha des yeux, mais ne vit qu'Opportune, serrant son bébé sur sa poitrine et accompagnée de Pierrot. Enhardi par l'ambiance, Cerneuf s'était emparé de la main de Rebecca qu'il serrait tendrement à l'abri des regards indiscrets, la foule étant trop dense pour que même Salomon, le frère de la jeune fille, ne s'en aperçoive.

Les musiciens avaient recommencé leur concert pour accompagner danses et chansons obscènes. Les clercs se dandinaient déjà autour de l'autel avec des poses suggestives et entonnaient des chansons dont les paroles auraient fait rougir un corps de soldats.

Mais les gens commençaient à refluer vers l'extérieur où la tempête de neige avait redoublé de violence. Après leur dégustation sur l'autel et leurs jeux interdits, les clercs sortiraient à leur tour, travestis et masqués ; certains arboraient des chapes d'or, d'autres des cottes vermeilles, comme s'ils profitaient de ce jour pour rompre brutalement avec la modestie de leur mise quotidienne brune ou noire. Ils parcourraient bientôt la ville, avinés, dans des tombereaux chargés d'ordures, en provoquant les passants avec des gestes impudiques jusqu'au petit matin. Pour une fois, les sergents fermeraient les yeux. Les échoppes étaient closes. Ce n'était pas un bon jour pour le commerce et il était plus prudent de mettre les marchandises en sûreté.

14

Il lui avait volé un baiser. Cerneuf n'oublierait jamais cette fête des fous. Le hasard avait voulu que, pressés par la foule, bousculés, entraînés malgré eux, ils aient été séparés de Salomon. D'un accord tacite, ils ne l'avaient guère cherché et avaient tourné délibérément le dos à la cathédrale, évité la rue de la Juiverie et l'échoppe toute proche, où Isaac, le grand-père de Rebecca, travaillait sans relâche à ses opérations de prêt ou de change. Ils avaient passé le Petit-Pont et gagné la rive gauche de la Seine où le calme contrastait avec la folie de l'île de la Cité. Ils avaient d'abord remonté la Grande-Rue-Saint-Jacques. Les bruits étaient feutrés par la neige qui continuait à tomber. Rebecca avait rabattu sur sa tête le capuchon attaché au court manteau de drap posé sur sa cotte de camelot rouge. Ses patins de bois crissaient dans la neige. Cerneuf portait aussi une cape courte sur son bliaud et il devait secouer sans cesse la cale qui lui protégeait le visage, mais offrait un réceptacle favorable aux flocons. Il arborait des chaussures montantes en cuir bouilli dont sa tante Marie lui avait fait cadeau pour Noël, mais il regrettait ses galoches de bois plus adaptées aux intempéries.

– J'adore la neige, avait dit soudain Rebecca en levant le visage vers le ciel qui était si bas qu'elle aurait presque pu le toucher.

Quand elle avait tendu les mains pour saisir les flocons, il n'avait pu résister. Il l'avait serrée contre lui et l'avait embrassée. D'abord sur la joue, que le froid avait colorée, puis, s'enhardissant, il lui avait pris les lèvres. Surprise, elle l'avait repoussé :

– Non, nous ne pouvons pas..., avait-elle murmuré avant de s'enfuir.

Mais, à l'entrée de la rue de la Huchette, elle avait perdu un patin de bois. Il s'était jeté à ses genoux et l'avait refixé adroitement sur l'estivau de cuir. Ses doigts avaient frôlé la fragile cheville couverte d'une chausse noire. Penchée au-dessus de lui pour contrôler l'opération, elle avait éclaté de rire. Ils avaient poursuivi leur balade, main dans la main, jusqu'à la rue Saint-Germain qui menait à la porte Buci au-delà de laquelle se trouvait l'abbaye de Saint-Germain, où le père de Cerneuf avait travaillé quand il était arrivé à Paris.

– Tu ne veux pas voir le défilé des clercs ? avait interrogé soudain Rebecca.

– Pourquoi ? Ici, c'est plus calme.

– Oui mais, là-bas, il doit y avoir des choses à voir.

Déçu, Cerneuf avait dû cependant convenir que le quartier n'était pas très gai. Beaucoup de maisons neuves ou en construction, dans le cadre de la nouvelle urbanisation due à la construction de la muraille de Philippe Auguste, n'étaient pas encore habitées et les rues étaient désertes. Les échoppes, pour la plupart, n'avaient pas encore leurs enseignes.

– Oui, avait-il admis, mais j'aimerais encore t'embrasser. Tes lèvres sont si douces.

Il fixait cette bouche grande et rouge qui cachait des dents blanches impeccablement alignées.

– Si tu veux, avait consenti Rebecca, mais alors tu seras mon fiancé et il faudra le dire à grand-père Isaac.

– Ton fiancé ?

Un peu éberlué par la rapidité avec laquelle la jeune fille semblait vouloir s'engager, il avait hoché la tête. Elle s'était approchée de lui et avait posé ses mains froides sur sa nuque. Fiancé, pas fiancé, il lui avait semblé que seul le moment présent comptait.

Cerneuf sourit en repensant à cet instant magique dont il avait rêvé toute la nuit. Mais il revoyait aussi la mine bourrue d'Isaac quand ils étaient enfin revenus à l'échoppe. Salomon était rentré et avait subi la plus dure remontrance jamais reçue depuis qu'ils avaient été recueillis par leur grand-père. Isaac ne décolérait pas. Ne lui avait-il pas confié Rebecca ? Plus jamais il ne les laisserait partir et, quand Salomon avait allégué que sa sœur devait être avec Cerneuf, il avait haussé les épaules en disant :

– Si tu crois que le père Guerry voudra marier son petit-fils avec une Juive ! N'oublie jamais, petit, ce que tu es, juif…

Surpris, car il était bien rare que son grand-père fasse allusion à leur religion, Salomon l'avait observé ; ses yeux brillaient plus que d'habitude derrière ses petites lunettes, ses pommettes étaient plus colorées et la ride qui lui marquait le front semblait plus profonde. D'un geste qui lui était coutumier, il avait poussé ses lunettes sur son nez busqué et s'était remis à son travail.

– Moi, je ne construis pas des murs autour de la ville. Je prête à ceux qui les font construire, avait-il murmuré pendant que Salomon se séchait devant la cheminée où il avait déposé une bûche.

Sans doute le grand-père avait-il raison. Salomon ne travaillait pas à cause du mauvais temps, mais grâce à Isaac il ne manquerait de rien.

Comment s'étonner alors que Cerneuf eût reçu un accueil glacial quand il avait poussé la porte de l'échoppe ? Isaac avait à peine levé les yeux.

– Ton grand-père doit t'attendre… Cours vite !

Le ton n'incitait pas à s'attarder. Il était loin, le gentil grand-père amoureux des étoiles qui lui apprenait leurs noms depuis les clochers des églises. Confus, il avait vite repassé le seuil sans un regard pour Rebecca.

– Alors, tu rêves à quoi ? La fête des fous, c'est terminé, même si avec ton frère, on la célèbre toute l'année.

Guillaume Guerry regrettait d'avoir donné à ses employés leur journée pour participer à cette réjouissance qu'il réprouvait, mais il savait que, pour bien commander, il convenait d'accorder quelques récompenses. Et c'était lui qui avait livré les fameuses saucisses et les boudins pour le repas impie sur l'autel de Notre-Dame. Une belle commande qui compensait une journée d'inaction. Mais il y avait ce matin beaucoup à faire, alors voir son petit-fils rêvasser n'était pas pour lui plaire.

– Il paraît que ton frère aurait retrouvé sa femme ? interrogea le grand-père.

– Il paraît, répondit prudemment Cerneuf qui n'en savait pas davantage et se demandait toujours comment son grand-père était informé de tout.

– Espérons que cette larronne ne va pas le détourner de son travail.

Même s'il n'appréciait guère l'art de son gendre, il devait admettre que, depuis que Loup était en apprentissage sur le chantier de la cathédrale, ses bêtises se faisaient plus rares. « Fou », « possédé », sans doute, mais assagi, du moins en apparence.

– Évidemment, avec ce temps, la construction doit être arrêtée.

Après avoir nettoyé l'enseigne de La Vache joyeuse où la neige s'était agglomérée – au grand dam de Guerry qui imaginait déjà ses clients perdus, comme si les Parisiens risquaient d'oublier son étal –, Cerneuf avait repris sa tournée sans renoncer pour autant à son détour par la loge de son père. La ville était quasi morte. Les festivités de la veille à peine digérées et surtout la neige en étaient la cause ; la circulation des charrettes et chariots était délicate et ralentie. À sa grande surprise, il trouva porte close. Ni Robert, ni Loup...

Vaguement désemparé, il observa un instant les treuils et les divers engins de levage abandonnés, tels d'étranges fantômes parés de neige. La plus étonnante était la grande cage d'écureuil qui tendait ses bras impuissants. Tout près, Cerneuf devina la machine que Villard, l'ami de Robert, venait d'inventer et dont il lui avait expliqué le fonctionnement. Cerneuf fut un instant tenté de la mettre en marche pour en finir avec cette pesante quiétude et cette immobilité qui contrastaient avec la folie de la veille. Les piétinements de la foule avaient été recouverts par la neige fraîche.

Il avisa le cylindre autour duquel était enroulé un cordeau qu'il dévida. Il s'amusait à faire des dessins sur la neige quand il vit arriver Loup dont la démarche de boiteux marquait la neige de manière asymétrique.

– Père n'est pas là ? interrogea-t-il. Peut-être sait-il où est Gudule ?

Surpris, Cerneuf regarda Loup.

– Oui, je l'ai encore perdue...

– Toi qui vois tout pourtant ?

– Ne m'agace pas !

Cerneuf comprit que l'heure n'était pas à une nouvelle bagarre. Loup, si prompt à s'emballer, paraissait étrangement calme.

– Je l'ai perdue de vue à la sortie de la cathédrale. Elle était avec notre père. Ils ont disparu tout à coup. Elle a dû fuir une nouvelle fois. J'espère qu'elle n'a pas franchi la muraille du roi, car les loups y étaient cette nuit. Ils ont hurlé au pied du mur presque autant que les clercs dans les rues. C'était impressionnant ; nous leur avons jeté des ordures qu'ils se sont disputées avec une hargne teigneuse. La neige recouvrait aussitôt les traces des dépouilles. Nous avions déniché des chiens qui grelottaient et les avons lancés avec des poules et des coqs.

Cerneuf écarquillait les yeux. Il avait peur des loups, comme tout le monde. Enfant, il avait été bercé d'histoires. Il frémissait encore quand il songeait à ces hommes transformés en loups par la grâce du diable ou d'un saint en guise de punition. Loup n'éprouvait pas ces peurs. Peut-être parce qu'il était possédé, comme disaient les chanoines, et commerçait plus ou moins avec le démon. Mais il n'en était pas moins homme et souffrait de la disparition de cette femme dont il espérait les mêmes félicités que Cerneuf de Rebecca.

– Je vais aller voir au clapier de la rue Trousse-Putain où elle s'est déjà réfugiée, dit soudain Loup. Peut-être y est-elle retournée !

Il traversa en claudiquant l'esplanade méconnaissable sous sa parure blanche. Cerneuf regarda le ciel. Une trouée bleue, une petite brise ; le temps changeait. L'épisode neigeux allait finir. Il eut soudain envie de suivre Loup. Il lui ferait certainement découvrir un monde qu'il ignorait, celui de ces femmes amoureuses comme les nommaient certains. Il n'ignorait pas que, faute de pouvoir les chasser, les clercs songeaient à les enfermer dans des couvents pour en finir avec ces rues chaudes où les Parisiens étaient soumis à mille tentations. Son aventure avec Opportune avait évité à Cerneuf de les fréquenter, comme beaucoup de garçons de son âge qui y trouvaient le meilleur accueil. Colin lui avait chanté les louanges de Péronelle aux chiens et d'Edeline l'enragée qu'il avait retrouvées après Bouvines.

Il en était là de ses réflexions quand Robert arriva. Il était allé chez le barbier. Rasé de frais, des yeux largement cernés lui mangeaient le visage ; il avait l'air fatigué.

– Loup vient de partir. Il a perdu Gudule.

– Ah ? fit Robert qui se dirigeait déjà vers la loge.

Mais la porte était bloquée par la neige. Cerneuf l'aida à la dégager. Quand il put enfin y entrer, Robert se laissa tomber sur le trépied couvert d'une planche de bois qui lui servait de siège lorsqu'il dessinait. Il avait décidément l'air très las.

– Gudule était avec moi hier, dit-il soudain en cherchant le regard de Cerneuf.

La pénombre enveloppait les outils soigneusement rangés sur les étagères de bois. Un marteau taillant traînait sur la table, peut-être abandonné par Loup, moins maniaque que son père. Cerneuf le prit et se mit à jouer avec le manche de bois tourné.

– Oui, Gudule était avec moi, répéta Robert.

Cerneuf était trop innocent pour comprendre ce que son père tentait de lui dire.

– Je l'ai quittée au petit matin, je ne sais pas où elle est allée. Elle m'a dit vouloir rentrer chez elle, dans le comté de Flandre.

– Chez le comte Ferrand, celui qui est enfermé dans le donjon du roi ?

Cerneuf n'avait pas oublié l'homme dûment garrotté et exhibé sur une charrette, le comble du déshonneur pour un chevalier, lors du retour triomphal du roi après Bouvines. Il savait qu'il croupissait au Louvre sous étroite surveillance, surtout depuis que deux compagnons de l'empereur avaient pu s'échapper du Châtelet en creusant un souterrain.

– Mais alors, c'est une ennemie du roi ? ajouta-t-il.

– Ennemie, ennemie… Elle est arrivée, en effet, avec nos troupes victorieuses, mais l'archer du roi qui l'avait enlevée, s'est empressé de l'abandonner en franchissant la porte de Paris. Il avait oublié de lui dire que sa femme l'attendait. Mais peu importe, nous ne la verrons plus… Elle a dû quitter la ville.

– Avec les loups, elle ne pourra aller très loin…

– Tu comprends, elle vendait son corps et je l'ai payée. Elle a de quoi rentrer chez elle, poursuivit Robert qui semblait ne pas avoir entendu son fils. J'ai eu un accès de folie, je n'aurais pas dû. Tu te rends compte, coucher avec la femme de mon fils ?

Ses yeux hagards frappèrent alors Cerneuf. Devenait-il fou lui aussi ?

– Coucher avec la femme de mon fils…, soliloquait-il toujours. Enfin, elle avait déjà été mariée de force à un vieux regrattier qu'elle a fui. Alors le mariage avec Loup…

Il s'était levé brusquement pour pousser la porte de la loge qui claqua derrière lui. Cerneuf posa le marteau taillant et sortit à son tour. Il avait enfin compris le tourment de son père et voulait le ramener à la réalité.

– Elle n'a pas pu quitter la ville à cause des loups.

– Voire, cette fille est si forte qu'elle n'a peur de rien. Tu sais bien qu'on croit souvent le loup plus grand qu'il n'est… Un colporteur a vite fait de décrire une meute affamée quand il n'y a qu'un solitaire.

Robert doutait. Mais il remâchait surtout ses remords, et pourtant, si c'était à refaire… Il se souvenait de la jeune femme mettant résolument ses doigts dans sa main et l'entraînant hors de la foule. Les rues étaient encore désertes avant la ruée des clercs poursuivant leur évêque éphémère. Leurs pas feutrés dans la neige les éloignaient de cette mascarade qui le mettait mal à l'aise. Tout à coup, elle l'avait poussé dans l'embrasure d'une porte et avait plaqué son corps frémissant contre le sien. Comment résister ? Ils avaient quitté ce refuge peu confortable pour une taverne dont il ne saurait jamais le nom, car l'enseigne était couverte de neige. L'accueil avait été rude.

– Un vieux avec une jeunesse… Tous les fous sont dans la nature aujourd'hui. Une paillasse vous suffira ou vous voulez une vaste salle avec lit et belles courtines bleues ? Le vieux doit préférer le lit, pas vrai ?

Gêné, Robert, qui n'avait pas l'habitude, avait coupé court.

– L'escalier au fond et à l'étage, en face. On paie d'avance !

De la première marche, Robert avait lancé une pièce. Quelques minutes plus tard, ils s'abattaient sur le lit à belles courtines. Elles auraient pu être rouges, ils n'en avaient cure.

– Pourquoi cette fête m'a rendu fou ? interrogea Robert, subitement accablé.

Il leva la main gauche, celle qui taillait si bien la pierre, vers ce ciel qui lui avait permis cet égarement.

– Il faut la retrouver et l'empêcher de sortir de la ville à cause des loups. Où l'as-tu abandonnée ? demanda Cerneuf.

– Je lui ai montré la porte Saint-Denis qui mène vers le Nord.

– Allons-y…

La nonchalance habituelle de Cerneuf cédait soudain la place à un esprit de décision qui aurait surpris son grand-père.

– Allons-y…

– C'est là que les amis de Loup se postent le plus souvent. Là qu'ils ont vu ces loups qu'ils ont nourris de déchets toute la nuit.

À grandes enjambées, ils eurent vite franchi la planche Mibray. De la rue des Arcis, ils rejoignirent, par celle des

Lombards, la Grande-Rue-Saint-Denis. Elle était étrangement calme ; les charrois habituels n'avaient pu entrer dans la ville à cause de la neige et sans doute aussi à cause des loups qui faisaient le guet. Mais alors qu'ils arrivaient à la porte, ils furent dépassés par une troupe de sergents armés de longues piques.

– Place, place ! criaient-ils. Place aux chasseurs de loups.

Robert et Cerneuf s'effacèrent contre le mur d'une maison dont l'encorbellement avançait fortement sur la rue. Le soleil avait enfin percé au milieu de nuages blancs que le vent poussait vers l'orient. La neige commençait à fondre doucement. Cerneuf chassa d'un revers de main l'eau qui dégoulinait déjà du toit.

La troupe passa rapidement et bruyamment. Les hommes, casqués de cuir, portaient des broignes de la même matière. Marie en confectionnait, se dit le garçon.

Ils franchirent rapidement la porte, mais furent arrêtés dans leur course par la foule qui s'était massée au pied du rempart pour assister à un spectacle inouï.

Loup héla son père et son frère. Lui aussi, armé d'une pique comme les gueux qui l'accompagnaient, était venu défier les bêtes rousses et noires, comme on les décrivait dans les légendes qu'on se contait avec effroi le soir, à la veillée, des histoires de loups, mais aussi de sangliers, de renards, de blaireaux et de chats sauvages. La chasse était suffisamment lucrative pour tenter les audacieux : deux deniers pour un loup, trois pour une louve.

– Que se passe-t-il ? interrogea le chef de la troupe réquisitionnée afin de libérer l'accès à la ville et permettre son approvisionnement, une priorité pour les autorités.

– Regarde plutôt ! répondit Loup.

Les joues rouges, les yeux exorbités, il désignait au loin une silhouette au milieu des loups.

– Et alors ? demanda le sergent, la mine vindicative. Quand ils l'auront mangée, nous pourrons agir…

– Gros malin, avance et tu verras ! répliqua Loup avec insolence.

– En avant, répondit l'autre en lançant sa monture, un beau cheval à la robe sombre qui peinait dans la neige fraîche et hennit de fureur.

Derrière lui, les autres cavaliers avaient aussi du mal à avancer. Le premier fit signe d'abandonner les chevaux ; ce n'était pas si loin, on irait à pied.

Ils suivirent les traces de Loup et des gueux qui avaient déjà tenté de donner l'assaut, mais avaient opéré une retraite prudente quand les loups s'étaient mis en ligne, menaçants, face à eux.

La foule de plus en plus nombreuse observa la progression difficile des hommes qui avaient de la neige jusqu'aux genoux. Robert avait reconnu Gudule. Il n'avait aucun doute. Il lui avait offert une cape et elle l'avait choisie rouge écarlate. Elle s'éloignait très lentement, escortée d'un premier cercle de bêtes qui gambadaient autour d'elle et paraissaient la protéger, tandis qu'une arrière-garde semblait veiller à tenir à distance d'éventuels poursuivants dans un étrange ballet.

– Magique ! dit une voix près de Robert.

C'était Arnolda dont les yeux fardés accusaient la fatigue de la veille.

– Diabolique peut-être ? rétorqua l'imagier qui avait presque oublié sa nuit et jouissait du spectacle avec délice.

Cette tache rouge sur le blanc de la neige, ces animaux grisâtres, ce ciel bleu et ses nuées chassées à grande allure par la bise glaciale… Cerneuf avait rejoint Loup dont l'excitation faisait craindre une crise imminente.

– Je suis arrivé près d'elle, mais ces maudits animaux m'ont empêché de la ramener. Regarde…

Il avait une plaie au bras gauche.

– Il paraît qu'elle rentre chez elle dans le comté de Flandre.

– Qui te l'a dit ?

– Moi aussi, je sais des choses, affirma Cerneuf avec un clin d'œil.

– Quelles choses ? demanda Loup soupçonneux.

C'en était trop. Il se jeta dans la neige en hurlant. Robert se précipita, le remit debout et le calma comme il avait pris l'habitude de le faire sur le chantier. La foule avait reporté quelques instants son attention sur Loup que beaucoup connaissaient mais, au même instant, la troupe des sergents s'avançait vers la ligne des loups qui faisaient front commun.

Le face-à-face fut rapide. Soudain, les loups se précipitèrent sur les hommes, qui rebroussèrent vivement chemin. Aucun n'avait usé de sa pique… Puis, immobiles, assises sur leur arrière-train, taches sombres sur la neige, telles des sentinelles, les bêtes observèrent la retraite désordonnée de ces hommes effrayés. Derrière eux, la silhouette progressait lentement. Bientôt elle serait loin…

– La neige va fondre ! dit le chef de troupe quand ils furent revenus au pied de la muraille. Les loups retrouveront leur forêt et leurs proies habituelles. La jeune femme sera loin. Ne perdons plus notre temps.

Des « Oh » et des « Ah » déçus fusèrent de la foule qui reflua lentement vers la porte et le Grande-Rue-Saint-Denis.

– Vous avez mieux à faire !

Venue d'en haut, la voix forte avait fait lever toutes les têtes vers l'une des tours qui encadraient la porte Saint-Denis.

– L'homme en rouge, murmura Robert qui avait hâte de retrouver ses trépans et marteaux taillants.

Il jeta un dernier regard à la tour dont la base talutée était impressionnante et avança à grands pas dans la rue, entraînant Cerneuf ; celui-ci, en entendant les cloches de Saint-Leu-Saint-Gilles sonner sexte, réalisa soudain que Guillaume Guerry devait l'attendre.

L'après-midi même, alors que le redoux rapide précipitait la fonte de la neige, se répandit dans la ville la nouvelle du miracle des loups. Et pour faire bonne mesure, certains mêlaient à cette histoire le Gaucher du diable.

Les clercs, qui s'étaient remis de la fête des fous, firent aussitôt part de leur scepticisme. « Magie, sorcellerie », pensaient-ils surtout.

– Les loups m'ont pris ma femme, pleurnicha Loup.

Il s'était réfugié chez Arnolda dans la soirée. Elle avait à peine caché sa jubilation de rester son seul recours. Elle lui servit un breuvage de sa composition qui le calma doucement.

– Et si tu n'avais jamais été marié ? répondit la sorcière en hochant la tête. Tu lui as sauvé la vie en l'arrachant à la potence… Pour une fois, tu as fait une bonne action, mais les bonnes actions ne rapportent guère. Les clercs racontent des sornettes pour endormir le peuple. Le bien, le mal… Crois-moi, le mal vaut bien qu'on s'en donne la peine !

Loup soupira et s'endormit.

Arnolda savait que la poussière de chanvre qu'elle avait mise dans la potion ferait son effet.

15

Prudence franchissait rarement la planche Mibray, sauf pour la Chandeleur qu'elle n'aurait pas manquée pour un royaume. Elle n'avait guère travaillé tout le mois de janvier à cause des intempéries qui avaient perturbé l'approvisionnement de poissons. Mais, comme elle restait rarement à ne rien faire, elle avait aidé son père à la boucherie et sa sœur dans son affaire de cuir qu'elle continuait à mener avec courage et audace depuis son veuvage. L'oncle Merri, comme l'appelaient ses fils, n'était jamais rentré de Bouvines. Certes, Marie avait entretenu pendant quelques semaines l'espoir de le voir arriver. L'exemple du chandelier Pierrot l'avait fait rêver, mais elle avait bien dû se rendre à l'évidence. Merri ne reviendrait jamais.

– Tu ne quitterais pas tes poissons ? avait-elle demandé à sa sœur un matin alors que Prudence était venue tenir l'échoppe principale à l'angle de la rue de la Tannerie et de la place de Grève. Tu aurais moins froid en hiver et mes marchandises ne craignent pas le soleil.

La sœur aînée avait éclaté de rire.

– C'est vrai que les doigts gelés, je connais, et le poisson qui tourne de l'œil l'été, je connais aussi, mais je suis habituée. Chacun chez soi, c'est mieux.

Marie n'avait pas insisté. Elle savait assez le caractère bien trempé et indépendant de sa sœur, à jamais marquée par le drame de Loup et par l'abandon de son mari. Comme son père, la belle-sœur n'avait guère d'estime pour Robert, même s'il créait des merveilles à Notre-Dame.

Prudence prit son temps pour passer la planche Mibray. Il y avait tant de monde. Comme le temps s'y prêtait enfin, grâce à un radoucissement prometteur, beaucoup de passants baguenaudaient. Les barques avaient repris leurs activités sur le fleuve dont les eaux boueuses charriaient, au milieu des ordures habituelles, des glaces venues de contrées que Prudence ne connaîtrait jamais. Mais peu lui importait, son horizon était là et elle l'aimait. Si elle regardait à droite, c'était l'occident et cette mer qu'elle imaginait profonde et mystérieuse, surtout bonne à lui fournir ses poissons. À gauche, elle voyait le port au blé et le port au foin, qui approvisionnaient la ville, et, un peu plus loin, l'île de Notre-Dame.

« Notre-Dame... » Deux mots qui tordaient le cœur de Prudence. Elle avait reporté son regard vers l'île de la Cité dont elle devinait les premières églises, Saint-Denis-de-la-Chartre et Saint-Landry, modestes édifices à côté de la cathédrale que les évêques orgueilleux avaient voulue immense, plus grande que tout ce qui avait pu exister jusque-là. Notre-Dame où Robert était revenu travailler et où Loup, son pauvre Loup, apprenait cet art que son propre père décriait si fort. Cerneuf évoquait parfois leur étrange collaboration et Loup lui-même lui avait dit quelques jours plus tôt :

– Mon père ne m'apprend qu'à faire des visages tristes, il faut leur donner des yeux tombants. Je n'ai qu'à te regarder pour comprendre ce qu'il veut dire. Seras-tu triste toute ta vie ?

Prudence avait souri et s'était regardée le soir dans le petit miroir que lui avait offert sa sœur pour la remercier de son aide. Elle y avait découvert des rides, qui s'élargissaient en éventail vers les tempes, et constaté que ses yeux étaient légèrement obliques, sous de lourdes paupières ourlées de cils clairs.

– C'est peut-être en pensant à toi que notre père crée ces visages. Il y en a un qui te ressemble tellement.

Cette phrase de Loup l'avait émue. Se pouvait-il que Robert pensât encore à elle après toutes ces années ? Elle qui lui était restée attachée plus qu'elle ne l'aurait voulu. Se pouvait-il qu'on soit destinée à jamais à un seul homme ?

Quand un client lui faisait un compliment qui n'avait rien à voir avec ses poissons, elle rougissait comme une pucelle, et s'il insistait, elle le rabrouait au point qu'il n'insistait guère.

– Eh, Prudence, où vas-tu ? À Notre-Dame ?

Elle se retourna vivement. C'était maître Léonard, dont elle savait qu'il travaillait aussi à Notre-Dame, un de ses plus fidèles clients.

– À Notre-Dame, certainement pas…

– Tu ne veux pas voir les diables de ton fils ?

Prudence hocha la tête.

– Tu es belle ce matin, avec ta cotte bleue du dimanche. Où vas-tu, chez le roi ?

Léonard avait toujours le mot pour rire. Mais ce n'était pas parce qu'elle avait accepté d'aller à la fête des fous avec lui, un mois plus tôt, qu'il devait se faire des idées. Une faiblesse qu'elle regrettait d'ailleurs, car l'homme s'était fait pressant et elle avait eu bien du mal à repousser ses avances.

– Allez donc à votre travail, et laissez-moi à mes affaires, coupa court Prudence.

Dépité, l'homme souleva son chapeau de feutre et poursuivit sa route. Elle songea qu'elle avait été un peu brutale et qu'elle avait peut-être perdu un client, mais elle n'en avait cure, et attendit qu'il soit loin pour reprendre sa marche.

– C'était ton amoureux ? interrogea Marie qui venait de la rejoindre.

Elle aussi se rendait chez Pierrot, rue de la Lanterne, pour la Chandeleur, la fête de la lumière.

Surprise, Prudence sentit ses pommettes s'empourprer, ce que ne manqua pas de remarquer sa sœur.

– Tu sais, tu as bien le droit d'avoir un amoureux ! reprit celle-ci en lui prenant le bras affectueusement. Après tout, pourquoi serais-tu obligée de mener une vie de nonne parce que ton mari est un homme de peu ?

« Homme de peu. » Marie avait tout dit. Choquée, Prudence la regarda :

– Et toi, tu es prête à remplacer ton Merri ?

– Pourquoi pas, si l'occasion se présente ? N'est-ce pas, Opportune ?

La pâtenôtrière sortait justement de son échoppe avec son enfant emmailloté dans un drap de laine.

– N'est-ce pas quoi ? demanda-t-elle.

– Tu l'aurais bien remplacé, ton Pierrot, s'il n'était pas revenu ?

Troublée, Opportune ne répondit pas. Pouvait-elle avouer qu'elle l'avait effectivement remplacé ? En tout cas pas aux deux sœurs.

Le faiseur de chandelles baissait justement son volet. Il y avait déjà la queue devant la boutique où les étagères regorgeaient de cierges de toutes tailles pour satisfaire la clientèle.

– Ce n'est pas trop tôt, maugréa un homme qui soufflait dans ses doigts pour les réchauffer.

– Justement, Firmin, il fait froid... Alors, pour travailler, ce n'est pas facile. Je tiens mon ouvroir fermé jusqu'à ce que le feu soit bien ardent dans la cheminée. À qui le tour ?

– À moi, j'étais la première...

Heureusement, Pierrot avait déjà servi les clercs les jours précédents, les cierges seraient allumés toute l'année auprès des défunts. Le rite était qu'ils soient bénits précisément le deux février, lors de ces cérémonies de la lumière qui se déroulaient dans toutes les églises de la ville et inauguraient, en ces temps de carnaval propices à la circulation des âmes des morts, un cycle funéraire.

Très sollicité à cette époque, Pierrot avait embauché un apprenti pour fabriquer les chandelles. C'était la première fois ; depuis la naissance de son fils, il rêvait de faire fructifier son commerce. Cela n'avait pas été de trop pour subvenir à la demande, d'autant que les jours étaient courts et qu'il n'était pas question de travailler une fois la nuit tombée, sauf à s'acquitter d'une amende plus chère que la marchandise fabriquée !

Les clercs ayant déjà fait leurs provisions, la clientèle du jour était surtout laïque, beaucoup de femmes mères de famille qui iraient faire bénir leurs cierges une deuxième fois le jour de la Saint-Blaise, au lendemain de la Chandeleur. Tout l'hiver, elles les croiseraient sur la gorge de leurs enfants pour assurer leur bonne santé, une pratique que d'aucuns auraient qualifiée de magique mais que les clercs toléraient. Le culte des saints prenait parfois des allures extravagantes qui excitaient les craintes des hommes d'Église, mais à le combattre, ne perdraient-ils pas leurs ouailles ?

Marie avait ainsi une double raison d'acheter des chandelles à Pierrot, pour son défunt mari et pour ses enfants.

– Aliénor est si fragile. Ce matin, elle était toute chaude et sa gorge la brûlait, confia-t-elle à Prudence alors que la queue se résorbait vite car Opportune était venue aider Pierrot et tous deux étaient d'une rare efficacité.

Prudence achetait toujours des cierges pour ses enfants, bien qu'ils soient grands. Évidemment, elle n'aurait jamais osé en faire bénéficier Loup qui aurait dénoncé ses bondieuseries. De toute façon, il était solide comme un roc. Mais Cerneuf et Odilon y avaient volontiers recours. Et elle n'avait jamais voulu croire que ces chandelles avaient provoqué le fameux incendie qui avait bouleversé sa vie. Elle n'avait pas oublié pour autant les propos de l'homme en rouge rapportés par sa voisine sur ces « cierges de malheur ».

Quand elles furent enfin servies, Marie interpella Opportune :

– Tu nous montres tes colliers ? Il paraît qu'ils sont si beaux ! Une de mes clientes en portait un l'autre jour.

Réticente, Prudence les suivit dans l'échoppe. Opportune posa l'enfant dans le berceau où il s'agita. Marie se pencha sur lui, obtenant d'emblée un sourire.

– Gracieux, ton Benoît. Tu ne trouves pas qu'il ressemble à tes jumeaux ?

Prudence s'approcha à son tour. L'enfant blond lui adressa un autre sourire. Émue, elle le prit dans ses bras ; il se lova contre sa poitrine et tendit sa main potelée vers son visage.

– C'est vrai, les yeux… Il me rappelle surtout Loup. Enfin, avant…

Sa voix s'était brisée tout à coup. Elle reposa précipitamment le petit Benoît dans le berceau qui se balança un instant, puis s'immobilisa, déclenchant aussitôt la colère de son occupant.

Opportune se hâta de le calmer. Ses clientes ne pouvaient voir qu'elle tremblait. L'instinct de Prudence ne venait-il pas de lui révéler le nom du père ? Et une réalité qu'elle refusait de tout son être. Pour elle, ce ne pouvait être Loup…

Mais Marie s'était déjà emparée d'un collier. Elle avait écarté sa cape de camelot ciel et, sur la cotte bleu foncé ceinturée d'un joli cuir fauve assorti à ses estivaux, le bijou faisait bel effet.

– Je le prends, dit-elle. Et toi, Prudence ?

– Tu me vois vendre des poissons avec un tel collier ?

– Oh, à part les clercs qui réprouvent ces objets créés, disent-ils, pour exciter le désir des hommes, les autres ne devraient pas y prêter attention.

– Celui-ci irait très bien sur ta cotte ; le bleu turquoise est bien assorti. Je te l'offre, tu m'aides assez…

– Mais non, je n'en ai pas besoin.

– Pas besoin, pas besoin…

Marie insista tant que Prudence, balayant ses réticences, accepta.

– Encore une petite caresse à Benoît et nous partons…

Opportune les vit sortir avec plaisir. Abasourdie, elle se laissa tomber sur le banc devant l'âtre où ronronnait le feu que Pierrot avait lancé tôt le matin. Une grosse bûche y brûlait tranquillement. Benoît soupira, puis commença à grogner. Elle ouvrit sa cotte et lui donna le sein.

– Non, tu n'es pas un changelin…, murmura-t-elle, comme pour conjurer le sort.

Une fois dehors, Marie voulut entraîner Prudence à Notre-Dame.

– Tu es folle ! lança celle-ci en rebroussant chemin. Je rentre.

– Il faut bien faire bénir nos cierges.

– Oui, mais pas à Notre-Dame, s'entêta Prudence.

– Et pourquoi pas ? Tu verrais peut-être Loup et ses sculptures…

– Et aussi Robert, je ne veux pas !

Marie lui avait pris la main. Comment résister à cette petite femme vive ? La sœur aînée avait souvent subi l'ascendant de sa cadette. Allait-elle se laisser faire encore une fois ?

– Nous rentrerons directement dans l'église. Il y a tant de monde sur le chantier. Loup m'a dit qu'ils travaillaient dans la loge à cause du mauvais temps.

Marie avait raison. Il y avait en effet affluence sur le chantier ; l'évêque et sa suite venaient d'arriver de Rome. Un événement qui coïncidait avec la Chandeleur, une belle nouvelle !

Fourbus, crottés, les « Romains », comme les appelaient certains, faisaient corps autour de leur évêque dont la mine fatiguée accusait un voyage laborieux après les trois semaines du concile qui avaient été tout aussi éprouvantes.

Le premier que vit Prudence fut Odilon, tout surpris de la trouver là. Fiévreux, il avait la voix très enrouée ; il avait pris froid en passant les Alpes, « des montagnes dont on ne pouvait avoir idée quand on habitait la plaine de la Seine ».

Elle ignorait ce que pouvaient être des montagnes. Perdue dans ses pensées, elle imaginait déjà guérir son fils avec ses cierges ; elle ne vit pas s'approcher Robert. Il éclata de rire dans son dos en disant :

– Je t'emmènerai peut-être un jour dans mon pays et tu en verras, des montagnes.

Prudence ne sut pas s'il s'adressait à elle ou à leur fils. Elle aurait reconnu entre mille ce ton railleur. Affolée, elle prit la fuite. Robert s'élança derrière elle, mais Loup le retint par la manche de sa cotte.

– Laisse-la ! Elle n'est pas prête…

Son calme impressionna Robert ; il contrastait avec l'excitation d'Odilon qui n'en finissait pas de pérorer. Ce n'était pas parce qu'il avait découvert la Ville éternelle et vu le pape qu'il allait faire la leçon à tout le monde.

Entouré par ses chanoines accourus depuis l'église, où certains disaient leur messe, ou de leurs maisons – la nouvelle s'était vite répandue –, Pierre de La Chapelle était, lui aussi, tout à la joie de retrouver ses familiers.

– Nous vous raconterons tout..., annonça-t-il. Ce concile a été fructueux, mais maintenant il faudra appliquer ses directives. Le plus dur est devant nous.

Robert en eut la primeur. Il décida le soir même de réunir ses trois fils dans une taverne où il avait ses habitudes, près du port Saint-Landry. La Bonne Étoile, dont l'enseigne en présentait une à cinq branches sur fond rouge, était en effet tenue par un Auvergnat originaire, comme la famille de Robert, d'un gros bourg à l'orient de Clermont, Billom. Cela avait créé des liens entre les deux hommes, et il n'était pas rare que l'imagier vienne faire honneur à sa potée aux choux, surtout quand la température était basse, comme ce soir-là, où l'hiver paraissait, contre toute attente, entamer une nouvelle offensive.

Cerneuf avait livré une grosse commande à sa tante Marie dont le commerce, toujours plus florissant, nécessitait une matière première abondante et de qualité, comme seul savait lui en dénicher l'étal Guerry selon les dires de Guillaume ! Pendant qu'ils entassaient les peaux qui seraient bientôt traitées, puis transformées en de multiples objets dont Marie avait le secret, celle-ci lui avait raconté comment Prudence avait fui Notre-Dame, terrorisée à l'idée de parler à Robert.

– On n'en finira donc jamais, avait soupiré Cerneuf qui caressait toujours l'espoir d'une réconciliation entre ses parents. Mais c'est quand même à lui de venir demander pardon, c'est lui le coupable...

– Oui, mais si chacun n'y met pas du sien... Tu aurais vu ta mère, je lui ai offert un collier, elle portait sa cotte turquoise sous une cape noire et avait belle allure.

– Je me demande si mon père ne préfère pas les femmes plus jeunes…, observa Cerneuf, regrettant aussitôt d'en avoir trop dit, surtout à sa tante si fine et perspicace.

– Ah, et que veux-tu dire ? Il a une petite ? répliqua Marie, l'œil pétillant. Après tout, à son âge, ce ne serait pas étonnant…

– Je ne sais rien, répondit précipitamment Cerneuf en jetant la dernière peau sur le tas au fond de l'appentis. Je dois partir…

– Cerneuf, tu n'as pas le temps de jouer avec nous ?

Une bande d'enfants avait jailli de la maison mitoyenne. Aliénor la menait ; c'était l'aînée qui dirigeait avec autorité ses trois frères. Le dernier, né juste avant le départ de son père, marchait tout juste, mais suivait avec ardeur la petite troupe.

Aliénor sauta dans les bras de Cerneuf, les autres s'accrochèrent à son bliaud.

– Non, je n'ai pas le temps, protesta le garçon.

Mais, déjà, le jeune Merri avait lancé une balle dans sa direction. Il la bloqua contre lui et la renvoya. C'était un de ces objets que Marie, faisant décidément flèche de tout bois, commercialisait. L'un de ses apprentis excellait dans la transformation des estomacs d'animaux qu'il bourrait de crin. Les premiers utilisateurs étaient, évidemment, ses enfants mais Merri fournissait aussi les gamins du quartier qu'il entraînait avec fougue dans de folles parties de soule sur la place de Grève. Beaucoup de ces balles partaient au fil de l'eau, au grand dam de sa mère qui avait toujours peur d'une noyade.

Cerneuf se prêta au jeu quelques instants, mais les cloches de Saint-Gervais-Saint-Protais sonnaient vêpres et, même si les jours avaient déjà légèrement rallongé, il ferait bientôt nuit. En sortant, il devina, sur le mur de la maison de Marie, le cadran solaire que Merri avait commandé quelques années plus tôt à un Arabe arrivé, dans la suite du roi, d'un voyage outre-mer. Une curiosité dont Merri avait longuement expliqué le fonctionnement à ses neveux et qu'on retrouvait sur quelques demeures cossues de la ville. Cerneuf imaginait parfois qu'il serait un jour, comme son grand-père, maître boucher et qu'il habiterait une belle maison où il dépenserait ses deniers selon son bon plaisir. Une ombre passa cependant dans son esprit lorsqu'il songea à la fameuse séance de tuerie des animaux qui lui faisait encore faire des cauchemars. Il la chassa en se disant qu'il paierait des valets.

– Toujours en retard !

– Je travaille, moi, se défendit Cerneuf.

Paroles malheureuses qui provoquèrent aussitôt un joli chahut chez ses père et frères.

– Rebecca allait bien ? interrogea Loup.

– Qui est Rebecca ?

– Une Juive dont le grand-père prête au roi, répliqua Loup. On dit qu'il est au moins aussi riche que lui.

– Le concile a pris des décisions graves à propos des Juifs, remarqua Odilon.

Devant lui comme devant les autres convives, Austremoine, le tavernier, avait posé des écuelles de terre ocre contenant d'épaisses tranches de pain. Au centre de la table, une marmite exhalait une odeur de chou et de lard.

– Tu n'as pas dû en manger d'aussi bon à Rome ! commenta Austremoine dont l'âtre avait rougi les pommettes.

– Alors, les Juifs ? demanda Robert qui sentait Odilon impatient de raconter ce qu'il avait vécu et vu.

– Rebecca sera obligée de porter un signe distinctif...

Cerneuf, qui venait de poser une tranche de lard et un peu de chou sur son pain et s'apprêtait à mordre dedans, s'arrêta, la bouche ouverte.

– Qu'est-ce que cela veut dire ? interrogea-t-il en reposant le tout dans l'écuelle.

– L'idée est d'éviter la confusion…

– Quelle confusion ?

– Sans signe distinctif, un chrétien peut, par exemple, avoir un rapport sexuel avec une Juive par erreur.

– Par erreur ?

Cerneuf écarquillait les yeux.

– Le concile interdit aussi aux Juifs d'occuper certaines fonctions, d'avoir des relations professionnelles et sociales avec les chrétiens, de sortir pendant la semaine sainte.

– Mais que deviendront mes amis Isaac, Salomon et Rebecca ?

– Le pape pense que le roi de France les protège trop.

Loup et Robert avaient fini leur première tranche de pain ; Odilon et Cerneuf les avaient à peine entamées.

– Vous ne l'aimez pas, ma potée ? vint s'enquérir le patron en versant du vin dans les godets de terre.

– Si, si, protesta vivement Cerneuf, en plantant ses dents dans le lard.

– Odilon nous raconte son voyage à Rome, expliqua Robert, visiblement heureux.

– T'as vu le pape ?

– Oui, j'ai assisté au concile.

– J'espère qu'il ne va pas encore chatouiller le roi avec ses histoires, répliqua Austremoine. Heureusement, depuis Bouvines, il ne craint rien, plus personne n'ose lui faire la guerre.

Le tavernier venait d'exprimer le sentiment général. La victoire de Bouvines avait donné au roi une renommée extraordinaire. Dans son élan, Philippe Auguste avait amené le roi d'Angleterre à signer la paix. Les Parisiens considéraient que celle-ci serait durable, même si certains pensaient que leur roi avait été trop généreux avec Jean sans Terre ; Philippe lui avait concédé des terres d'où il pouvait à tout moment relancer les hostilités.

Robert, qui n'oubliait guère son travail, se trouvait conforté dans son grand projet. Il avait bien avancé la statue du roi, la première de toute la parentèle. Son image s'accorderait avec l'opinion flatteuse que les Parisiens avaient de leur souverain, ce que confirma encore le tavernier :

– Il est tout de même fort, avec sa quarantaine…

Austremoine faisait allusion à la création par le roi, pour éviter des guerres privées, de ces quarante jours de trêve à observer avant d'en découdre afin de permettre aux tensions de s'apaiser[1]. Un dispositif salué par tous. Austremoine se souvenait, comme Robert, des luttes intestines dans leur pays natal, un désastre pour les populations.

1. Ce dispositif, confirmé par saint Louis en 1245, est peut-être à l'origine de notre « quarantaine ».

16

À chacun ses soucis. Cerneuf ne pensait qu'à Rebecca et au sort des Juifs. Robert travaillait plus que jamais à son grand projet. Les chanoines le poursuivaient pour organiser enfin la fameuse cérémonie pour Loup. Ce dernier avait perdu sa flamme depuis le départ de Gudule. Odilon songeait aussi à celle-ci, plus que de raison, et s'interrogeait sur son avenir. Continuer des études, partir à la recherche de la blonde qui hantait ses nuits ou devenir clerc, comme s'y attendait sa famille ?

Deux jours après le souper à la taverne de La Belle Étoile, Cerneuf avait rejoint son ami Salomon qui travaillait toujours comme maçon à la grande muraille du roi. Il était sur le chantier de la tour du Coin, la plus proche du Louvre, qui marquait l'extrémité de l'enceinte à hauteur de la Seine. Elle avait un diamètre supérieur aux trente-neuf autres qui rythmaient la muraille toutes les trente toises[1], et offrait une base talutée énorme.

Cerneuf retrouvait chez son ami une fierté comparable à celle de son père. Lui aussi participait à une grande œuvre qui n'avait rien à envier à la cathédrale. Construire une telle muraille pour mettre à l'abri des dangers ses concitoyens valait bien l'édification d'une église à la gloire de Dieu ! Il

1. Soixante mètres.

s'agissait de répondre à des nécessités immédiates et de la meilleure façon pour assurer la sécurité de la cité. Quand il se rendait sur le chantier, le roi ne manquait pas de le rappeler.

Salomon avait fait grimper son ami sur l'échafaudage à hauteur du deuxième niveau d'où il y avait une vue directe sur le Louvre. Chacun savait que c'était dans ses donjons qu'étaient enfermés les vaincus de Bouvines, dits les « châtelains » par les Parisiens, maîtres en dérision ; « faiseurs de mots », ricanaient leurs ennemis. Cerneuf n'oublierait jamais le comte de Flandre qui avait défilé enchaîné dans Paris. On racontait que sa femme se battait pour le faire libérer, mais le roi se montrait inflexible.

– Parfois, ils le font sortir et marcher, commenta Salomon qui devinait les pensées de son ami. Mais ce n'est jamais à la même heure.

Il avait eu le temps d'étudier les allées et venues depuis qu'il était là !

– Et là, regarde tous ces chantiers, il y a du travail partout.

Le roi, particulièrement soucieux de remplir l'espace dessiné par sa nouvelle enceinte, encourageait le développement urbain qui se faisait selon un double schéma parallèlement et perpendiculairement à la muraille. De nouveaux quartiers émergeaient ainsi, plus ou moins harmonieusement. Le commis Cerneuf commençait à les sillonner dans tous les sens, notamment autour des Halles, mais vus de haut, ils offraient un tout autre visage.

– Veux-tu venir à la maison ? interrogea Salomon qui se rinçait les mains dans une auge d'eau encore bien froide malgré le soleil qui avait dominé cette belle journée du mois de février.

Cerneuf n'avait pas osé retourner rue de la Juiverie depuis la fête des fous ; il craignait l'accueil d'Isaac. Quant à Rebecca, il avait eu beau errer près de l'échoppe du changeur chaque fois qu'il avait un peu de loisir, il ne l'avait pas revue.

– Que dit ton grand-père sur le concile ? interrogea soudain Cerneuf.

Surpris, Salomon regarda Cerneuf avec une moue dubitative :

– De quoi parles-tu ?

– Du concile et des décisions prises à propos des Juifs…

Salomon tombait décidément des nues. Il avait réajusté sur ses cheveux très bruns sa cale de toile qui portait des traces de mortier, comme son bliaud.

En quelques instants, ils avaient dévalé les échelles et s'étaient retrouvés au rez-de-chaussée voûté de la tour. De là, ils gagnèrent la rive droite du fleuve. Derrière eux, le soleil avait déjà plongé dans la Seine à l'occident et le froid était vif sur la rive. Cerneuf croisait les bras et cachait ses mains sous ses aisselles pour les réchauffer dans la chaleur de son bliaud de laine que lui avait offert récemment son grand-père. Des animaux buvaient à l'abreuvoir installé au bord de la Seine. Cerneuf y jeta un coup d'œil furtif ; sans doute, dans ce bétail, y avait-il des bêtes destinées à l'étal Guerry. Une volée de pigeons s'abattit près d'eux, semant le désordre au milieu de poules occupées à dénicher des grains tombés des cargaisons de blé déchargées là. Rameutant sa troupe, un coq lança un cocorico sonore, signe de ralliement pour rejoindre dans l'urgence une proche basse-cour. Les cloches de Saint-Germain-l'Auxerrois sonnaient complies ; les apprentis se hâtaient de rentrer chez eux avant la nuit noire, les artisans et échoppiers fermaient leur volet, dérobant aux envies leurs marchandises jusqu'au lendemain. Le travail s'arrêtait pour tous dès que le soleil se couchait. On disait communément qu'à la chandelle on risquait de faire du mauvais ouvrage et de nuire ainsi aux clients. Seuls certains métiers étaient autorisés à exercer la nuit, comme les boulangers qui devaient offrir, tôt le matin, du pain frais, ou les chirurgiens soumis aux urgences. Les tricheries étaient sévèrement réprimandées et les conflits, nombreux, débouchaient sur des discussions sans fin à propos des variations de la tombée de la nuit. Les uns estimaient que la fin de la journée était sonnée par les vêpres, d'autres par les complies. Certains valets dénonçaient leurs maîtres qui les retenaient au travail tard dans les vesprées au péril de leur corps !

Marchant d'un pas rapide, les deux garçons étaient déjà à hauteur du Châtelet. Des cachots souterrains de la sinistre bâtisse s'échappaient toujours quelques cris ou clameurs de prisonniers. Des sergents faisaient le guet devant la porte qui donnait sur le fleuve, tout en observant les efforts d'un batelier pour amarrer sa barque. Elle était vide heureusement et l'homme, habitué à la manœuvre, lança sa corde et l'accrocha habilement à un pieu de bois, tout près du Grand-Pont.

Une charrette lourdement chargée venait justement de bifurquer pour s'engager sur celui-ci qui menait tout droit à la rue de la Barillerie, à proximité du palais d'où ils auraient vite fait de gagner la rue de la Juiverie. Le conducteur négocia délicatement le virage, puis fouetta ses bœufs. Leurs sabots et le roulement des grandes roues firent vibrer le tablier de bois posé sur les imposantes piles en pierre, bâties du temps du roi Louis VI[1], le grand-père de Philippe Auguste. Les garçons suivirent le charroi un instant, puis le dépassèrent

1. 1108-1137. Abattu par une grande inondation, ce Grand-Pont sera remplacé en 1280 par le Pont-aux-Changeurs, légèrement décalé à l'est. À son emplacement sera édifié le Pont-aux-Meuniers.

en jetant un coup d'œil aux moulins dont la plupart appartenaient aux communautés religieuses.

Quelques instants plus tard, ils arrivaient rue de la Juiverie.

– Grand-père, tu ne nous as rien dit ? lança Salomon en entrant comme un coup de vent dans l'échoppe.

Éclairé par une chandelle, le prêteur-changeur écrivait des chiffres sur un parchemin. Il leva les yeux au-dessus de ses lunettes et vit Cerneuf.

– D'abord, Salomon, quand tu rentres ici, fais-le en douceur. Tu me fais battre le cœur, je ne pourrai plus monter dans les clochers. Et toi, Cerneuf, je suis heureux de te voir, je pensais que nous étions un peu brouillés. J'ai été bourru l'autre fois, mais j'étais inquiet pour ma petite Rebecca, un trésor bien plus grand que tout cela !

Il montrait ces rouleaux de parchemin soigneusement entassés sur les étagères derrière lui et d'autres, déposés dans un coffre dont le couvercle ouvert dévoilait une imposante serrurerie. Soulagé par cet accueil, Cerneuf s'avança vers le petit homme qui avait retrouvé sa mine d'amoureux des étoiles.

– Appelle Rebecca, lança Isaac avec un clin d'œil coquin qui amena un grand sourire sur le visage du jeune homme.

Il ne fallut pas longtemps pour que la jeune fille, fraîche et souriante, apparût au sommet de l'escalier en pierre qui conduisait à l'étage.

– Abandonne ta broderie, nous avons une visite, annonça Isaac.

Rayonnante, elle descendit les marches en sautillant.

– Tu as bien quelque chose de chaud dans ton chaudron qui ronronne sur le feu…, dit Salomon en tirant un petit banc où il invita son ami à s'asseoir.

– Alors, quel bon vent t'amène ? interrogea Isaac.

– Cerneuf parle des décisions du concile de Rome, répondit aussitôt Salomon.

– Ah, le concile, éclata de rire Isaac, décidément joyeux.

Cerneuf ne comprenait pas l'attitude désinvolte du vieux Juif.

– Vous savez ce qui a été décidé pour les Juifs ? insista-t-il.

– Bah, je l'ai su bien avant le retour de ton évêque. Nous, les Juifs, nous avons des émissaires partout et savons beaucoup de choses, mais qu'est-ce que cela va changer pour nous ? D'abord, le roi va-t-il donner l'ordre d'appliquer ces directives ?

Il avait enlevé ses lunettes car le vin chaud servi par Rebecca y faisait de la buée. Il se frotta les yeux ; les chiffres alignés en colonnes les avaient fatigués.

– Le roi n'est pas si mauvais…, poursuivit-il. Certes, il y a trente ans, il a organisé notre expulsion et notre spoliation, mais depuis il nous a rappelés et nous a bien traités. Et nous avons retenu la leçon. Désormais, nous n'avons plus de maisons comme avant 1182 – elles ont été données à des confréries –, mais seulement des bijoux et de la monnaie et puis tout cela…

Il montrait une nouvelle fois les rouleaux de parchemins serrés par des rubans de couleur.

– Petit, là, tu vois, il y en a pour cher, sais-tu que toutes les créances juives valent deux fois le revenu annuel du roi ?

– Créances ? interrogea Cerneuf qui ne comprenait pas tout.

– Ce que nous doivent les uns et les autres… Alors, évidemment, le roi peut décider que plus personne ne nous doit rien et nous ruiner… Mais est-ce son intérêt ? Avant Bouvines, on disait que l'empereur avait de bons chevaliers et des chevaux de guerre, mais pas d'argent, que le roi d'Angleterre ne manquait de rien et que celui de France n'avait rien, sauf du pain, du vin et de la joie. Je ne crois pas que cela ait beaucoup changé !

– Il a tout de même l'argent pour construire notre muraille, rétorqua Salomon.

– On dit qu'il dépenserait neuf mille livres, alors que le roi anglais, le fameux Richard, en aurait dépensé deux cent mille pour Château-Gaillard ! Enfin, pour nous qui prêtons, neuf mille livres, c'est suffisant[1].

Sans bruit Rebecca avait posé devant eux une grande écuelle remplie d'oublies.

– C'est toi qui les a faites ? interrogea Cerneuf, radieux.

Rebecca éclata de rire. Un son cristallin qui résonna sous la voûte de pierre qu'Isaac avait fait peindre avec un faux appareil tracé en rouge et jaune sur un fond blanc lumineux pour combattre la pénombre de la salle seulement éclairée par une étroite fenêtre.

– Elle sait mieux faire la broderie que la pâtisserie, pouffa Salomon, les entraînant tous dans une franche hilarité.

Reprenant son sérieux, Rebecca expliqua :

– Je les ai achetées chez l'oublieur de la rue de la Vieille-Draperie.

De forme ronde et plate, ces gâteaux composés de farine, d'eau, de lait et d'œuf avaient souvent des goûts très différents.

– Il les sucre avec du miel et ne les fait pas trop griller, ajouta la jeune fille dont Cerneuf buvait les paroles.

En effet, les oublies étaient cuites entre deux fers et offraient parfois une croûte trop dorée. Celles-ci étaient juste à point.

---

1. On évalue le revenu annuel de Philippe Auguste à la fin de son règne à quatre cent mille livres après l'annexion de la riche Normandie en 1204, qui permit de le doubler.

Profitant de l'appétit des garçons qui avaient la bouche pleine, Isaac posa ses lunettes qui avaient laissé une trace sur son nez et commença, tel un maître face à des élèves attentifs :

– Aujourd'hui, l'Église est plus dure avec nous que le roi. Il y a dix ans le pape a protesté contre la protection que nous offrait le roi. Il a même proposé d'annuler les dettes envers les Juifs de ceux qui se croiseraient ! Mais le roi a refusé. Vous savez que ses relations avec les papes ont parfois été tumultueuses à cause de ses affaires de femmes…

L'amoureux des étoiles gloussa comme un enfant et poursuivit :

– Après ses démêlés avec Célestin troisième du nom, cela s'est un peu amélioré avec Innocent lorsque le roi a officiellement repris sa femme…

– N'empêche que vous allez devoir porter pour vous distinguer un tissu jaune sur votre bliaud ou votre cotte, remarqua Cerneuf.

– Ah, la rouelle ! dit aussitôt Isaac. Ce serait le symbole des deniers de Judas, la belle affaire. Cela plairait bien aux clercs, mais c'est au roi de la rendre obligatoire, le fera-t-il ?

Cerneuf se mordit les lèvres. Il aurait aimé savoir s'il pouvait continuer à voir ses amis, et quand il disait ses amis, il pensait surtout à Rebecca. Il n'osa pas le demander et le vieil homme éluda.

À cet instant, on toqua à la porte. Salomon alla ouvrir. C'était un sergent du palais, reconnaissable à sa cotte-hardie fleurdelisée.

– Le roi vous attend demain au palais, annonça-t-il brièvement avant de se retirer.

À sa suite, un homme grand entra à son tour.

– Ah ! Dieudonné, que viens-tu me dire ? Nous étions avec ces jeunes gens en train de parler de notre condition…

Dieudonné de Bray, juif lui aussi, était de ceux que Philippe Auguste protégeait. Il avait la charge de la perception du tonlieu[1] du pain de Paris.

– Tu es convoqué par le roi demain ? interrogea l'homme qui devait avoir la quarantaine.

– Oui, répondit Isaac. Que va-t-il nous dire ? Qu'il augmente encore le cens annuel sur les transactions écrites ?

– Peut-être.

– Ce jeune homme s'inquiétait de la rouelle…

– Cela ferait tellement plaisir à toutes ces cohortes de chanoines et de clercs… et il suffirait que le roi prêtât l'oreille aux calomnies, répondit, dubitatif, Dieudonné.

– Les enfants, nous avons à parler, conclut Isaac.

Cerneuf comprit qu'il devait partir. Il se leva, ouvrit la porte et sortit. Il se hâta de rentrer rue du Chevalier-du-Guet. Il faisait complètement nuit et il risquait d'être inquiété par le guet. Il traversa la Seine sur la planche Mibray et courut presque dans les rues désertes.

Quand il entra dans la petite maison, il vit aussitôt que Prudence était contrariée et trouva Loup, un chat noir sur les épaules, assis sur un petit banc devant la cheminée, la mine renfrognée. Il y avait bien longtemps qu'il n'était venu, préférant loger chez son père.

– Ils veulent faire partir le démon, marmonna-t-il. Ces chanoines sont maudits, ils disent qu'ils ne me laisseront plus travailler…

– Et notre père, que dit-il ? répondit Cerneuf.

– Il les écoute !

– Mais cela veut dire quoi ?

– Si tu crois que je le sais !

Loup s'était levé, les yeux hagards.

---

1. Droit payé par les marchands.

– Je vais voir mes amis…

Cerneuf voulut l'empêcher de sortir, mais Loup avait une telle force lorsqu'il était en crise… Il dut céder.

Quand la porte eut claqué derrière Loup, il se retourna et vit Prudence qui pleurait. Il s'assit près d'elle sur le banc que venait de quitter Loup et tenta de la consoler.

– Mange au moins, murmura Prudence, dont la lassitude était immense. Tu dois avoir faim.

– Non.

Il s'était tellement gavé d'oublies !

Le feu dansait dans l'âtre dont la pierre était noire de suie.

– Tu crois que c'est comme ça, l'enfer ? interrogea Prudence.

– Je ne sais pas.

Cerneuf pensa aux voussures du grand portail de Notre-Dame que son père était en train de mettre en place. Les démons créés par Loup faisaient peur. Il suivait, en effet, de jour en jour la pose de presque chaque pièce. Robert lui avait expliqué comment des signes différents étaient gravés sur chaque image et repérés sur la structure du portail à partir du dessin préparatoire sur parchemin. Tout cela exigeait beaucoup de minutie mais, à tout moment, Robert, restant maître de la mise en scène, pouvait intervertir une figure. C'était presque un jeu auquel se prêtaient volontiers ses aides spécialisés dans la pose. À défaut de Loup, que le départ de Gudule avait rendu plus capricieux que jamais.

Son chat sur les épaules, celui-ci avait rejoint la rue de la Grande-Truanderie et surtout l'antre d'Arnolda. L'accueil n'avait pas été celui qu'il attendait :

– Tu me déranges, avait-elle prétendu, l'œil mauvais dans un visage outrageusement maquillé.

– Je peux coucher ici ? avait-il demandé presque humblement.

– Si tu dors, pourquoi pas ? avait-elle répondu en désignant, au milieu de lourdes courtines en velours bleu, ce qui devait être sa couche.

Les odeurs dans la pièce semi-enterrée, sans réelle aération, étaient terriblement entêtantes. Loup suffoquait. Il porta les mains à ses tempes où le sang cognait à le rendre fou. Un euphémisme !

– Attends, j'ai besoin d'un gaucher pour tourner mon mélange, dit-elle en lui tendant un bâton dont il se saisit.

– Cela pue ! observa-t-il aussitôt avec une grimace qui accentua son rictus habituel.

– Comment oses-tu dire cela d'une recette magique ? Des hosties volées au curé de Sainte-Opportune, des ossements ramassés aux Saints-Innocents, du sang d'enfants vierges, de la belladone… Connais-tu la cerise du diable ? Les femmes qui s'en appliquent sur les yeux ont des pupilles dilatées, c'est bon pour l'amour.

Arnolda éclata d'un rire tonitruant qui résonna étrangement sous la voûte surbaissée qui écrasait la salle. Loup lâcha le bâton et recula brutalement.

– Quoi, tu oses abandonner ton travail ? menaça alors la sorcière. Mon onguent ne sera pas réussi. Sais-tu que je vais m'en enduire pour voler ? M'empêcherais-tu d'aller au sabbat ?

Pour une fois, Loup eut peur et reprit le bâton en levant les yeux au ciel, puis recommença à tourner l'affreux mélange. Le chat sauta de ses épaules et miaula faiblement en se cachant dans l'angle le plus obscur de la pièce où ses yeux brillaient.

– Tu ne voudrais pas rompre ton pacte avec le diable ?

Les poings sur les hanches, la femme approcha de lui son visage dont les fards, comme les traces de cheveux blancs mal dissimulés par sa teinture d'ébène, accusaient l'âge.

– Rompre mon pacte avec le diable ?

– C'est ce que veulent les chanoines... Tu devrais te méfier !

Loup soupira. Il avait une crampe dans la main gauche, mais l'autre, moins adroite, fit tanguer le chaudron, déclenchant une nouvelle colère.

– Tu n'es qu'un bon à rien, va te coucher, dit-elle en lui arrachant le bâton de la main. Voilà deux grains de belladone, tu vas dormir comme un bébé. Avec dix, tu es mort...

Vaguement inquiet, Loup avait récupéré le chat apeuré qui ne quitta plus ses jambes.

– Attends, je vais encore te parler de la mandragore dont je vais ajouter une pointe.

Là, l'œil de Loup s'illumina.

– Tu te souviens ? Tu ne peux pas ne pas te souvenir...

En effet, Loup se rappelait cet étrange petit matin où il avait surpris Arnolda occupée à tracer sur le sol du gibet trois cercles avec un grand couteau. Furieuse, elle les avait interpellés, lui et les gueux qui l'accompagnaient.

– Aidez-moi donc. Tenez ce chien qui n'en finit pas d'aboyer.

La bête était noire et manifestement affamée. Loup s'était saisi de la corde qui lui entourait le cou et l'avait maîtrisée habilement. Après avoir dessiné les cercles, Arnolda avait creusé la terre à l'intérieur, puis avait passé le bout de la corde du chien autour de la plante dont la racine était ainsi dégagée.

– Lâche le chien et éloignez-vous tous, vite ! avait-elle crié en courant.

Furieux, aboyant plus que jamais, le chien avait tiré sur la corde, déracinant la mandragore, puis s'était écroulé, mort.

– Ne bougez pas, avait encore ordonné la sorcière qui avait nommé la plante mauve et expliqué qu'elle poussait au pied des gibets dans la terre fécondée par le sperme des pendus.

Loup s'en souvenait comme si c'était aujourd'hui.

– Va te coucher et jure que tu ne diras à personne ce que tu viens de voir, dit Arnolda qui tournait énergiquement le mélange exhalant une odeur de plus en plus forte.

Une moue inhabituelle marquait son visage sombre et renfrogné.

Loup tendit sa main gauche et jura en crachant sur la terre battue. Quelques minutes après, il ronflait avec son chat blotti contre lui. Arnolda lui jeta un coup d'œil satisfait en ajoutant un peu de pavot à la mixture qui prenait enfin bonne tournure. Son ombre projetée sur le mur opposé à celui de la cheminée reproduisait ses gestes. Elle défit ses cheveux qui tombèrent sur ses épaules, les ébouriffa d'un geste vif. Elle avait chaud. Elle se saisit d'un coin de son devantier à larges raies rouges et blanches ; les tissus à raies dont elle se vêtait volontiers étaient une provocation, car ils étaient réservés aux marginaux. Elle s'en tamponna longuement le front, apaisant ainsi son agacement.

17

– J'accepte ce que veulent les chanoines, annonça Loup à son père, devant le portail central où s'affairaient les poseurs de figures que Robert surveillait sans cesse.

Le portail prenait doucement tournure et pas un clerc ni un laïc n'omettaient d'en détailler les éléments avant d'entrer dans l'église. Les compliments fusaient, même si certains trouvaient le temps long et rappelaient à Robert qu'il lui restait à entreprendre le dernier portail consacré à la Vierge. Mais l'imagier souhaitait travailler en parallèle à sa série de statues pour la galerie que Villard de Honnecourt avait joliment dénommée « galerie des rois », avant de partir pour Reims, quelques jours plus tôt.

– Oui, mais le troisième tympan devra être mis en place auparavant, prétendait le chef de la fabrique qui pensait plus important de soigner les accès à l'église que cette hypothétique série de statues dont beaucoup discutaient encore la pertinence.

– J'ai déjà fait le dessin du portail, rétorquait Robert, calme et rassurant.

Il finissait justement la première statue, celle de Philippe Auguste, et en était assez fier, rêvant déjà de la présenter au roi en personne.

– Si ton fils acceptait de faire autre chose que des démons ou des figures du mal, tu serais mieux secondé, avait observé le chanoine, exerçant encore une fois, comme presque chaque jour, une pression sur Robert.

Le concile n'avait rien arrangé ; il avait réaffirmé chaque point de la doctrine catholique contestée par certains, les maudits cathares en tête, et notamment que l'homme péchait à l'instigation du diable. Donc celui que les chanoines considéraient comme possédé devait se soumettre à cette cérémonie pour chasser le Malin. Alors, croyaient-ils, il deviendrait libre de créer toutes les figures nécessaires à la louange de Dieu.

– Voire, répondait Robert, que cette affirmation rendait perplexe.

Absorbé par ses pensées, Robert se détourna, enfin, du portail et leva les yeux vers Loup qui confirma :

– Je suis décidé…

Comme il avait juré, il ne pouvait raconter à son père la soirée passée chez Arnolda qui s'était poursuivie par une terrible nuit de cauchemars. Il avait vu la sorcière, nue, s'enduire de son onguent, puis chevaucher le maudit bâton qui avait servi à tourner le mélange, s'élever dans les airs où elle avait été rejointe par d'autres qui hurlaient de joie dans les nuées, au milieu de chauves-souris. Puis soudain, toutes avaient plongé vers la terre et étaient entrées dans une grotte de roche rougeâtre où crépitait un feu d'une ardeur inouïe. Maître des lieux, l'homme en rouge, déguisé en bouc noir, les attendait avec une petite femme éclopée aux cheveux tout blancs qui s'agitait, volubile :

– Je ne peux plus voler, alors je suis passée par un trou de souris.

– Cela ne remplacera jamais la verge entre les jambes, avait répondu Arnolda en brandissant son fameux bâton.

Puis toutes s'étaient assises en rond, après avoir allumé une chandelle noire à celle que le maître portait entre ses deux cornes.

– À toi, Arnolda, avait dit celui-ci, ouvrant la confession des forfaits réalisés par chacune.

– J'ai empoisonné un puits, fait mourir des nouveau-nés…

– Moi, j'ai détruit des récoltes en provoquant la grêle.

– Et moi, rendu mes voisins si malades qu'ils en sont morts…

Allant de l'une à l'autre, qu'il fixait de ses yeux brillants comme des lanternes, le maître applaudissait ; elles avaient rempli leur mission…

– Vous devez continuer vos bonnes œuvres, bien que le pape ait déclenché une lutte à merci contre vous.

Loup s'était réveillé au moment où il découvrait que le maître avait des mains en serres d'oiseau et des pieds en pattes d'oie. Autour de lui, un ballet de chauves-souris évitait adroitement les toiles d'araignées géantes qui pendaient de la voûte sombre et humide. Arnolda n'était pas là.

Il s'était précipité vers le chaudron qui était vide. Un silence pesant régnait dans la salle où planait toujours l'odeur maudite. Il avait la tête lourde et, quand il avait retrouvé l'air libre, il l'avait humé avec un bonheur indicible. Une sorte de délivrance l'habitait depuis cet instant et expliquait sans doute la décision annoncée à son père.

– Bon, les anges sont bien en place, constata Robert qui n'avait toujours pas répondu à Loup.

Il s'agissait d'une série d'anges que l'imagier avait sous-traitée au fils de maître Léonard. Celui-ci les avait répétés comme il le faisait sur tous les chapiteaux. De façon monotone.

– Aujourd'hui, nous allons poser l'enfer à droite. Tu vas nous aider, Loup, puisque ce sont tes figures… Elles seront ici. Il faudra respecter les repères.

Un chanoine s'était arrêté devant les blocs de pierre disposés au sol dans l'ordre où ils seraient mis en place. Il inspectait les marques gravées qui renvoyaient au dessin primitif pour faciliter l'assemblage.

– Voilà un tableau de l'enfer terrifiant ! commenta-t-il en hochant la tête. Peut-être trop…

Dubitatif, l'homme, qui craignait soudain l'effet de ces figures presque violentes sur les fidèles, regarda Loup de ses petits yeux méfiants.

– Qui peut bien t'inspirer des images aussi fortes, sinon Lucifer ?

Il exprimait ce que pensaient beaucoup d'entre eux qui ne comprenaient pas ce talent révélé miraculeusement. Le Malin y veillait sans doute !

Partagés, voire inquiets, ils y voyaient la preuve tangible de cette possession qu'il était temps de faire cesser, tout en admettant que ces représentations, si expressives, pouvaient détourner leurs ouailles du mal. Ils se consolaient aussi avec les images du paradis à venir, dont la quiétude était aussi motivante que les belles statues des apôtres que Robert avait animées d'un véritable souffle. Les clercs, conquis, devaient convenir qu'elles rompaient heureusement avec la rigidité de celles réalisées par l'imagier du siècle précédent.

– Plus de vie…, résumait Robert, satisfait du résultat.

Les hommes avaient déposé délicatement la première image de l'enfer sur la planche du petit treuil utilisé pour ce travail. Ils la soulevèrent en tendant la corde avec énergie tandis que deux autres, montés sur un échafaudage ambulant, s'apprêtaient à la réceptionner.

– Ces démons font vraiment peur, murmura le chanoine Gontier.

– Ce n'était pas ce que vous vouliez ? interrogea Robert vaguement agacé.

– Messire le chanoine, dit alors Loup, j'accepte que vous me chassiez le diable.

L'homme, déjà sanguin, s'empourpra d'émotion.

– Voilà une nouvelle que je vais aller annoncer de ce pas à mes collègues.

Robert le retint par la manche.

– Faut-il déjà en faire toute une histoire, je préférerais la discrétion. Puis-je compter sur vous pour me dire ce que nous devons faire ?

– Oui. Certes, il y a une préparation dont je vous entretiendrai. Mais c'est une bonne décision, nous allons arracher ce garçon au diable !

Jetant un dernier coup d'œil aux démons du portail, le chanoine pénétra d'un pas alerte dans l'église. Quand Robert poussa la lourde porte de bois ornée de pentures ouvragées, des chants parvinrent à leurs oreilles. Le chœur répétait pour la messe du dimanche. Une musique harmonieuse, céleste, à laquelle il ne pouvait être insensible. Robert leva la tête vers le bleu d'un ciel presque immaculé. Le printemps s'annonçait radieux, mais la décision de Loup le laissait rêveur. Il n'arrivait pas à savoir s'il en était vraiment heureux. Y avait-il seulement une raison d'en être heureux ?

« Du cochon rôti, vive sa peau chaude ! »

Le texte de l'enseigne était complété, sur fond rouge vif, par un cochon tournant sur une broche au-dessus d'un plat recueillant ses graisses. Image suggestive et engageante qui incitait à banqueter dans l'auberge de Séverin, un vieil ami de Guillaume Guerry. Une bonne adresse pour traiter quelques affaires délicates. Le maître de la Grande Boucherie parisienne soupira d'aise. La réunion avec ses confrères, qu'il appréhendait, s'était bien déroulée. Tout le monde semblait satisfait et, pour la première fois, Cerneuf y avait assisté. Un privilège pour le jeune homme obtenu par son grand-père, très respecté de tous.

Les sujets n'avaient pas manqué. Un scandale avait éclaté le mois précédent quand un boucher avait empoisonné sa clientèle en gardant de la viande cuite non salée plus de trois jours. Il était donc nécessaire de rappeler certaines règles d'hygiène, même si le sel coûtait cher. Il y avait aussi l'affaire récurrente des porcs gavés par les boulangers qui blutaient les farines et en réservaient le son à des bêtes qui devenaient obèses et dont la chair n'était guère comparable à la viande de ceux nourris aux glands et aux fruits des bois. La suppression du tonlieu[1] sur ces animaux faisait grincer les dents des bouchers.

L'atmosphère s'était bien détendue, même s'il restait à traiter une autre question qui revenait sans cesse dans leurs préoccupations : l'approvisionnement. Jamais les bouchers ne remercieraient assez le roi qui les avait exemptés de tout péage sur les marchandises, mais certains achetaient parfois trop près des murs de la cité ou faisaient appel à des courtiers, d'où une concurrence déloyale.

Dans la limite du règlement, chaque boucher se fournissait dans des exploitations plus ou moins lointaines. Guillaume avait ses habitudes dans le Perche et, maintenant, en Normandie, d'autres allaient jusque dans le Limousin ou vers le septentrion. Et, comme les bovins étaient d'abord utilisés pour le travail, l'art consistait à acheter des animaux qui ne soient pas trop vieux, les jeunes étant rares et hors de prix.

– Je vous donnerai cet été mes idées pour l'approvisionnement, juste avant la bonne saison.

La « bonne saison », c'était l'automne où étaient effectués les plus gros abattages et donc les plus grosses ventes, quand

1. Taxe.

les éleveurs devaient payer leurs redevances aux seigneurs ou acheter de nouvelles bêtes. Guillaume Guerry souhaitait en améliorer le déroulement car les troupeaux, venus de loin, donc nourris en chemin, arrivaient souvent amaigris. Les bouchers louaient des pâturages à proximité de Paris pour leur redonner des forces et reconstituer la viande. Guerry rêvait d'un acheminement par bateau, ce qui n'était pas simple non plus. Il y avait aussi la sécurité ; les brigands n'hésitaient pas à rançonner ou même détourner un troupeau, ce qui renchérissait fort le coût.

– Tu passes bientôt la main ? interrogea un boucher en désignant du menton le jeune Cerneuf.

Guillaume Guerry éclata de rire. Les autres aussi. Beaucoup avaient les cheveux blancs et travailleraient jusqu'à leur dernier souffle.

– Cerneuf doit être au courant des affaires, voilà tout, dit-il. Je suis content de son travail, si ce n'est qu'il n'aime pas le sang…

Une nouvelle vague de rires emplit l'auberge. Le jeune homme devint aussi rouge que certaines des poutrelles de l'auberge que Séverin avait alternativement peintes en jaune et garance. Il avait pourtant de quoi être heureux car jamais son grand-père ne lui avait dit être satisfait de lui et l'hommage rendu devant ses confrères avait d'autant plus de prix !

– Séverin, tu as bien un peu de sucré après ton excellent cochon ? Nous pourrons témoigner encore une fois que ton enseigne dit la vérité.

L'aubergiste fit se hâter la servante dont le devantier blanc avait souffert du service. Elle déposa devant les bouchers des plats avec des flancs, des bonbons et des pâtes feuilletées. Ces dernières, rapportées par des croisés des voyages outremer, avaient remplacé les lourdes pâtes d'antan.

– Hum, quelles odeurs ! fit le voisin de Guillaume, l'un de ses principaux concurrents, fort prospère.

Le porc grillé, qui embaumait la salle depuis le début du repas, cédait la place à la muscade, au gingembre et à la cannelle.

– Les bonbons valent leur pesant de sucre, dit Guillaume dans un soupir de vrai plaisir que Cerneuf, plus habitué au ton sévère de son grand-père, découvrait non sans étonnement.

Aussi, quand la séance fut levée après quelques rappels concernant les statuts qu'il faudrait peut-être améliorer – ils avaient été enregistrés plus de quarante plus tôt –, et qu'ils se retrouvèrent dehors, chacun rejoignant son étal, Cerneuf jugea le moment favorable pour engager une conversation qu'il ajournait depuis des semaines.

Mais Guillaume Guerry connaissait tout le monde. Il ne pouvait faire deux pas sans être interpellé par un client ou par un échoppier, heureux de montrer à tous leur familiarité avec le maître des bouchers. Aussi Cerneuf s'y reprit-il à plusieurs fois pour arriver à ses fins et encore dut-il subir auparavant un exposé sur la spéculation.

– Je n'ai pas évoqué le problème aujourd'hui, mais certains s'occupent davantage de leurs maisons que de leur viande. Mon père m'avait raconté la crise sévère à l'époque du roi Louis. Nos privilèges ont alors été abolis parce que nous ne payions pas notre dû…

– Grand-père, osa l'interrompre Cerneuf, car ils se rapprochaient de l'étal et ce serait bientôt trop tard.

– Oui…, fit Guillaume, tout en observant d'un œil critique les pains d'un boulanger. Dans sa cour, il a un gros cochon, qu'il ne compte pas sur moi pour le lui acheter. Un cochon de boulanger est toujours mal nourri.

Enfin tourné vers son petit-fils, il le regardait maintenant, l'air interrogatif.

– Je voudrais me marier…

– Ah ! voilà une bonne nouvelle. S'établir, à ton âge, c'est bien. Je vais voir, la fille de maître Esserent est belle, à ce qu'on dit, et les deniers ne manqueraient pas. Je lui en parlerai…

– Oui, peut-être, répondit Cerneuf dont la mine dépitée n'échappa pas à Guillaume qui s'arrêta brusquement, lui prit le bras et dit :

– Tu ne vas pas me dire que tu as une autre idée en tête ? Toi, le petit-fils de maître Guerry, tu ne peux épouser la première venue !

Il avait soudain gonflé la poitrine et parut très grand à Cerneuf qui n'osait plus parler.

– Alors ? Tu es devenu muet ?

– Il s'agit de Rebecca, la petite-fille d'Isaac, le changeur et prêteur du roi.

Rouge, suant, alors qu'il faisait plutôt frais entre les pignons cernant étroitement la rue de la Vannerie, Cerneuf s'était jeté à l'eau. « Prêteur du roi », l'argument lui avait semblé important, mais il avait raison d'être inquiet car Guillaume lui faisait face et lui avait pris cette fois les deux bras.

– Une Juive !

Le mot, lancé d'une voix forte, parut résonner entre les pignons et les encorbellements. Cerneuf leva les yeux pour s'assurer que personne n'avait entendu, mais heureusement pas une tête n'avait paru aux fenêtres.

– Une Juive ! répéta Guillaume qui avait lâché Cerneuf.

Ses mains avaient laissé une empreinte douloureuse sur les coudes du jeune homme.

– Voilà encore une histoire pour la famille… Ta mère qui s'entiche d'un artiste, on a vu ce que cela a donné, que de la misère ! Ton frère, un gibier de potence, fou ou possédé, je ne sais, l'autre perdu dans ses manuscrits et toi, sur qui je compte tant… Me faire ça !

Guillaume reprit sa marche d'un pas soutenu, ne regardant plus rien, ne répondant plus à personne, et les premiers mots qu'il lança en arrivant à l'étal furent pour Prudence :

– Ton fils est amoureux d'une Juive !

Comme chaque année, la mère de Cerneuf avait fermé son commerce à la Saint-Paterne[1] en raison de la période de frai et s'occuperait à l'étal de son père pendant un mois. Comme lui, elle aimait se tenir sur le pas de la porte pour discuter avec des clients éventuels et leur faire l'article. Guillaume prétendait que c'était la seule manière de les dissuader d'aller chez un concurrent dont la viande était forcément « de moindre valeur », voire « étique et faisandée ».

– Moi qui croyais tenir mon successeur…

D'habitude, quand il revenait à son étal, que son absence fût courte ou plus longue, il s'enquérait des ventes réalisées. Là, rien. Prudence le regarda, consternée. Il était allé s'asseoir au fond de la grande échoppe, sur un banc de bois, et avait triste mine au milieu des pièces de viande suspendues aux poutres.

Cerneuf, les bras ballants, dévisageait sa mère, l'air désolé.

– Tu sais que tu ne peux fréquenter une Juive… C'est interdit. Elle doit porter un chiffon jaune pour se distinguer, tu le sais, quand même ?

– Le roi n'a pas rendu obligatoire le port de la rouelle…, dit le garçon calmement.

– Ah oui, la rouelle, on voit que tu es déjà un spécialiste. Eh bien, le roi a eu tort ! Le pape l'a décidé… Il n'a pas

1. 15 avril.

encore compris que ces gens nous prennent notre argent, des usuriers qui organisent des complots !

– Quels complots ?

Le rouge aux joues, Cerneuf n'entendait pas laisser dire n'importe quoi.

– Des complots, répondit Guillaume Guerry, d'un ton qui n'admettait aucune réplique. Il ne t'a tout de même pas échappé qu'ils ont vendu et tué le Christ ?

Cerneuf écarquilla les yeux. Son grand-père était d'habitude un chrétien tiède. Il n'allait à la messe le dimanche que pour faire comme sa clientèle et il avait même protesté en apprenant que le dernier concile avait émis l'obligation de communier et de se confesser une fois l'an.

– Par la lance de saint Jacques, comme dit notre roi, ce mariage n'aura pas lieu !

– Je vais aller demander à mon père..., lâcha alors Cerneuf.

Une provocation qui fit se lever Guillaume. Le boucher le saisit aux épaules et le secoua en criant :

– Si tu fais cela, ne remets plus les pieds ici. Tu pourras aller t'engager comme commis au port de Grève pour décharger les tonneaux et les balles de blé. Tu verras que les deniers ne se gagnent pas aussi facilement que chez maître Guerry, à baguenauder toute la journée en sifflotant et en rentrant quand cela te chante, après avoir épié les allées et venues d'une Juive. Je t'interdis de revoir ton ami Salomon et qu'il ne passe plus ici, sinon...

La colère décuplait sa force. Il repoussa Cerneuf qui perdit l'équilibre et se retrouva assis sur le sol.

– J'attendrai que tes cousins soient en âge de reprendre l'étal.

– Si tu les traites ainsi, ils ne viendront jamais !

Marie venait de faire irruption dans l'échoppe.

– Et toi, tu ne dis rien ? demanda-t-elle à sa sœur qui avait assisté, impuissante et muette, à la dispute.

– Père, tu es trop sévère ! dit alors timidement Prudence que l'interpellation de sa sœur obligeait à sortir de sa prudente réserve.

– Oui, beaucoup trop, confirma Marie, en aidant Cerneuf à se remettre debout. Et pourquoi tout ce chahut ?

– Ce commis, qui se prend pour un damoiseau, veut épouser une Juive !

– Et alors ? Il n'y a pas mort d'homme… Tu n'es jamais content ! Tu as un petit-fils qui fait des merveilles à Notre-Dame, si tu voyais ces images d'enfer, qu'ils ont mises en place… Et l'autre a commencé à étudier la médecine.

– Comme si, pour être barbier, il fallait faire des études et passer sa vie dans les manuscrits !

Encore une fois, Guillaume Guerry dénigrait tout, en faisant allusion au contentieux qui opposait les médecins aux chirurgiens et barbiers, tout cela doublé des vieilles querelles entre laïcs et clercs.

– Tais-toi ! dit Marie, dont l'irritation faisait briller les yeux gris pailletés d'or, ceux de son père. Cerneuf travaillera avec moi.

18

À son retour de Rome, Odilon avait, en effet, décidé de suivre les cours de médecine à l'université. L'état de Loup avait-il déclenché cette vocation tardive ? Généreux, Guillaume Guerry avait accepté de continuer à financer ses études, en dépit de son extrême méfiance vis-à-vis des « hommes de l'art », appellation qui recouvrait médecins, chirurgiens et barbiers. Il avait raison quand il se moquait de leurs querelles et Odilon avait dû reconnaître qu'entreprendre des études de médecine était beaucoup plus compliqué que d'assister aux cours de théologie ou de droit.

Cet enseignement était débutant à Paris ; la création officielle de l'université, l'année précédente, par le cardinal Robert de Courson qui lui avait donné, selon le vœu du pape Innocent III, privilèges et statuts, n'avait rien clarifié. Il faudrait sans doute encore attendre avant qu'une faculté de médecine ne voie le jour[1]. Des maîtres réunissaient cependant déjà leurs élèves dans des maisons particulières. Les conditions étaient assez précaires ; mais, assis à même le sol, ces derniers démontraient l'esprit d'abnégation requis par l'université.

Rien à voir peut-être avec les facultés italiennes dont Odilon avait entendu parler lors de son séjour à Rome. Il y

1. En 1231, une faculté de médecine, indépendante de la faculté des arts, sera créée.

avait rencontré un étudiant de Salerne qui lui avait vanté les études pratiques à l'hôpital et ses maîtres ; l'enseignement laïque ne s'embarrassait guère de principes qui freinaient le progrès. Ces attitudes, coupables selon l'Église, avaient conduit le concile à rappeler son opposition farouche à la dissection que certains entendaient pratiquer à Bologne, ville qu'Odilon avait traversée lors de son voyage. Et il avait toujours en tête l'opération pratiquée à Montpellier par un chirurgien pour extirper le mal de la tête d'un fou.

Peut-être était-ce d'ailleurs cela qui l'avait décidé et le portait vers la chirurgie plus que la médecine, un choix qui soulevait les réticences de son ancien mentor, le chanoine Simon.

– Savez-vous qu'une femme, une certaine Trotula, enseigne à Salerne ? lui avait dit Odilon, tout à l'excitation de ses nouvelles études. Elle connaît la médecine des femmes et sait les faire accoucher sans douleur.

– Sorcellerie…

Robert avait éclaté de rire. La conversation se déroulait dans la loge de l'imagier.

– Vous voyez le mal partout, avait répliqué Odilon, déçu.

– Il est partout et tes histoires ne me plaisent guère. Les vilenies n'ont jamais fait avancer le monde.

Furieux, le chanoine avait quitté les lieux et s'était engouffré dans la cathédrale, comme s'il avait ressenti le besoin impérieux d'implorer le ciel sur-le-champ pour sauver ces hommes égarés par leurs idées désastreuses.

Ce matin-là, Odilon était arrivé rue de la Bûcherie, préoccupé. Son père, rencontré quelques instants plus tôt, lui avait annoncé que Loup acceptait d'expulser l'esprit mauvais et d'être purifié, comme disait le chanoine Gontier, chasseur de démons à Notre-Dame. Une nouvelle d'importance qui le mettait mal à l'aise, car depuis qu'il s'initiait à la médecine, il nourrissait le secret et fol espoir de guérir enfin son frère. Voilà que, là encore, il se retrouvait en concurrence avec des clercs qui criaient à la possession ou à la sorcellerie et dénonçaient des méthodes qu'ils ne connaissaient pas.

– Nous commencerons par lire le *Regimen Sanitatis* dont j'ai le grand bonheur de posséder une copie.

Au milieu d'une dizaine d'escholiers, Odilon observait l'homme qui ouvrit avec précaution un petit manuscrit dont les pages imparfaitement tranchées étaient épaisses et jaunes. C'était le médecin arabe de Philippe Auguste qui avait obtenu le droit de professer rue de la Bûcherie dans cette maison dont le rez-de-chaussée, autrefois dépôt de marchandises d'un regrattier, offrait suffisamment d'espace.

– Vous vous souvenez qu'Hippocrate a étudié les choses naturelles, l'anatomie et la physiologie, et celles non naturelles, l'hygiène et le régime, puis les choses contre nature, la pathologie et la thérapeutique… Je vous reparlerai d'Avicenne, le grand Avicenne…

La référence incessante d'Al Mehmet à Avicenne, un homme de son sang, en agaçait plus d'un, mais l'université posait comme principe que les affirmations des maîtres étaient irréfutables et leurs sentences sans réplique. La réputation du grand médecin musulman le rendait incontournable.

– Rédigé par un certain Jean de Milan, pour le prince Robert Courteheuse, le fils de Guillaume le Conquérant…

Quelques murmures dans la salle révélèrent qu'évoquer le roi d'Angleterre était toujours chose délicate dans le royaume de France, surtout face à un public qui pouvait d'un instant à l'autre s'avérer turbulent. Mais l'homme savait tenir son auditoire, malgré la semi-pénombre ; on faisait des économies de chandelles à l'université.

– Peu importe, convint le maître, cet ouvrage est le plus riche que je connaisse. Je voudrais vous parler ce matin de ce qu'il résume par quelques mots essentiels que nous devons avoir toujours en tête : l'air que nous respirons, la nourriture et la boisson, le sommeil et la veille, le mouvement et le repos, les excrétions et les rétentions, les rêves et les passions de l'âme…

Deux heures plus tard, les élèves s'égaillèrent dans la rue. Ils en avaient plein la tête de ce livre dont le maître extrayait, çà et là, des passages qu'ils auraient à méditer pour le cours suivant. Les mots se mélangeaient dans la tête d'Odilon alors qu'il longeait la Seine, à deux pas de la rue de la Bûcherie. Les cloches de Saint-Julien-le-Pauvre sonnaient sexte. Leur tintement aigrelet fut couvert par celles de Notre-Dame, plus basses et plus brillantes. Odilon leva les yeux en direction des tours inachevées, mais il n'avait plus le temps de songer à Loup. En effet, il arrivait déjà rue Saint-Bernard devant une échoppe dont il ouvrit la porte avec énergie en criant :

– Esprit joyeux, repos et alimentation modérée !

Il se répétait, depuis la Bûcherie, la dernière phrase du maître qui avait conclu :

– Voilà le conseil que tout médecin devrait donner à ses patients.

– Holà ! quelle est cette incursion ? Où te crois-tu ?

La mine sévère, Victor, barbier-chirurgien de son état, le regardait avec un certain étonnement. Il voulait bien lui apprendre son métier, mais fallait-il aussi lui apprendre à vivre ? Il avait certes consenti à cet apprentissage moyennant la fourniture gratuite, par le grand-père Guerry, d'os de bœuf dont il faisait de fausses dents, d'un gigot de mouton par semaine et d'un noyau de bœuf tous les quinze jours, mais il ne pouvait tout accepter !

Confus, Odilon s'excusa avant de s'intéresser à la patiente allongée sur un large banc de bois qui servait de table d'opération.

– Je lui fais une saignée…, annonça Victor.

Lancette en main, il regardait attentivement le sang affluer.

– Et l'humeur n'est pas belle, ajouta-t-il, en incitant du regard son élève à observer de près l'affaire.

Odilon avait obtenu que le barbier le prît comme apprenti, mais ce n'était pas simple, car l'homme était en perpétuelle rébellion contre ces maîtres de l'université qui « avaient un profond mépris pour la réalité des faits ». Lui, l'homme « sans savoir », comme ils disaient avec condescendance, avait une autre expérience ; Odilon avait bien compris l'intérêt de compléter ses cours avec cette pratique.

– Alors, ton maître t'a encore bourré le crâne d'âneries ? interrogea Victor. Dame Berthe, c'est fini, mais veillez à ce que vous mangez. Il a quand même raison, ce garçon, quand il parle d'alimentation modérée.

– Je suis gourmande, qu'est-ce que j'y peux ? rétorqua la dame qui s'était assise avec difficulté.

– Grosse et grasse, voilà ce que vous êtes. Alors le sang est épais et gras.

– Je donne un peu de vin au miel à dame Berthe ? interrogea Odilon.

Le mélange était proposé parfois comme reconstituant, mais Victor réfuta l'initiative :

– Ce garçon ne sait pas encore que vous avez bien de quoi vous reconstituer…

Deux clients, qui attendaient leur tour, s'esclaffèrent.

– Si c'est pour couper les cheveux ou la barberie, je n'ai pas le temps, revenez à none. Passez le temps à l'étuve.

L'homme, qui venait de se présenter sur le seuil de la petite maison à pans de bois, soupira et repartit. Suivant le conseil du barbier, il poussait, un instant plus tard, la porte voisine derrière laquelle il pourrait mijoter et se détendre dans une des grandes cuves de bois de l'étuve qui complétait les installations de Victor, sous la responsabilité de son accorte épouse, une certaine Pélagie.

Il avait très bonne réputation. Son échoppe ne désemplissait pas, une chance pour Odilon qui voyait chaque jour des cas très différents.

– Dame Berthe, à bientôt. N'oubliez pas ce que je vous ai dit. Messires les chanoines vous gronderont pour votre gourmandise qui est un péché capital, moi, je vous dis de moins manger par hygiène. Chacun son point de vue ! N'est-ce pas, chanoine Pierre. Qu'est-ce qui vous arrive ?

Odilon avait déjà vu le clerc sur le chantier de Notre-Dame. Il commentait souvent, le verbe haut, les images de Robert et de Loup. Aujourd'hui, il avait l'air moins brillant.

– Une dent, je souffre affreusement…

Victor eut un petit sourire de satisfaction avec un clin d'œil en direction d'Odilon. Celui-ci savait que le chirurgien-barbier n'aimait pas les clercs, qui le lui rendaient bien en condamnant avec obstination son art.

– Je vais devoir l'arracher, il y aura du sang !

Après un rapide coup d'œil dans la bouche du chanoine, ces mots avaient été prononcés avec une évidente jouissance, comme si Victor avait voulu lui faire payer la haine du sang déclarée par l'Église au concile de Tours. C'était l'année de la naissance du roi, cinquante ans plus tôt[1]. Cette décision avait écarté les clercs de la profession de chirurgiens, résolution d'autant plus grave que les hôpitaux étaient précisément gérés par des clercs.

– Passe-moi les petites pinces…

---

1. 1163.

Le chanoine frémit en regardant autour de lui, comme s'il cherchait le salut. Et les objets qu'il voyait partout sur des ais de bois clair ne le rassuraient guère : scies à os, crochets, pinces, bandages pour panser, bandages pour les garrots ou les tamponnements, vinaigre et vin pour nettoyer les plaies. Les yeux d'Odilon croisèrent ceux du chanoine, terrorisés.

– Deux patenôtres et ce sera fait..., l'encouragea Victor en se penchant au-dessus de la bouche malade. Mais si vous êtes trop douillet, je peux vous faire respirer une éponge soporifique...

Le chanoine referma vivement la bouche et demanda :

– De quoi s'agit-il ?

– Voilà une éponge, j'y mets quelques substances aromatiques qui font un peu dormir, je vous la mets sous le nez et vous ne sentez plus la douleur... C'est une invention d'Avicenne.

Le clerc se raidit sur son faudesteuil. C'en était trop ! N'y avait-il pas de la sorcellerie dans cette affaire ? Lui, qui était chargé de ces histoires au chapitre, ne pouvait se laisser tenter.

– Non, allez-y ! ordonna-t-il après avoir respiré profondément. Mon Dieu, je vous l'offre !

– Il en a vu d'autres ! répliqua Victor en écartant vivement les lèvres du patient.

Un sourire indécent plissait les yeux moqueurs du barbier.

Quelques instants plus tard, l'affaire était faite. Victor exhiba la coupable au bout de ses pinces.

– Vous voulez la garder ?

Pâle, le chanoine fit un geste de dénégation. Il se tenait la joue.

– Laissez-moi y mettre un peu de vin, il vient des collines de Montmartre. Demain il n'y paraîtra plus, sinon un trou dans la gencive, mais vous mangerez de l'autre côté pendant quelques jours.

– Un peu de vin au miel ? risqua le patient.

– Ah non, vous non plus vous n'avez pas besoin de reconstituant. Mais si vous revenez dans quelques jours, je peux vous remplacer votre dent par une nouvelle faite dans un os de bœuf.

Il avait saisi sur une étagère un tibia qu'il brandit sous le nez du clerc. Une grimace dégoûtée servit de réponse.

– C'est de l'os de première qualité, il vient de chez le grand-père de ce jeune homme, Guillaume Guerry, maître de tous les bouchers de la ville.

– Je connais, je connais, répliqua le chanoine qui avait besoin d'air et se précipitait déjà vers la petite porte de bois donnant sur la rue.

– Au suivant ! cria derrière lui Victor, visiblement ravi.

L'homme se tenait le bras. Il était tombé sur le chantier de Notre-Dame.

– Par la lance de saint Jacques, je me suis pris les pieds dans la corde d'un treuil.

Victor sourit. Le juron du roi était répété par beaucoup. Sorte d'hommage au vainqueur de Bouvines.

– Fais voir… hum, c'est déboîté. À toi, Odilon !

L'apprenti se saisit d'une échelle dont le dernier barreau à hauteur d'épaule était rembourré de cuir.

– Mets-y ton bras, je vais tirer pour remettre le tout en place. Odilon, prépare les bandes…

En un instant, l'opération fut faite. L'homme poussa un grand cri et s'évanouit.

– Un grand gaillard mais une faible nature, commenta Victor en l'installant sur le banc. Panse-le, bien serré !

None sonnait quand Odilon retrouva l'air libre. Il croisa le client qui s'était présenté quelques heures plus tôt ; il revenait pour sa barbe et ses cheveux. Victor en avait fini avec les éclopés, les clampins et les malades, il pourrait s'occuper de lui. Le garçon huma l'air dont des relents nauséabonds firent frémir ses narines. Un charretier arrivait à sa hauteur ; son chargement puait. Il allait déverser au-delà du rempart ses paniers remplis de détritus. Une manière de déplacer le problème. Le temps était sec et, depuis plusieurs jours, la pluie n'avait pas chassé vers le fleuve les immondices et les excréments qui souillaient la rue. Les habitants négligeaient le curage pourtant recommandé par les autorités et le pavage des rues ne progressait pas vite... Odilon pensa soudain au condamné qu'Augustine avait sauvé du gibet pour qu'il l'aide dans son entreprise de pavés. Avait-il donné satisfaction à sa femme ?

– Qui veut des cendres ? Qui donne ses cendres ?

L'homme, interpellant ainsi passants et riverains, faisait circuler adroitement une charrette qui dépassa Odilon. Son métier était de collecter les cendres de bois et de les revendre ; elles étaient utilisées pour assainir les fosses où débouchaient les conduits des latrines. Un travail précieux que salua l'une des lavandières occupées à battre énergiquement son linge dans l'eau pourtant peu ragoûtante de la Seine.

– Passe chez messire Paulin, rue des Plâtriers ! lui dit-elle sans lever les yeux de son drap qui gonflait dans l'eau.

Quand il arriva enfin sur le parvis de la cathédrale, Odilon découvrit une animation inhabituelle. Robert présentait sa fameuse statue au roi.

« Elle est presque achevée » furent les premiers mots que le garçon saisit.

Près de Robert se tenait Loup.

– Magnifique, je ressemble à cela ?

Le roi s'était retourné vers son âme damnée, frère Guérin, l'homme en qui il avait sans doute le plus confiance et peut-être le plus écouté du royaume.

– Oui, vous êtes ainsi, magnifique.

Le roi leva un sourcil, comme il le faisait parfois lorsqu'il n'était pas satisfait. L'adjectif, qu'il avait lui-même utilisé, ne lui suffisait pas.

– J'ai un nez comme cela, une bouche aussi grande ?

– Oui, le nez est fort, la bouche est large, confirma Guérin. Maître Robert a bonne mémoire.

L'imagier sourit en son for intérieur car, la veille, la reine, venue inspecter le chantier, avait trouvé le visage fort ressemblant et déclaré en riant à sa belle-fille, la princesse Blanche :

– Ainsi, quand il sera absent, je pourrai rendre visite à celui-ci. J'ai l'impression qu'il va marcher et parler, tellement vous l'avez bien réussi !

Blanche avait acquiescé en ajoutant :

– C'est impressionnant !

Tout le monde savait en ville que la princesse était une des rares personnes à tenir tête au roi et que leurs discussions orageuses devenaient disputes. Et quand elles ne tournaient pas à l'avantage de Philippe Auguste, il levait les yeux au ciel en invoquant la fameuse Aliénor, grand-mère de la princesse et fauteuse de tant de troubles dans le royaume de France.

– Et on me verra, si haut placé ?

Dubitatif soudain, Philippe Auguste regardait les assises de pierre régulièrement appareillées ; maître Léonard y poserait bientôt ses colonnettes surmontées de fins chapiteaux entre lesquelles prendraient place les statues des rois.

– Peut-être pourriez-vous plutôt me mettre là ?

Il désignait l'un des piédroits du portail central.

Le roi s'avança vers la porte Sainte-Anne, celle qui datait du siècle précédent.

– Là, nous avons bien un évêque, feu Maurice de Sully, et de l'autre côté, mon père.

En effet, de chaque côté de la Vierge en majesté, se tenaient un prélat mitré et un roi couronné.

– Faut-il, sire, que je vous indique votre erreur ?

Certes, Pierre de La Chapelle ne portait pas sa mitre d'évêque, réservée aux cérémonies, mais l'audacieux entendait affirmer son autorité, même si dire au roi qu'il se trompait n'était pas facile. Et ce n'était pas son confrère Guérin, non seulement frère hospitalier, mais aussi évêque de Senlis, qui le ferait reculer. Il entendait rester maître dans sa cathédrale.

Le roi, dominant de sa haute taille le prélat, interrogea d'un ton rude :

– Quelle erreur ?

– Le roi est sans doute Childebert et l'évêque saint Germain.

– Un saint évêque ne devrait-il pas avoir un nimbe ?

Le roi dessina en souriant une auréole au-dessus de sa tête.

Mais l'évêque avait réponse à tout :

– Germain n'était pas encore saint quand il célébra les funérailles du roi Childebert, un fils de Clovis.

– Par la lance de saint Jacques, vous en savez des choses !

– Je connais aussi le nom de l'épouse du roi, Ultrogothe. Il pourrait convenir à l'une de vos petites-filles.

– Il faudrait que j'en aie une. Peut-être bientôt…

La princesse Blanche était, en effet, enceinte. Depuis quinze ans, à part une fille qui n'avait pas vécu, elle n'avait eu que des garçons ; cela n'était d'ailleurs pas pour déplaire à son beau-père qui savait combien la vie d'un enfant était fragile ! Succession oblige, les quatre garçons constituaient un gage de pérennité pour l'avenir du royaume.

– Et le prochain sera encore un garçon… Vous devriez l'appeler Robert, comme mon père.

– Qui dit cela ?

Le roi s'était retourné en direction de la voix au débit haletant qui avait proféré ces mots. Il croisa un regard de feu.

– Moi !

– Tu as une chance sur deux de te tromper… Quant à Robert, pourquoi pas ? En souvenir de mon aïeul surnommé le Pieux. Mais n'es-tu pas ce possédé qui se roule parfois par terre ? Chanoines, n'avez-vous pas agi ?

– Nous le ferons, répondit placidement l'évêque qui n'entendait pas le laisser détourner la conversation.

– Et si cette statue était transportée au palais ? demanda soudain le roi, suivant manifestement son idée. Je pourrais la faire installer à un endroit où tous nos visiteurs la verraient. La cotte à fleurs de lys en imposerait.

Il caressait de ses larges mains les motifs délicatement sculptés sur le vêtement. Il était d'autant plus attaché à cet emblème qu'il avait contribué à l'imposer lors de son sacre, cristallisant ainsi l'influence du grand saint Bernard pour qui le Christ était lys, comme les saints. Il s'était montré paré du manteau bleu semé de fleurs de lys d'or, couleur de lumière et insignes du pouvoir. Un instant songeur, comme s'il mesurait le chemin parcouru depuis plus de trente années de règne, le roi demanda soudain :

– Qu'en pensez-vous ?

Il interpellait Guérin, celui qui se chargeait merveilleusement de toutes les besognes du royaume, comme disait Philippe Auguste dans ses bons jours. Ne disait-on pas qu'il s'occupait aussi bien des cuisines que des écuries, de droit que de diplomatie, de la guerre que de la chancellerie ?

Ennuyé, l'homme à tout faire ne savait pourtant que répondre. L'affaire était délicate, mais le roi trancha avant même qu'il ne se prononce :

– Non, je ne vais pas enlever cette statue d'ici. Maître Robert, faites comme vous l'avez envisagé, mais prévoyez-en une autre pour le palais. Vous pourriez aussi faire la reine et mon fils Louis, dit le Lion, et son épouse, la princesse Blanche. Sauriez-vous représenter des enfants ?

– Oui, je pourrais, répondit Robert joyeusement.

Quelques instants plus tôt, il avait craint le pire avec Loup et laissait éclater son plaisir avec soulagement. Il fut aussitôt contredit par l'évêque, décidément enhardi. Après tout, il était ici chez lui.

– Maître Robert a beaucoup de travail pour notre cathédrale… Alors, sire, il vous faudra patienter.

– Oui, il ne faut pas faire attendre Dieu. Simplement, Dieu a l'éternité, moi encore quelques années peut-être…

Dans la suite du roi, son chroniqueur s'agita. Il avait toujours son carnet de parchemin avec lui, mais il crut un instant avoir perdu sa plume ; heureusement, il la retrouva, fichée dans sa ceinture où elle avait d'ailleurs laissé des traces d'encre. Il déboucha le petit encrier également suspendu à la large lanière de cuir clouté et écrivit à la hâte : « Dieu a l'éternité… »

Guillaume le Breton faisait partie de ces hommes qui répandaient la geste du roi, avec un sens de la propagande dont Philippe Auguste savait user à merveille.

– Messire les baillis, allons au palais, conclut le roi.

Le petit cortège remonta le parvis et longea l'Hôtel-Dieu, rue Notre-Dame. Agents directs de l'administration centrale, les baillis avaient l'obligation de venir trois fois par an rendre compte de leur action. Le roi leur avait montré la belle cathédrale de Paris, en les invitant à inciter leurs administrés à en faire bâtir par tout le royaume d'aussi belles. Robert connaissait celui de Basse-Auvergne qui lui avait donné des nouvelles de sa famille et éveillé en lui la nostalgie de son pays. En un instant, il avait revu ces villages nichés au creux de ces douces collines, dont la crête était souvent marquée d'une chapelle, d'une tour de guet ou même d'un donjon. Y retournerait-il un jour ?

– Allez, il est temps, tous au travail, dit Pierre de La Chapelle qui, satisfait d'avoir tenu tête au roi, se hâtait maintenant vers l'église.

Ce n'était pas pour rien qu'il avait relu, la veille, la phrase du pape dans une décrétale : « Que personne ne pense que nous voulons affaiblir ou diminuer la juridiction de l'illustre roi de France, puisqu'il ne veut ni ne doit empêcher la nôtre. »

Claquant derrière lui la porte, le prélat ne put voir l'homme en rouge qui avait surgi de nulle part, comme toujours. Juché sur une pierre, celui-ci désigna l'effigie de Philippe Auguste en disant à Robert :

– Vous devriez envisager de faire une grande image de l'orgueil à mettre à côté de celle-ci.

L'imagier le regarda en haussant les épaules. L'autre ricana. Derrière lui se tenait Arnolda qui pointait le doigt vers Loup, en esquissant des pas de danse. Mais celui-ci cracha dans leur direction et dit simplement :

– Ils ne viendront plus quand je ne serai plus possédé.

– Voire ! dit Arnolda.

L'homme en rouge avait disparu. Odilon s'approcha de son frère.

– Alors, c'est vrai ?

– Oui, répondit laconiquement Loup qui se retourna vers la pierre qu'il travaillait.

– Et quand tu ne seras plus possédé, tu pourras faire des anges ?

– Peut-être…

La main gauche, crispée sur l'outil, incisa avec finesse le calcaire tendre. Admiratif, Odilon l'observa ; les écailles du dragon prenaient forme à chaque touche, c'était presque miraculeux. L'apprenti chirurgien revit les mains adroites de son maître Victor, coupant délicatement la chair autour d'un abcès. Puis il regarda son père qui avait repris la taille du drapé de l'un des douze apôtres qui occuperaient les piédroits convoités par le roi. La statue avait fière allure, comme celle du roi.

– Sais-tu que Cerneuf veut se marier ? interrogea soudain Robert en levant à peine la tête de son travail.

– Non ?

– Avec une Juive, compléta Loup. Grand-père est furieux…

– Et toi ?

– Moi ?

Robert était surpris de la question.

– Que veux-tu que je dise ? Vous avez tous vos vies et moi, j'y participe si peu…

Odilon dévisagea son père. Ses yeux sombres disaient assez la souffrance qu'il vivait sans doute au quotidien depuis l'abandon, certes volontaire, mais contre nature, de sa famille.

– J'y vais. Vous me raconterez comment la cérémonie va se dérouler.

– Nous en avons à peine parlé aux chanoines, dit Robert.

Odilon était déjà loin. Il ne savait pourquoi mais l'idée de l'éventuel mariage de Cerneuf le bouleversait. Soudain, son histoire avec Gudule lui serrait le cœur. Lui qui était parti à Rome pour la fuir n'avait jamais oublié ces quelques jours passés avec elle. Il l'avait cachée dans la petite maison de la rue Garlande avec la complicité de ses amis étudiants. À son retour, la nouvelle de sa disparition l'avait ébranlé, même s'il s'était bien juré de ne plus jamais toucher à la femme de Loup.

En passant une nouvelle fois le Petit-Pont, il repensa à la conversation qu'il avait eue avec Victor, son chirurgien-barbier. Une idée lui avait traversé l'esprit quand celui-ci lui avait montré un étrange instrument appelé trépan ou encore tréphigne.

– Il sert à faire un trou dans le crâne…

– Vous pourriez opérer mon frère ?

Victor avait soupiré.

– Ton frère ? On dit qu'il est possédé… T'imagines-tu que je pourrais expulser le mal par un trou ? On m'accuserait encore de rivaliser avec le diable…

« Rivaliser avec le diable… » Voilà une formule qui laissait Odilon rêveur. Sur le fleuve, un passeur le héla. L'homme rentrait à vide sur la rive droite et espérait prendre un ultime client pour arrondir son aumônière. Les temps étaient durs. Mais le garçon avait hâte de retrouver ses amis rue Garlande. La nuit tomberait vite. La lune apparaissait déjà dans un ciel clair. Elle était presque pleine.

19

– Ne demandez pas à Simon. Le chanoine n'en a plus pour longtemps à vivre.

Cerneuf fixa Loup. Leurs yeux pailletés d'or se croisèrent un instant. Brillants, acérés comme des épées.

– Ne me regarde pas comme si j'étais le diable, lança le garçon qui pointait le doigt vers sa poitrine. Et toi non plus !

Les derniers mots s'adressaient à Odilon qui venait d'entrer dans la petite salle enfumée par un gigot à la broche. Il était rare que les trois frères soient réunis. Prudence en était émue. Elle avait pris chez son père la belle pièce de viande, un luxe qui changeait des ragoûts habituels ; elle répandait un appétissant fumet dans toute la maison. Guillaume Guerry lui en avait fait exceptionnellement cadeau. Il appréciait son travail à l'étal ; il lui avait même proposé d'y rester définitivement, mais elle ne voulait pas perdre sa liberté. Cohabiter avec son père convenait pour un mois, mais pas davantage. Elle était déjà impatiente de retrouver ses clients, même l'odeur du poisson lui manquait.

Prudence posa sur un trépied un poêlon de légumes : des fèves, des carottes blanches, des pois et des mongettes[1]. Il serait ainsi maintenu chaud dans l'âtre dont elle entretenait le feu avec une attention de tous les instants. L'incendie

1. Haricots.

d'autrefois avait laissé des traces dans sa tête. Elle avait banni à jamais les chaufferettes, qui avaient pu être à l'origine du sinistre, et s'assurait toujours de l'état de la cheminée quand elle quittait la maison. Aussi était-elle passée maître dans l'art de raviver des flammes à l'aide du plus petit tison abrité sans danger dans la cendre.

– Le chanoine Simon ? interrogea Odilon en posant le carnet de parchemin suspendu à sa ceinture.

– Eh oui, comme tout le monde il va mourir, et avant peu.

Le frère aîné se laissa tomber sur le banc, devant l'âtre, à côté de Cerneuf.

– Mais comment sais-tu cela ?

– Je le sais. Il n'y a qu'à le regarder pour voir qu'il ne va pas bien. Il est essoufflé quand il parle, il se tient la poitrine et s'appuie sur tout ce qu'il trouve lorsqu'il vient voir nos sculptures.

Odilon songea que les observations de Loup rejoignaient celles de Victor qui distillait à son apprenti beaucoup d'informations, sans aucun doute plus utiles que l'enseignement de ses maîtres de la rue de la Bûcherie. La perspicacité de Loup l'intriguait, car souvent, indépendamment de ce talent qu'il fallait peut-être lier à la possession de l'esprit mauvais, il savait observer les choses et les gens avec une rare finesse.

– Et moi, j'en ai encore pour longtemps ? interrogea Prudence que les dons de voyance de son fils mettaient mal à l'aise.

– Toi ? Comment veux-tu que je le sache, tu es solide comme la cathédrale. Et crois-moi, à voir le travail des maçons, elle n'est pas près de s'effondrer ! Tes arrière-arrière-arrière-petits-enfants la verront encore, enfin si tu en as…

Les trois frères s'esclaffèrent, chassant ainsi le malaise qui planait dans la salle enfumée. Prudence alla ouvrir la porte donnant directement sur la rue. Il faisait meilleur depuis quelque temps. Le printemps était plutôt clément, et chacun prenait ainsi un peu la lumière et surtout l'air de la rue quand les odeurs devenaient irrespirables dans les maisons dont les fenêtres réduites ne favorisaient pas l'aération.

– Je sais au contraire que tu retrouveras notre père, dit Loup, lorsque Prudence rentra dans la maison après avoir salué un voisin qui humait, lui aussi, la brise du soir sur le pas de sa porte.

Ses fils ne virent pas ses joues s'empourprer mais, quand elle se laissa tomber sur le siège de bois clair près de la table dressée sur des tréteaux, ils devinèrent son émotion. Elle avait déjà perdu le bénéfice de la fraîcheur extérieure ; la cale, qui emprisonnait ses cheveux, lui tenait tellement chaud.

– Pourquoi tu me dis cela, c'est vrai que tu as le diable au corps !

Ses yeux brillaient plus que de coutume.

– Le concile a déclaré que le mariage durait toute la vie...

Odilon ne pouvait s'empêcher d'adopter un ton de maître quand il évoquait les décisions du Latran, dont il faisait souvent son miel pour étonner son auditoire, qu'il soit constitué d'une, de deux ou de plusieurs personnes.

– Parce que tu crois que j'ai besoin de ton concile pour le savoir ? interrogea avec vivacité Prudence qui ne songeait plus à son gigot. Vous pensez que j'ai trahi votre père, peut-être ? Eh bien non, je lui ai toujours été fidèle. J'aurais pu, souvent... Des clients m'ont fait des propositions...

Ébahis, les trois garçons regardaient leur mère comme s'ils la découvraient. La fière poissonnière qui aurait pu refaire sa vie si elle l'avait souhaité... Mais Prudence s'était déjà ressaisie.

– Alors, c'est bien vrai que les clercs vont chasser ton diable ? interrogea-t-elle soudain.

– C'est vrai !

Loup était étrangement calme. Pourtant, Prudence s'en était aperçue en sortant dans la rue, c'était la pleine lune.

– Tu sais comment cela va se passer ?

– Non !

Une réponse laconique qui ne satisfaisait guère la mère. Elle avait revu le chanoine de Sainte-Opportune qui l'avait certes rassurée. Les chasseurs de démons avaient du métier !

– Je vais devoir entrer dans la cathédrale…

Curieusement Loup, qui travaillait pourtant à la grande œuvre des chanoines de Notre-Dame, n'y pénétrait jamais. Il avait fait seulement une exception pour la fête des fous. Le désordre ambiant justifiait cette entorse à son aversion.

– Peut-être que vous verrez un diable sortir par ma bouche.

Odilon se souvint d'un manuscrit dans la librairie des clercs de Notre-Dame où il avait vu une telle image.

– Et si on parlait du mariage de Cerneuf avec sa Juive ?

Fidèle à ses habitudes, Loup avait brutalement changé de sujet. Son frère frissonna, mais ne répondit pas. Prudence s'était levée pour inspecter le gigot.

– Il est cuit, dit-elle. Odilon, tu vas le couper.

– Peut-être pourrai-je bénéficier de la part du pauvre ?

Sur le seuil se tenait Robert. Un léger souffle d'air, dû à l'ouverture brutale de la porte, avait fait vaciller les bougies installées dans les deux modestes chandeliers de fer posés sur des piles de bois à proximité de la table. À contre-jour, Prudence ne pouvait distinguer ses traits. Incapable de dire le moindre mot, elle semblait figée, la longue pique qui lui avait permis de vérifier la cuisson de la pièce de mouton dorée à point à la main. Ses jambes flageolantes l'empêchaient de se mouvoir. Elle aurait tellement aimé fuir.

Odilon alla vivement à la rencontre de son père.

– Nous t'attendions, lui dit-il, en lui faisant signe d'entrer.

– Nous t'attendions, répétèrent les jumeaux joyeusement, pour une fois à l'unisson.

– Pas moi, parvint à articuler Prudence.

La salle était petite. Deux pas suffirent à Robert pour se trouver au milieu d'eux.

– Mais, moi, je ne peux plus vivre ainsi, dit-il, loin de ma famille.

– Tu l'as voulu, murmura Prudence avant de s'évanouir.

Loup n'avait pas voulu dormir chez sa mère, ni rentrer chez son père.

– C'est peut-être ma dernière pleine lune, avait-il lancé en humant l'air depuis le seuil de la maison dont la pierre, creusée au milieu, trahissait le passage du temps et de nombreux habitants.

Tous avaient tenté de le retenir, en vain. Odilon, tout heureux d'avoir mis à profit les premières leçons du chirurgien-barbier pour faire revenir à elle Prudence, avait décidé de passer la nuit là et de partager la couche de son frère. Quant à Robert, désespéré de l'effet produit par sa visite impromptue, il avait fui.

Depuis qu'il avait pris sa décision de rompre avec le diable, Loup ne se sentait plus tout à fait le même. Mais irait-il jusqu'au bout ? Ce soir, la pleine lune le narguait. Loup musarda avant de rejoindre la Grande-Truanderie. On y voyait presque comme en plein jour, les pignons des maisons se dessinaient crûment dans la pénombre. Les portes étaient fermées, les volets des échoppes relevés à une heure où il convenait de dormir. Quand il perçut les pas d'une petite troupe qui résonnaient dans la rue des Bourdonnais, Loup se dissimula. Il observa les sergents de l'arrière-guet qui avançaient à bonne allure avec leurs lanternes et leurs torches aux flammes vacillantes, déplaçant vivement leurs ombres sur la pierre blanche des maisons. Complétant les guetteurs installés sur le chemin de ronde de la nouvelle enceinte pour prévenir toute agression extérieure, ces hommes veillaient à la sécurité des bourgeois.

Il reprit sa marche en prenant garde aux chaînes qui, parfois, barraient les rues pendant la nuit. Les riverains espéraient ainsi la tranquillité, même si cela ne décourageait pas toujours les déambulations nocturnes. À hauteur des Champeaux, il salua l'un des gardiens qui surveillaient les longs bâtiments des halles à étage charpenté. Il leva les yeux vers cette masse où étaient stockées les marchandises du principal point de vente de la ville. Des trésors qui excitaient la convoitise. Sur la place en triangle voisine, le pilori projetait une ombre étrange, tel un épouvantail. Loup prit une gorgée d'eau à la fontaine des Saints-Innocents, puis hâta le pas en poussant devant lui un paquet de détritus qui brinquebala bruyamment dans le merdereau.

Attirés par le bruit, les gueux arrivèrent à sa rencontre comme une volée de moineaux. Alertés par la pleine lune, ils l'attendaient de pied ferme. Des chats noirs se joignirent à eux. Loup en saisit un et le mit sur ses épaules avec un grand éclat de rire. Les autres miaulèrent avec tant d'ardeur que leurs cris résonnèrent dans les rues alentour.

– Il est là, le mouton moitié blanc, moitié noir, hurla Loup tout au bonheur d'avoir retrouvé ses amis.

À cet instant, un nuage très sombre cacha la lune. Il avait la forme d'un mouton. Tous l'observèrent, bouche bée.

Dans l'obscurité, Loup cria encore :

– Bonnes gens, le prince des ténèbres va faire pourrir vos fruits, vos enfants et vos femmes scélérates.

– Ce n'est pas bientôt fini ce chahut, tonna un homme apparu sur le pas de sa porte. Recule, cathare !

L'injure faisait fureur dans la ville depuis que le dernier concile avait fermement condamné l'hérésie.

– Cathare toi-même, hurlaient maintenant tous les gueux.

Excités, les chats se ruèrent sur l'homme qui en saisit un par les pattes et le jeta en l'air avec hargne. L'animal se fracassa la tête contre le pignon d'en face et retomba aux pieds de Loup.

La lune qui avait réapparu éclairait la pauvre bête désarticulée. Loup la ramassa et alla la déposer sur le seuil de la maison de l'homme qui avait déjà claqué violemment sa porte.

Des têtes étaient apparues à toutes les fenêtres de la rue.

– Hérétiques, cathares…, criaient certains.

– Descendez, si vous l'osez ! lança Loup en remontant la rue d'un pas décidé, les chats dans les jambes, les gueux sur les talons.

De nouveaux nuages dessinaient des formes étranges. Elles n'avaient aucun secret pour Loup qui jubilait.

– Là, c'est un bouc qui court, dit-il. Et là, un âne qui cache ses fesses en forme de visage que vous irez baiser tout à l'heure, sale chair de charogne.

Il s'adressait à d'imaginaires interlocuteurs. Toutes les fenêtres et portes étaient désormais closes. Bien peu auraient été assez fous pour s'y montrer et encore moins pour tenir tête au possédé.

– Au chant du coq, Satan aura disparu dans un nuage… Mais nous avons à faire d'ici là.

Des chiens aboyèrent.

– Gare à l'eau, cria une voix de femme.

Le contenu nauséabond d'un seau tomba aux pieds de Loup qui eut juste le temps de faire un écart. Surpris, les chats miaulèrent en détalant.

Quelques instants plus tard, Arnolda accueillait la troupe. Elle tournait avec un bâton le mélange contenu dans un grand chaudron installé près de la porte de son antre.

Très agité, Loup la salua à peine. Il alla aussitôt s'installer sur cette sorte de trône, siège massif drapé d'un velours rouge passé et taché, qu'occupaient successivement les chefs des gueux. Ils changeaient souvent ; beaucoup finissaient au Châtelet, voire au pilori, quand ce n'était pas au gibet.

– Après-demain, c'est le jour de mai, annonça-t-il, la mine gourmande.

– Un jour pour les filles…, maugréa un homme manchot.

– Pas que pour les filles, répliqua Loup. Les garçons vont déclarer leur amour aux filles.

– Tu me vois, déclarer mon amour ? ricana un bossu en se tapant sur les cuisses.

Un pied-bot complétait son étrange silhouette.

– J'ai soif, cria Loup. Les ribaudes, apportez-moi à boire.

– Les tonneaux ne sont guère pleins, répondit le bossu.

– Quand tu n'es pas là, rien ne va plus, dit l'une des femmes dont la tenue dépenaillée trahissait le plus vieux métier du monde.

– Il faudra vous habituer…, répliqua Loup. Les clercs vont chasser le diable, je vais m'assagir.

– Tu vas faire confiance aux clercs ? interrogea Marie la Noire, avec une moue significative de ses lèvres très rouges.

Son maquillage haut en couleur, qui accusait ses traits, était réprouvé par l'Église ; celle-ci dénonçait une démarche diabolique, interdisait de travestir ainsi les créatures de Dieu et d'ouvrir la porte à la luxure et à la débauche.

– Voilà une drôle d'idée ! s'écria Arnolda dans leur dos. Empêchez-le !

– Toi, tais-toi, dit Loup avant de boire d'un trait le godet de vin offert par Marie. Il est bon, encore un… Ensuite nous travaillerons !

Guillaume Guerry n'avait pas adressé la parole à Cerneuf depuis leur dispute. Le garçon effectuait son travail qui lui était notifié par un autre commis dans une atmosphère pesante. Le maître boucher n'en finissait pas de ressasser sa rancœur ; elle remontait toujours à la source de tous ses maux, le mariage de Prudence avec cet « imagier de malheur ». Celle-ci et sa sœur avaient beau lui répéter qu'avec un autre il aurait pu connaître tout autant de déboires avec ses petits-enfants, il ne voulait rien entendre.

Cerneuf n'était guère plus satisfait de l'attitude de son père qui n'avait pas vraiment pris parti. L'homme était trop occupé par son œuvre, qui lui tenaillait la tête et le cœur, jour et nuit, pour donner un conseil. Son fils aurait presque préféré qu'il lui opposât un refus, plutôt que cette indifférence. Certes, Loup était déjà un lourd fardeau pour l'imagier et chasser son démon serait une épreuve pour tous. Mais lui, Cerneuf, devait-il pour autant se sacrifier ? Rebecca lui faisait battre le cœur chaque jour davantage.

La vive réaction de son grand-père lui avait ouvert les yeux sur les différences entre les Juifs et les chrétiens, mais il n'arrivait pas à imaginer qu'elles puissent définitivement entraver son amour. Après tout, le roi ne leur avait pas imposé la fameuse rouelle, et Isaac n'avait-il pas une place dans la société qui valait bien celle du maître des bouchers parisiens ? Il découvrait pourtant que ce n'était pas aussi simple et que les

Juifs étaient très souvent considérés comme des agents du Malin à qui l'on faisait tout endosser. Et qui à tout moment pouvaient être l'objet de vengeances collectives.

Heureusement, Prudence, maintenant ralliée à sa cause, et sa sœur Marie le soutenaient avec constance. Il avait même été tenté par la proposition de sa tante. Il ne connaissait guère son métier en dehors des livraisons de peaux qu'il effectuait presque quotidiennement et qui lui permettaient d'apercevoir au moins le travail du tanneur. Il était fasciné, cependant, par tous les objets que sa tante faisait fabriquer dans différents ateliers répartis dans la ville en vue de les vendre dans sa grande échoppe de la place de Grève. Escarcelles, baudriers, larges ceinturons, minces ceintures, aumônières pour hommes et femmes, fourreaux, carquois, chaussures, avec les finitions les plus diverses, constituaient des marchandises très prisées dont certaines faisaient les délices de la reine et des princes. Mais Cerneuf savait à peine distinguer les peaux d'agneau de celles de veau ou de bovin ; et encore moins celles d'écureuil ou de lapin dont Marie tirait des objets précieux. Et quand un tanneur lui avait donné un tranchet, il s'était senti si maladroit qu'il le lui avait rendu aussitôt en soupirant :

– Je ne suis pas comme mon père ou mon jumeau, je ne sais rien faire de mes mains.

Marie avait ri. La scène s'était reproduite chez le cordouanier qui lui avait offert de taper le cuir sur l'enclume où il prenait la forme d'une chaussure.

– Essaie l'alène... l'avait encouragé sa tante toujours conciliante.

Il avait fait deux trous, puis avait renoncé en disant :

– Je serai peut-être bon pour la vente.

– Tu ferais du charme à mes clientes, elles n'y résisteraient pas sans doute, avait répondu Marie qui lui avait conseillé de réfléchir.

Mais il avait convenu, avec elle et sa mère, d'achever, auprès de son grand-père, sa formation qui durait maintenant depuis plusieurs années. Les deux filles de Guillaume Guerry savaient que la question de sa succession se poserait un jour et que Cerneuf était tout désigné pour reprendre la boucherie. Avec de bons valets pour l'abattage, il s'en tirerait comme d'autres avant lui.

Il avait aussi obtenu des deux femmes une sorte d'accord tacite à propos de Rebecca.

– Arrange-toi avec son grand-père..., avait conseillé Prudence, forte du soutien de Marie.

Aussi Cerneuf avait-il poussé la porte de l'échoppe d'Isaac, un soir, alors que les vêpres étaient sonnées à Notre-Dame.

– Salomon et Rebecca sont sortis, avait aussitôt prévenu le prêteur, une fois encore occupé à aligner des chiffres sur une longue page de parchemin à la lueur d'une chandelle qui n'en finissait pas de couler dans son bougeoir.

– C'est mieux, avait répondu Cerneuf.

– Ah, si tu le dis... Que veux-tu ? avait questionné le petit homme dont les cheveux gris et frisés dessinaient comme une auréole au-dessus de son visage émacié.

La barbe, tout aussi grisonnante, était presque assortie au drap de sa cotte, une laine teintée modestement au pastel bleu et serrée par un large ceinturon noir auquel était suspendue une aumônière de même couleur.

Comme Cerneuf tardait à dire les raisons de sa venue, Isaac l'encouragea avec un sourire qui découvrit des dents gâtées et fit plisser la peau autour de son nez assez fort.

– Alors ?

– Voilà, je crois que je suis amoureux de Rebecca...

– Tu crois ou tu en es sûr ?

– Heu, j'en suis sûr.

– Cœur étoile filante, avait ricané le grand-père.

L'amoureux des étoiles aimait les formules qui faisaient allusion à son passe-temps préféré.

– Il y a longtemps que je le sais, mais je voudrais seulement te rappeler que Rebecca est juive ; moi, je t'aime bien, mais un chrétien n'épouse pas une Juive si facilement. En as-tu parlé à ta famille ?

Cerneuf avait cru habilement éluder la question qui l'embarrassait. Isaac, trop fin, avait hoché la tête mais avait cependant accepté que Cerneuf déclare sa flamme pour le mai et emmène Rebecca danser le soir à condition que Salomon les accompagne. Isaac ne pensait pas, comme certains clercs, que la danse constituait une passion redoutable pour les femmes, mais il n'était pas né de la dernière pluie et admettait que le contact des mains ou davantage pouvaient inciter à pécher.

Aussi Cerneuf hâtait-il le pas ce matin-là. Il était très tôt et il n'était pas le seul à hanter les rues de la ville avec un rameau à la main. Comme lui, beaucoup de jeunes gens allaient emmayer[1] leur belle grâce à des végétaux choisis avec soin. Une opération suffisamment dévastatrice pour les jardins, assez inopportune au printemps, pour que le prévôt de la cité y mette son nez et organise des rondes de sergents afin d'éviter les abus. On avait vu parfois de pauvres amoureux recevoir une pierre ou une flèche de la part d'un propriétaire mécontent de découvrir un arbre ou un bosquet saccagés. La tante Marie avait aidé Cerneuf, peu expérimenté en la matière, à trouver la bonne essence dans le petit jardin qu'elle possédait sur les bords de la Seine. Car tout était très codifié.

Cerneuf avait finalement choisi du charme pour dire à sa belle qu'elle était charmante, une introduction prometteuse

1. « Emmayer » ou « esmayer » : déposer du may (végétaux) à la porte de sa bien-aimée.

pour une journée qui se terminerait par une danse sur les places de la ville et, il l'espérait, peut-être par un nouveau baiser. Marchant d'un bon pas, il observait du coin de l'œil les autres, qui avec une branche de bouleau, valant pour l'amitié, qui avec de l'aulne, signifiant « tu es belle », qui avec du houx ou du genêt, insinuant un jugement moins clément.

Il traversa la planche Mibray, porté par une véritable allégresse, et arriva très vite rue de la Juiverie, le cœur battant. Mais quelle ne fut pas sa stupéfaction de découvrir un attroupement bruyant devant l'échoppe d'Isaac ! Il n'était donc pas le premier. À peine revenu de cette désagréable surprise, il aperçut Loup. Autour de lui, excitée, s'agitait la bande hétéroclite des gueux qu'il fréquentait avant de travailler avec son père. Des mendiants, des ribaudes, des enfants dépenaillés ; tous brandissaient des branches de houx, d'églantier et de genêt, et criaient :

– Honte à la grincheuse et à la volage…

Dans toute la rue, des têtes apparaissaient aux fenêtres.

– C'est pour Rebecca, dit une femme échevelée.

– Rebecca grincheuse, ils n'ont pas honte ? répondit une autre penchée à l'encorbellement d'en face.

Déconcerté, Cerneuf restait bouche bée, serrant contre lui sa branche de charme que Marie avait agrémentée d'un joli ruban rouge.

– Tiens, voilà Cerneuf…, annonça Loup en ricanant. Ta belle a déjà de la visite, ce n'est pas de chance. Toute la rue va savoir désormais que cette damoiselle n'est peut-être pas aussi pucelle qu'elle en a l'air. Allez, en route, nous reviendrons ce soir…

La troupe détala en désordre, Loup en tête, abandonnant le pauvre amoureux transi, stupéfait et blafard. Mi-désespéré, mi-honteux. Le comportement de Loup le révoltait et l'anéantissait. Devant l'huis de bois clair gisaient les rameaux abandonnés.

– Ils sont partis ?

Salomon avait entrouvert prudemment la porte. Il lui fit signe.

– Rentre !

Cerneuf se précipita. Il avait les larmes aux yeux quand il pénétra dans la petite salle où un feu crépitait avec ardeur dans la cheminée. Isaac était déjà à sa table de travail. Comme s'il y était resté toute la nuit, eut le temps de songer Cerneuf avant de découvrir Rebecca, fraîche et souriante.

– Tiens, c'est pour toi, balbutia-t-il en la regardant, attendri.

Il avait presque oublié l'affront de Loup.

Rebecca serra le rameau sur son cœur. Elle avait une cotte dont le drap d'un beau rouge cerise mettait en valeur ses yeux sombres et sa carnation claire. Cerneuf n'avait pas une connaissance des femmes suffisante pour savoir que celle-ci ne résultait pas d'artifices. Ni sa mère ni sa tante n'usaient de ces perles orientales qui faisaient fureur depuis le retour des croisés d'outre-mer ; broyées et mélangées à de l'amidon de blé, elles donnaient un teint d'albâtre. S'il n'avait été aussi ému, il aurait décelé que les joues de la jeune fille avaient légèrement rosi de plaisir. Il songea un instant qu'il aurait aimé la prendre dans ses bras, comme il l'avait déjà fait sous la neige quelques mois plus tôt, mais, les bras ballants, il dit simplement ·

– Ce soir, nous irons danser, si tu veux bien.

– Oui, je veux bien, répondit Rebecca.

Sa voix, douce et feutrée, couvrait à peine le crépitement des flammes de plus en plus guillerettes, comme si elles fêtaient, elles aussi, l'événement.

– Salomon vous accompagnera, dit Isaac. Va vite travailler, sinon ton grand-père va te chanter une mauvaise chanson.

Isaac connaissait la réputation de sévérité de Guillaume Guerry. Salomon lui avait raconté souvent comment il traitait Cerneuf.

– J'y vais ! cria Cerneuf en ouvrant la porte.

Salomon avait déjà jeté un peu plus loin, sur un tas de fumier, les rameaux infamants.

Dans la rue, Cerneuf se mit à courir. Il avait l'impression qu'il lui poussait des ailes. Quand il franchit la planche Mibray, il regarda le fleuve et hurla de joie. Tellement heureux qu'il s'attarda même à écouter le poète, appuyé au parapet du pont ; il grattait son luth en chantant des mots qu'il s'appliqua à retenir :

Place au soleil,
Revoici le printemps si doux
Remisons dans les coffres,
Tiretaine et laine
Noires et froides de l'hiver,
C'en est fini de vous...

– Place au soleil..., répéta Cerneuf.

Des passants le regardaient, mais il s'en moquait. Il ne vit même pas que Loup le suivait avec sa meute.

20

– Sais-tu où est ton fils ?

Guillaume Guerry avait la mine sombre. Sa fille lui trouva les traits tirés et l'air las ; elle l'avait rarement vu ainsi.

Prudence sut d'instinct que, pour une fois, il ne s'agissait pas de Loup.

– Je ne sais pas, il est parti tôt ce matin, répondit-elle prudemment.

En aucun cas, elle n'aurait fait allusion au rite du mai, même si le maître boucher, comme tout le monde, avait bien vu déambuler tous ces jeunes gens dans les rues avec leurs rameaux.

– Il n'a pas travaillé !

Prudence pesta en elle-même, mais demanda calmement :

– Je ne comprends pas…

– Moi, ce que je vois, c'est que les livraisons ont été faites par d'autres. Cela ne peut plus durer, qu'il aille au diable !

Prudence soupira. Son père avait de drôles de formules. Cela ne lui suffisait-il pas d'avoir un petit-fils que l'on disait possédé ?

– Et l'autre, quand en finira-t-on avec cette affaire ?

Guillaume songeait soudain à son autre petit-fils.

– Bonsoir, grand-père, dit une voix derrière lui.

– Tiens, voilà notre chirurgien-barbier !

Odilon arrivait à l'instant. Il y avait longtemps qu'il n'avait rendu visite à son grand-père mais, comme il s'était toujours fait rare à l'étal, cela n'avait rien d'étonnant.

– Je t'ai cherchée, dit à sa mère le garçon à la mine préoccupée.

– Tu sais bien qu'à cette époque je tiens l'étal de grand-père.

Odilon avait oublié. Depuis qu'il avait commencé ses études à l'université, il ne connaissait plus très bien les habitudes de la famille, comme si passer sur la rive gauche constituait une vraie rupture.

– Le chanoine Simon est mort, annonça-t-il, la larme à l'œil.

– Mon Dieu ! répondit Prudence en mettant ses deux mains devant sa bouche avec ce geste d'orante qu'elle avait souvent pour cacher son étonnement ou son émotion.

– J'ignore si tu auras autant de peine quand je m'en irai aux Saints-Innocents, ricana dans son dos Guillaume Guerry. Enfin, tu auras peut-être plus d'un tour dans ton aumônière pour me faire durer quand tu seras devenu chirurgien-barbier…

Odilon esquissa un sourire. Il avait l'habitude des moqueries de son grand-père qui ajouta :

– Et toi, sais-tu où est ton frère ?

– Lequel ? demanda Odilon innocemment.

– Pas le possédé, l'autre, l'amoureux de la Juive.

Odilon dévisagea son grand-père. Il n'aimait pas le voir ainsi.

– Oui, toi le clerc, cela ne te dérange pas ?

Le maître boucher l'avait longtemps appelé ainsi. Désormais il alternait, selon l'humeur, « clerc » ou « chirurgien-barbier », cultivant toujours la dérision avec un art consommé.

Son petit-fils ne répondit pas. Découragé, le grand-père franchit le seuil de la maison, observa un instant la rue où montait l'agitation du mai. Face à cette concurrence, les cris de la journée s'épuisaient doucement. Un homme, plus têtu que les autres, annonça encore qu'il achetait « vieux fers et vieux pots », mais sans conviction. Les Parisiens avaient la tête ailleurs. Un autre s'enhardit à regarder Guillaume dans les yeux pour lui proposer des bains chauds. Songeant qu'il aurait des difficultés à trouver le sommeil, le maître boucher fut un instant tenté. Mais tout le lassait subitement. Pourtant, lui aussi avait fait le mai et déposé un rameau chez une jeune fille qui ne plaisait pas à son père. Un brin de nostalgie le saisit soudain. Il réalisait qu'il était presque au bout du chemin et que, s'il avait bien réussi dans son métier, peut-être avait-il été moins heureux dans sa vie familiale. Il se dirigea vers le cimetière des Saints-Innocents où reposait son épouse depuis tant d'années. Il en passa le portail, de lourdes portes de bois renforcées de pentures ; deux corbeaux s'envolèrent devant lui ; leur cri lugubre résonna entre les murs ; les tombes marquées d'une simple croix de bois ou de pierre, parfois recouvertes d'une dalle, n'étaient pas toujours disposées en rangées linéaires mais, en dépit de ce désordre apparent, Guerry marcha droit jusqu'à la tombe où étaient aussi enterrés ses parents.

Il s'immobilisa quelques instants, joignit les mains, marmonna une vague prière, les mots lui venaient naturellement, puis s'abîma dans une méditation. Ses yeux fixaient désespérément la petite croix de pierre où il avait fait graver une image de la Vierge offrant son Fils aux fidèles.

– Ah, Guillemette, pourquoi es-tu partie si vite ? dit-il tout haut, surprenant un moineau perché sur la traverse de la croix qui s'envola précipitamment. Dis-moi donc ce que je dois faire !

Deux corbeaux se posèrent tout près, becquetant la terre. Ils avaient rameuté trois corneilles dont le cri rauque, répété trois fois, fit frissonner Guerry. Autour du cimetière, le bruit montait. Le soir du mai se préparait et il serait délicat de dormir avant longtemps à cause des danses qui s'improviseraient aux carrefours et dans les rues.

« Où est donc ce bougre de Cerneuf avec sa Juive ? » songea encore Guillaume Guerry en se hâtant vers sa maison, tout près de l'étal.

Il n'avait sans doute pas assez d'imagination pour se figurer le projet que Loup préparait avec ses amis au même moment, à la Grande-Truanderie, sous l'œil ravi d'Arnolda. La sorcière, atterrée par la volonté de Loup de rompre avec le diable, assistait aux apprêts minutieux de la petite cérémonie que les gueux célébreraient devant la maison d'Isaac le Juif. Elle avait fourni à Loup le breuvage qui lui avait permis d'endormir le pauvre Cerneuf dont les gueux s'étaient emparés. Il avait tambouriné une partie de la journée sur la porte du cachot où ils l'avaient jeté après l'avoir enlevé sur la planche Mibray. L'œil de Loup disait assez sa jouissance du mal qu'il provoquait ; presque rassurée, Arnolda ne pouvait décidément croire qu'il allait renoncer pour toujours aux forces maléfiques qui menaient sa vie.

Maintenant, le pauvre Cerneuf devait dormir bien qu'il eût deviné que les gueux montaient une nouvelle opération devant la maison de Rebecca. Les ribaudes, que Loup lui avaient envoyées pour le calmer, s'étaient plu à distiller des indices, avec d'autant plus de volupté qu'il refusait les plaisirs qu'elles lui offraient complaisamment. Pouvaient-elles comprendre que leurs gorges lourdes, débordant de leurs cottes élimées, lui faisaient étrangement penser aux quartiers de viande de l'étal de Guillaume Guerry ? Elles l'avaient obligé à boire du vin blanchi à la craie, une horreur des bas-quartiers que les gueux réservaient à leurs pires ennemis, et la mixture d'Arnolda avait paru presque douce à son estomac révulsé et affamé depuis le matin.

C'était Loup qui avait tout inventé et manigancé en s'inspirant du charivari, pratiqué depuis toujours par des groupes de jeunes gens pour protester bruyamment contre le remariage d'un veuf ou d'une veuve, surtout s'il y avait disparité d'âge. L'Église fermait les yeux sur ce rituel. « On joue au péché pour mieux l'expulser », disaient certains clercs pour excuser les excès des carnavals, des charivaris ou des fêtes des fous.

Décidément malin, Loup entraînait les gueux dans l'aventure en leur faisant miroiter un gain puisque le vacarme des charivariens s'arrêtait contre un don d'argent, de victuailles ou de boisson.

– Le vieil Isaac a ce qu'il faut, répétait Loup pour renforcer leur détermination.

Arnolda n'avait pas été la dernière à les aider. Elle avait même confectionné avec un art consommé un loup pour l'organisateur. Aussi, quand elle les vit défiler devant elle, déguisés et masqués, elle eut une bouffée de fierté. Même si c'était la dernière fois pour Loup, il faisait honneur au Malin. D'ailleurs, elle vit l'homme en rouge emboîter le pas à l'étrange et bruyant cortège qui déambulait dans les rues avec une charrette chargée des objets sonores les plus hétéroclites. Les gueux les avaient réunis dans la journée en vue du chahut dont rêvait Loup, jamais à court d'inspiration. Un drap crasseux recouvrait la quincaillerie. Arnolda avait même vu dans cette charrette deux enseignes dérobées aux échoppes voisines dont les chaînes sans usage devaient maintenant pendre lamentablement. Mais tapées l'une contre l'autre, elles feraient du tintamarre ! Enfin, sur le drap trônaient fièrement les chats noirs de la Grande-Truanderie, fin prêts pour cette expédition nocturne.

Toute la ville était en fête. Les taverniers avaient dressé des tables partout, espérant accueillir ces jeunes gens qui allaient célébrer le mai une partie de la nuit. Partout aussi des joueurs de viole, flûte, tambour ou luth attendaient les danseurs qui arrivaient peu à peu sur les places. Ainsi n'était-il pas rare d'en voir certains improviser un concert, à deux pas des halles des Champeaux, près du pilori dont les sergents avaient extrait par prudence le dernier client. Deux ribaudes aux seins nus se baignaient même dans la fontaine, cherchant à attirer l'attention de jeunes gens plus occupés à déclarer leur flamme à de prudes damoiselles qu'à courir la gueuse. Certains dansaient déjà ; les jeunes gens se balançaient en cadence au son des instruments qui parfois se mêlaient d'une rue à l'autre, d'une place à l'autre. Les paumes des mains se joignaient, les doigts se frôlaient ou s'enlaçaient, les visages se rapprochaient et les mots chuchotés enflammaient les sens.

Toute cette agitation servait les desseins de Loup. Décidé, traçant le chemin de son pas claudiquant mais rapide, il menait le convoi et, quand les gueux qui traînaient la charrette voulurent s'arrêter un instant pour souffler, il organisa la relève, impatient qu'il était d'arriver au plus vite devant la maison d'Isaac.

Après leur première « attaque » du matin, son esprit méchant imaginait volontiers le désarroi de la famille de Rebecca. Celle-ci devait maintenant s'inquiéter de l'absence de Cerneuf. Toutes les églises de la cité avaient déjà sonné les vêpres et les couples s'étaient formés. Un chat sur les épaules, Loup avançait, habité par une sorte de jubilation.

Quand ils arrivèrent enfin rue de la Juiverie, Loup fit d'abord signe à tous de faire silence. Du Petit-Pont, parvenait un fond de musique entraînant sans doute des danseurs de carole. Avec précaution, après avoir levé le drap d'où s'échappèrent des chats, chacun s'arma d'objets : plats, bassins, cloches, chaudrons, poêles. Huguenin, dit le Géant, s'empara des enseignes. Sa grande taille lui permettrait d'en tirer les effets les plus tonitruants.

Tout était calme dans la petite maison de maître Isaac. S'approchant, Loup aperçut une lumière vacillante par la petite fenêtre du rez-de-chaussée, percée entre les colombages sombres. Chandelle ou cheminée ? Comme pour la plupart des maisons de la ville, une peau tendue, ici derrière un grillage, précaution supplémentaire, obstruait la vue, autant pour une question d'économie que d'intimité. Loup colla son oreille contre la porte composée de trois planches renforcées par de solides pentures de fer. Il ne décela aucun bruit. Presque inquiet, il parut hésiter un instant, mais les yeux interrogatifs de ses amis le décidèrent.

De son poing gauche levé, il déclencha le chahut. Les objets s'entrechoquèrent, produisant un vacarme infernal dans la petite rue. Comme le matin, des têtes apparurent à toutes les fenêtres. C'en était décidément fait de la réputation de Rebecca et de sa famille ! Dans la maison d'Isaac, il n'y eut d'abord aucune réaction, puis soudain la porte s'ouvrit et le changeur s'encadra entre les piédroits de pierre claire. Parfaitement coordonnés, les deux gueux qui maintenaient les brancards de la charrette en déversèrent le contenu à ses pieds. Ajoutant leur note tragique, les chats se mirent à hurler presque à l'unisson. Des miaulements stridents lugubres.

Salomon se tenait derrière son grand-père qui recula vivement devant l'amas de ferraille répandu avec fracas. Un chaudron avait même roulé jusque dans la salle. Le frère de

Rebecca s'en saisit et le jeta aux pieds du géant qui posa fièrement son soulier dessus, comme un guerrier victorieux. L'initiative plut à Loup qui s'en empara, se juchant à son tour sur l'ustensile cabossé.

En claquant les doigts de sa main gauche, il fit alors cesser le drôle de concert. Isaac et Salomon auraient aimé refermer la porte mais des objets empêchaient la manœuvre.

– Pourquoi un charivari ? interrogea Loup, abaissant subitement son masque.

Il avait préparé son discours depuis l'instant où cette funeste idée avait germé dans sa tête.

Éberlués, contemplant le spectacle surprenant de ces gueux déguenillés, dont ils ne voyaient pas les visages derrière leurs masques, menés par un gnome dont ils savaient qu'il s'agissait du frère de Cerneuf, Isaac et Salomon répétèrent ensemble :

– Pourquoi un charivari ?

Le vieux changeur ajouta aussitôt avec un pâle sourire où perçait son ironie habituelle :

– Je n'ai pas repris femme, encore moins une jeunesse, à mon âge…

– Il ne s'agit pas de cela, mais de ta petite-fille, répliqua Loup dont le ton était cinglant.

– Ma petite-fille ? Que vient-elle faire là-dedans ?

– Toi, le vieux, ne joue pas au plus fin !

Loup éprouvait de la jouissance à l'appeler « le vieux », comme il le faisait de son grand-père. Se retournant soudain vers sa troupe, il leur intima une nouvelle salve de bruit, lui-même tirant de sa bouche déformée le sifflet le plus strident. Puis, imposant de nouveau le silence, il se campa solidement sur ses jambes inégales devant ses interlocuteurs et, d'une voix forte qui semblait devoir porter jusqu'au ciel déjà assombri, déclara :

– Un charivari pour vous dire qu'il ne peut y avoir de mariage contre nature entre un chrétien et une Juive, pas plus qu'entre un vieux et une jeune, qu'entre une vieille et un jeune ! Si ta petite-fille continue à voir Cerneuf, nous l'enlèverons et en ferons une ribaude.

Tout était dit. Sans même y avoir été invité par Loup, Huguenin frappa les deux enseignes l'une contre l'autre dans un bruit terrible. Isaac mit ses mains sur ses oreilles en grimaçant.

– Jouons encore pour ce brave Isaac dont la générosité vous comblera bientôt de ses faveurs..., ironisa encore Loup qui avait grimpé sur la charrette.

Salomon s'était saisi de quelques objets et les lançait contre la troupe dont le concert fut immédiatement perturbé. Chacun se protégeait comme il pouvait. Huguenin avait transformé l'une des enseignes en bouclier, Loup s'était saisi de l'autre. Isaac cria en lançant un poêlon qui vint choir à ses pieds :

– Voilà pour ma générosité !

En quelques instants, Salomon et Isaac avaient jeté la ferraille qui bloquait la porte ; ils purent enfin la claquer derrière eux.

Furieux, Loup leva le poing pour donner l'ordre du repli. Les gueux élevèrent une protestation. Ils n'avaient pas eu la récompense promise. Ils le firent savoir à Loup qui regrettait déjà son manque d'audace. Ils auraient pu tenter un coup de force et enlever Rebecca le soir même.

Le lendemain, Loup était à Notre-Dame. Il avait peu dormi et n'avait dû son salut qu'à Arnolda tant les gueux étaient furieux de leur équipée qu'ils disaient ratée. Loup savait pourtant que le but était atteint. Isaac aurait désormais peur pour sa petite-fille et les amours de Cerneuf seraient compromises ; il organisa même une surveillance de la maison en vue d'un éventuel enlèvement assorti d'une rançon juteuse. Huguenin consentit à en assurer l'organisation. Une manière de se faire pardonner !

Car quelle n'avait pas été la stupeur de Loup quand il avait découvert à son réveil que le géant avait déjà libéré Cerneuf, sans même avoir attendu son ordre. Une trahison. Il l'avait remâchée tout au long de sa marche le conduisant sur le chantier, habité par l'envie d'en découdre avec son frère. Mais une petite voix lui disait que le mal engendré était déjà grand et que le diable ne pouvait avoir toujours davantage d'exigences.

L'assemblage et la pose des pierres du tympan central étaient presque achevés. Les démons de Loup avaient belle allure. Robert aurait voulu partager avec son fils sa satisfaction, mais la mine taciturne du garçon l'avait découragé.

Loup s'était jeté sur un bloc qu'il avait déposé sur l'établi avec brutalité, sans demander la moindre aide. Puis il s'était saisi du marteau taillant qu'il avait laissé traîner la veille au milieu des débris de pierre et avait entamé la matière avec une rage impressionnante.

– Qu'entreprends-tu ? avait osé demander Robert après les premiers coups portés au bloc clair dont des éclats jaillissaient selon une technique irréprochable.

– Je ne sais pas, avait répondu Loup. L'inspiration du démon…

L'apprenti ne suivait aucun dessin sur parchemin ; il n'avait même pas tracé à la craie un modèle sur la pierre, comme cela se pratiquait parfois dans le cadre d'une taille directe. Un exploit qui réclamait une maîtrise parfaite de l'outil et de la matière.

Redoutant une crise, le maître imagier n'avait pas poussé plus loin l'interrogatoire et, quand le chanoine Gontier, celui qui devait chasser justement le démon de l'esprit de Loup, se présenta dans la loge, l'apprenti leva la tête et, le marteau menaçant dans sa main gauche, lança :

– Je ne veux plus, messire le chanoine. Faire des vilenies me fait trop jouir. Pourquoi vouloir faire de moi un petit agneau bêlant qui irait prier vos saints ?

– Tu veux donc finir en enfer ? répliqua le chanoine dépité.

– Eh quoi, il y a du beau monde en enfer, regardez notre tympan. Et qui vous dit que vous n'y serez pas vous aussi ?

– Loup, tais-toi !

Battant en retraite, le chanoine résigné signifia à Robert qu'il serait patient. Celui-ci le suivit précipitamment hors de la loge.

– Il n'y a pas de mal… J'en entends tous les jours. Regardez cette femme avec cette cotte bleue du plus bel aspect qui regarde votre tympan. Elle vient de me conter des histoires auxquelles elle croit dur comme cette pierre.

Le chanoine désignait un bloc de calcaire brut que soulevait précautionneusement un treuil actionné par un tailleur arc-bouté sur ses jambes courtes.

Comme Robert, désemparé une fois de plus par le comportement de Loup, semblait lui prêter une oreille complaisante, le clerc, heureux de faire partager ce qu'il écoutait souvent avec effarement, poursuivit :

– Elle prétend que, chaque soir, elle laisse de la nourriture pour que les bonnes dames, enfin les sorcières, lui accordent en abondance tout ce qui pourrait lui faire plaisir, des cottes de tissus riches, des bijoux et même un homme pour remplacer le sien défunt à Bouvines. Elle dit croiser dame Abonde, « une bien bonne personne », la « reine de tout ce beau monde », selon elle. Elle croit de toute son âme en ces sorcières qu'elle prétend voir la nuit. Son esprit est tout entier occupé par Satan, mais elle accepte que je la traite. Je le ferai demain… Venez voir la cérémonie, maître Robert !

– À quoi bon ? répondit Robert soudain las.

– Père, je dois te parler !

Cerneuf avait les joues rouges et les yeux brillants. Il était essoufflé.

– C'est Loup, il est pire que le diable !

Le chanoine Gontier éclata de rire alors que Robert, prenant la manche de Cerneuf, lui fit signe de le suivre.

– Je viens de chez Rebecca. Elle est partie avec Salomon chez une tante. Isaac n'a pas voulu me dire où.

En quelques mots, le garçon raconta sa journée passée à la Grande-Truanderie et les actes de Loup et de ses amis. Robert était atterré. Que dire ? Que faire ? Il n'osa pas avouer à Cerneuf que son frère ne voulait plus qu'on chasse son démon. Pressé, car ses livraisons n'attendraient plus, aurait-il seulement entendu ?

– Grand-père est furieux contre moi, je n'ai pas fait mon travail hier… Je ne lui dirai pas pour Rebecca, cela lui ferait trop plaisir, lança le garçon en courant en direction de la planche Mibray. C'est trop injuste, cria-t-il encore en se retournant.

Après avoir tant attendu dans son cachot, la nuit précédente, que le jour avance pour prendre sa vengeance, il était frustré. Isaac avait souri devant son désarroi et lui avait montré le ciel en disant :

– Le firmament continuera à tourner autour du monde, maintes nuits et maints jours, les étoiles se lèveront toujours vers l'orient et se mettront toujours en mouvement au-dessus de ta tête. Fais comme moi, éprouve de la joie à voir tourner le firmament aussi magnifiquement.

Le grand-père de Rebecca lui avait posé la main sur l'épaule et l'avait accompagné jusqu'au seuil de l'échoppe.

Cerneuf n'avait pu voir les larmes qui perlaient dans les yeux malicieux de l'amoureux des étoiles ; lui aussi avait le cœur gros d'avoir dû se séparer de Rebecca. Le temps avançait. Il était parfois si las, le soir, après avoir aligné tant de chiffres sur des parchemins. Son seul réconfort était alors d'aller sur la planche Mibray ou sur le Petit-Pont pour y regarder le ciel. Il en avait fini avec ses folles équipées dans les clochers. Ses genoux se rebellaient dans la descente raide des rudes marches de pierre et son cœur s'épuisait à les gravir.

Songeur, indécis même, Robert avait regardé disparaître Cerneuf au milieu de la foule ; lui, l'artiste qui souhaitait tellement donner vie et sentiments aux personnages qu'il créait, ne pouvait imaginer la tempête qui s'était levée dans la tête de son fils. Il revint d'un pas nonchalant vers Notre-Dame. Il était las en vérité ; il en avait assez et aurait presque pris sur-le-champ le parti de tout abandonner et de rentrer dans son pays. Mais ses dessins pour la galerie des rois surgirent devant ses yeux… Distrait, il faillit même être renversé par un lourd chariot dont le conducteur l'invectiva.

– Non, ce n'est pas possible, murmura Robert en posant sa main sur la porte de la loge.

Loup n'avait pas quitté sa place. Concentré, il ne prêta même pas attention au retour de son père. Robert s'approcha. Le visage que Loup avait esquissé était d'une étrange beauté. Robert se dit qu'il n'avait jamais rien vu de tel. Il lui rappelait vaguement celui de Gudule mais transfiguré. Le nez retroussé était d'une délicatesse extrême, les yeux bridés avaient une expression indicible, la bouche à peine fendue une délicate sensualité. Robert se souvint de la vierge folle dont son ami Villard disait avoir été amoureux. Il aurait aimé la comparer avec cet être de pierre qu'il caressa avec volupté. Loup le regardait, apaisé, son rictus presque détendu.

– Une merveille ! murmura Robert.

– Comment peux-tu dire que je fais des merveilles ? demanda Loup, la voix blanche, les larmes aux yeux. Après toutes ces vilenies ?

Robert hocha la tête. Il savait qu'il devait encore rester, que Loup avait besoin de lui pour sortir enfin de ses rêves qui pouvaient parfois transformer en cauchemar la vie de ses proches.

– Cela pourrait être le visage d'un ange ? suggéra-t-il timidement.

– Plutôt une femme qui entraînerait au péché tous ces maudits chanoines ! ricana Loup.

Son père soupira. Devant lui, couché sur un long établi de pierre, gisait le bloc dont il ferait un nouveau roi. Il avait esquissé le vêtement qu'il voulait différent de celui du roi Philippe car, même si ces statues étaient haut placées, il n'entendait pas les répéter de façon monotone. Chacune aurait sa personnalité, son vêtement, drapé avec souplesse et nuance.

21

Les jours qui suivirent, Robert eut le sentiment de vivre des moments d'exception. Pris d'une vraie frénésie, l'œil brillant, Loup travaillait du lever du jour à la tombée de la nuit et réalisait des images que tous les acteurs du chantier, chanoines, marguilliers, maçons, tailleurs, venaient admirer tant elles relevaient du miracle. Son art faisait l'unanimité ; il semblait habité d'une douce violence. Même Hugo, le maître d'œuvre, pourtant avare de compliments, n'en finissait pas de louanger ces images. Et en ville, se répandait la rumeur que le Gaucher du diable créait des merveilles. Un surnom qui en disait long sur la défiance qui entourait toujours le garçon dont beaucoup se rappelaient surtout les méfaits. Même les gueux, ses amis, étaient impressionnés et, quand l'un d'eux s'enhardissait à venir au chantier, il était intimidé et regardait, ébahi, le travail de l'apprenti devenu presque maître. Arnolda aussi avait fait le déplacement ; elle avait tenté de distraire son ancien protégé et lui avait même laissé un mélange de sa composition dont Robert s'était emparé dès qu'elle avait eu le dos tourné. Le soir, il l'avait jeté dans le fleuve après en avoir humé le contenu qui lui avait désagréablement piqué le nez. Instinctivement, il se méfiait. Lorsqu'il voyait Loup se saisir de blocs de pierre, presque comme d'une plume, il ressentait un tel malaise.

Comme par enchantement cependant, et Robert en ressentait aussi une vraie admiration, Loup peuplait, avec une sorte de rage intérieure, les voussures du dernier portail de la façade consacrée à la Vierge. Robert avait esquissé la scène principale du couronnement de Marie par son Fils, point de convergence de tous les regards dont il avait dû régler le moindre détail avec les chanoines. Le fameux Guérin, l'âme damnée du roi et évêque de Senlis, avait même donné son avis, en regrettant que l'image trônant à l'entrée de sa cathédrale depuis quatre décennies soit un peu compassée. À Paris, un ange descendu du ciel viendrait couronner Marie installée sur une banquette commune avec son Fils qui la bénirait entre deux anges porteurs de lourds chandeliers. Les chanoines avaient cependant fait savoir qu'ils ne toléreraient pas de fantaisie pour cette image emblématique de la Vierge.

Robert avait achevé la statue du roi et attaqué celle de son père, Louis VII. La pierre, sur laquelle il avait tracé à la craie les grandes lignes de la silhouette soulignées au trépan, attendrait cependant ; il devait impérativement se consacrer à ce nouveau tympan, le dernier pour la façade occidentale et peut-être le plus représentatif de ces dévotions qui se développaient chez les fidèles pour Marie et les saints. Il avait multiplié les dessins préparatoires, de face et de côté, et même déjà exécuté les gabarits pour les grandes figures. Satisfaits, les chanoines avaient accepté le projet et brûlaient d'impatience bien qu'ils appréhendassent le résultat car la transposition sur la pierre était trop souvent l'occasion de nuances, voire de variantes par rapport aux modèles primitifs. C'était aussi la liberté de l'artiste, que Robert revendiquait haut et fort lorsqu'un clerc avouait sa déception.

Donc très occupé, l'imagier avait eu la prudence d'obtenir de Cerneuf qu'il ne vienne pas régler ses comptes avec son frère pour ne pas rompre l'équilibre fragile qui existait dans la loge. Il avait dû être très persuasif. Tempérant son ardeur et même sa haine, Cerneuf s'était incliné, promenant désormais dans toute la ville, lors de ses livraisons, une mine triste qui fendait le cœur de sa mère. Et ce n'était pas celle réjouie de Guillaume Guerry, trop content du cours qu'avaient pris les amours de son petit-fils, qui pourrait l'arracher à sa mélancolie. Salomon était revenu, mais le garçon s'était muré dans le silence, lâchant seulement que sa sœur était en sécurité et qu'il ne servait à rien que Cerneuf connaisse le lieu de sa retraite.

– Alors, je ne la reverrai plus jamais, avait soupiré Cerneuf.

– Jamais n'est pas un joli mot, avait répliqué son ami confus, qui avait appris, de son grand-père, une certaine philosophie de la vie.

Résigné, Cerneuf travaillait, sans relâche, arpentant la ville du nord au sud, de l'est à l'ouest dans ce périmètre dessiné par la nouvelle enceinte du roi presque achevée et qui se remplissait vite de maisons, d'ateliers et de commerces. Mais le cœur n'y était plus et son cœur était étrangement tranquille. Lui qu'Isaac avait surnommé « Cœur étoile filante » ne prêtait même plus attention aux filles qui n'étaient pourtant pas insensibles au charme naturel du beau garçon. Il avait fallu bien des artifices à Gervaise, l'employée des étuves où son grand-père avait ses habitudes, pour qu'il cédât à ses avances. Par lassitude.

– Tu sais que tu es beau…, répétait-elle avec insistance en lui frottant le dos.

Elle avait pourtant tous les attraits, petits seins, taille fine, bouche vermeille, mais l'envie manquait au jeune homme. Retrouverait-il les bouffées de désir qui l'avaient attaché à Opportune ? Il s'était juré qu'il les réserverait à Rebecca. Avec Gervaise, il avait l'impression de la trahir.

– Ton grand-père doit vouloir te marier, lui dit un jour celle-ci qui recueillait aussi à l'occasion les confidences de Guillaume Guerry, client assidu des étuves de la rue de la Limace.

Une petite phrase qui fit son chemin dans l'esprit de Cerneuf. Il se souvint de la réflexion de son grand-père quand il avait fait part de son souhait de se marier. Il réalisa qu'il était devenu le commissionnaire attitré de maître Esserent dont Guillaume avait vanté la fille. Aussi, lorsque celui-ci annonça qu'ils étaient invités avec sa mère le dimanche suivant dans la maison de celui qui était considéré comme le deuxième plus grand boucher de la ville, juste après l'étal Guerry, Cerneuf se rebella. Courant chez sa tante Marie, il lui conta ses malheurs et sollicita ses conseils.

– Si tu n'y vas pas, tu te mets en faute ! répondit-elle aussitôt avec son bon sens coutumier.

La mine déconfite de Cerneuf la fit sourire.

– Elle est peut-être très jolie, la fille de maître Esserent, fit-elle.

– Je l'ai déjà aperçue… une petite prune verte !

La tante éclata de rire. Elle ne savait trop ce que voulait dire son neveu. Elle avait aperçu une fois ou deux Rebecca car elle traitait avec Isaac, reprenant la tradition familiale de son mari qui avait toujours confié son argent à des Juifs. Rebecca, belle jeune fille à la taille élancée, ne correspondait guère à la définition de « petite prune verte ».

– Tu ne vas pas te marier ? interrogea une voix haut perchée derrière Cerneuf.

C'était Aliénor, la fille aînée de Marie qui adorait Cerneuf.

– Tu attendras que je sois grande, au moins ?

– Tu sais que les cousins ne peuvent se marier ensemble, dit Marie en riant.

– Je détesterai ta femme et surtout si c'est une petite prune verte.

Cerneuf éclata de rire à son tour.

– Je ne sais pas ce qui vous met en joie ainsi, demanda alors Odilon qui venait d'entrer dans la grande échoppe de sa tante.

– Tiens, il y avait bien longtemps que notre chirurgien n'était pas venu me voir. Peut-être as-tu appris que j'avais besoin de tes soins ? Merri n'est pas bien depuis ce matin.

Il s'agissait du cadet de Marie qu'elle avait rebaptisé Merri en souvenir de son époux.

– Je veux bien l'emmener chez maître Victor, je n'ai encore guère de compétences, reconnut modestement Odilon, qui avait beaucoup perdu de son assurance depuis qu'il apprenait la médecine, tant la matière lui semblait complexe.

Cela n'avait rien à voir avec la théologie ou le droit ; s'écouter parler ne tuait personne. La médecine et surtout la chirurgie étaient des sciences autrement inquiétantes qui obligeaient à l'humilité.

Cela n'empêchait pas Odilon de s'enthousiasmer. Et s'il avait fait le détour par l'échoppe de sa tante, c'était justement parce qu'il voulait lui raconter une scène dont il avait été témoin la veille et qui l'avait empêché de dormir. Marie était la première personne qu'il souhaitait consulter, avant même sa mère qu'il sentait si fragile. Le revirement de Loup l'avait atteinte, comme l'intrusion de Robert chez elle quelques semaines plus tôt et les déboires de Cerneuf. C'était beaucoup pour elle. Marie était autrement forte, surtout depuis son veuvage, qui l'avait transformé en maîtresse femme, confirmant des aptitudes naturelles.

Merri avait déjà dévalé l'escalier. Sa mère l'installa dans la salle au-dessus de l'échoppe où elle travaillait à ses commandes et à ses projets.

– Il n'a pas l'air bien malade, dit Odilon. Ne souffrirait-il pas plutôt de ce que maître Victor appelle la *carotta vulgaris* ?

– C'est grave ? demanda le garçonnet qui avait beaucoup grandi et ressemblait à un échalas avec ses longues jambes maigres plantées dans des souliers montants de cuir de belle qualité comme sa mère savait en produire.

– Pas très... Cela veut dire que tu n'as peut-être pas très envie d'aller à l'école des chanoines ce matin...

Merri piqua un fard et baissa la tête. Marie glissa une pièce dans la main d'Odilon. Il avait gagné son premier denier en faisant de la médecine.

– Je dois y aller, dit alors Cerneuf.

Il portait un lourd baluchon rempli d'os.

– Montre-les ! demanda Merri, décidément ressuscité.

Il était fasciné par ces morceaux disparates, de formes étranges. Il ne pouvait imaginer qu'ils avaient appartenu à des animaux.

– Chaudes les oublies ! cria alors dehors un marchand que Marie héla joyeusement.

– Chaudes et grillées à point, vanta l'homme aux joues rubicondes.

– Cerneuf, prends des forces !

La tante ne pouvait savoir que les dernières oublies qu'il avait mangées étaient celles de Rebecca. Il mordit cependant avec appétit dans la petite galette plate qui craqua sous ses dents. La pâte était légère.

– Pour vous aussi, messire le chanoine, dit Marie en accueillant le client qui venait de franchir le seuil de l'échoppe.

– Avec plaisir, Dieu ne défend point le plaisir sain des bonnes choses, dit le chanoine. Et l'oublie est si proche de l'hostie !

Le clerc faisait allusion au terme récent qui désignait la friandise et avait la même origine qu'*oblata*, « offerte à Dieu ».

– Odilon et Cerneuf, je suis heureux de vous voir, continua-t-il, la bouche pleine. J'ai appris à l'heure de sexte que le roi viendrait assister dimanche prochain à l'installation de sa fameuse statue, la première de la galerie de maître Robert. On est lundi, juste le temps de préparer une petite fête, vous y serez, j'espère.

Cerneuf regarda sa tante. Dimanche, c'était le jour prévu pour aller chez maître Esserent. Marie signifia sa perplexité avec une petite mimique. Vaguement déçu, Cerneuf répéta :

– Je dois y aller.

– Je peux aller avec lui ? interrogea encore le petit Merri.

– Tu vas loin ? demanda Marie, prête à céder.

– Chez le boutonnier de la rue de la Huchette et le bimbelotier de la rue de l'Hirondelle, répondit Cerneuf en remettant sur son dos le lourd balluchon.

– Avant que tu ne partes, l'arrêta alors Odilon, j'ai quelque chose à te dire. J'ai presque convaincu maître Victor d'opérer Loup.

Cerneuf frissonna. Il n'était plus retourné sur le chantier de Notre-Dame et ne voulait plus entendre parler de son frère. Il haussa les épaules, prit la main de Merri et sortit dignement de l'échoppe sans un mot. Il avait pourtant très envie d'assister à la fête de dimanche, quitte à revoir celui qu'on appelait en ville le Gaucher du diable.

Un surnom que sa mère déplorait amèrement. Elle accusait même l'homme en rouge qui déambulait parfois autour de son étal de le répandre. Il ricanait en la regardant et, lorsqu'il était accompagné de l'infâme Arnolda, Prudence était replongée dans les jours douloureux passés à l'Hôtel-Dieu, quand elle espérait sauver son fils, sans se douter combien cette vie épargnée lui pourrirait à jamais la sienne. Et celle de la famille. Les déboires de Cerneuf en étaient la preuve.

– Alors c'est de la haine, dit-elle consternée devant l'air buté de ce dernier.

Elle n'en pouvait plus de ces histoires et préférait, certains jours, un tête-à-tête avec ses poissons à la fréquentation des hommes.

Léonard était toujours assidu. Elle ne savait si c'était pour lui faire plaisir ou pour lui conter les merveilles que réalisait Loup.

– Je sais, je sais…, l'interrompait-elle, en le pressant de choisir au plus vite la marchandise qui lui convenait.

Elle avait même interrogé le chanoine de Sainte-Opportune, son confident de toujours.

– Gaucher du diable… Gaucher du diable, avait-il répété perplexe, faut-il t'en offusquer, ma pauvre Prudence ? S'il abandonne ses méfaits pour faire des merveilles, remercie plutôt Dieu !

N'avait-il pas raison ?

– Eh maman… regarde avec qui je fais les livraisons, lança soudain près d'elle une voix joyeuse.

Cerneuf affichait un franc sourire, comme elle ne lui en avait pas vu depuis longtemps. Le petit Merri sauta au cou de sa tante, chassant enfin le Gaucher du diable de ses pensées.

– J'accompagne Cerneuf, je travaille pour grand-père, annonça l'enfant dont les joues colorées faisaient plaisir à voir.

Quelques instants plus tard, Cerneuf et Merri traversaient la planche Mibray d'où le petit garçon observa un moment le trafic sur la Seine. Les bateliers luttaient contre des eaux bouillonnantes et boueuses. Il avait beaucoup plu les jours précédents et certains avaient même craint une inondation. Les plus âgés avaient encore en mémoire celle de 1196, quand le roi avait dû quitter son palais pour la colline Sainte-Geneviève et l'évêque se réfugier à l'abbaye Saint-Victor.

Est-ce parce qu'il était avec le petit Merri, dont il serrait la main avec autant d'attention que d'affection, que le commis emprunta la rue de la Lanterne qu'il évitait pourtant soigneusement depuis son histoire avec Opportune ? Elle était justement là, devant son échoppe, avec un enfant qui faisait un caprice.

– Eh ! Cerneuf, le héla-t-elle dès qu'elle le vit.

À ses pieds, son fils se roulait par terre.

– Si tu pouvais le faire taire !

Merri s'était agenouillé devant le petit Benoît qui s'accrocha aussitôt à son cou. Il avait dans les mains un des colliers fabriqués par sa mère. L'enfant se calma très vite.

Cerneuf restait les bras ballants face à son ancienne maîtresse qui lui lança :

– Il a reconnu sa famille !

Rougissant, il se saisit de la main de Merri qui lâcha le bambin. Celui-ci se remit à hurler, attirant alors l'attention de son père qui émergea de l'échoppe voisine, une chandelle dans la main. Il se précipita à son tour vers l'enfant et le prit dans ses bras en murmurant :

– Mon fils, qu'est-ce que tu as ?

Cerneuf était déjà loin.

– On prend le Petit-Pont ? interrogea Merri.

C'était le passage naturel vers la rive gauche du fleuve.

Merri connaissait le montreur de singes qui s'y trouvait souvent.

À peine quittée la rue du Marché-Palu et franchis les premiers pas sur la rampe qui grimpait doucement vers le milieu du fleuve, Merri aperçut Jacquot, posté entre les paniers où il transportait ses animaux. Un singe sur chaque épaule, il interpellait les passants. Il déposa l'un des primates sur le dos de Merri, ravi.

Mais Cerneuf était pressé. À regret, le petit garçon le suivit en courant. Au bout du pont, se dressait l'impressionnante sentinelle de pierres du Petit Châtelet, fortifiée avec ses deux grosses tours encadrant un logis et des portes puissantes. Ils la dépassèrent et s'engagèrent dans la rue de la Huchette.

– Au lait commère, au lait commère…

– J'ai bon fromage de Champagne…

– Et moi fromage de Brie…

– Farine pilée, farine…

Les cris des marchands installés à la sauvette sur le pont les accompagnèrent encore un long moment.

22

Cerneuf s'impatientait. La visite chez maître Esserent s'éternisait. L'ami et confrère de Guillaume Guerry, qui aurait pu être son fils, n'en finissait pas d'exposer ses projets. Lucie Esserent, son épouse, avait servi des verres d'hypocras. Son grand-père avait complimenté le maître de maison :

– Aromatisé et sucré à point.

– Il vient de Montpellier, avait aussitôt répondu maître Esserent, très fier de montrer qu'il savait choisir ses fournisseurs.

Un bon point pour un marchand. Il avait encore ajouté :

– Sais-tu que les faiseurs d'hypocras en livrent beaucoup en Angleterre ?

Guillaume Guerry l'ignorait. À part la viande… Quant à Cerneuf, il n'avait guère apprécié ce goût de miel trop prononcé, qui l'avait écœuré.

Il avait préféré le pâté de lapin, servi en tranches. Dame Lucie n'avait pas manqué d'attirer l'attention sur la matière première : un jeune lapin tout entier qu'elle avait enrobé de la pâte la plus légère.

– Le goût est bien différent des vieux lapins qu'il faut couper en morceaux, avait-elle ajouté d'un air entendu.

– Vous n'avez pas plaint les épices, avait répondu Guillaume Guerry, hochant la tête en connaisseur.

– Des clous de girofle, du gingembre, de la graine de paradis et du poivre !

Cerneuf y avait fait honneur mais, la tête un peu lourde, il ne parvenait pas à s'intéresser à la conversation des deux hommes. Ils commentaient l'interdiction récente du prévôt de la ville de laisser brûler les chandelles à grand foison tout le jour. Il s'agissait de ne pas tromper les acheteurs en donnant aux chairs une apparence blanche et fraîche quand elles étaient jaunes, voire corrompues. Des méthodes que les deux maîtres réprouvaient évidemment et n'utilisaient pas.

Attentives, dame Lucie et ses filles assistaient à l'entretien des deux meneurs du métier de la boucherie à Paris. « Cela fait quatre petites prunes vertes », avait songé Cerneuf lorsqu'il avait découvert les trois damoiselles alignées sur un banc de chêne bien astiqué, les yeux pieusement baissés, les mains jointes sur leurs cuisses dûment serrées, comme le recommandait la bienséance. Elles ressemblaient étrangement à leur mère qui allait et venait pour prévenir les désirs des invités.

Pour passer le temps, Cerneuf avait observé la grande salle de la famille Esserent où meubles et objets respiraient l'opulence. On était loin de la modeste maison de Prudence et si, chez son grand-père, il y avait aussi du mobilier de qualité, l'absence de femme nuisait à l'ambiance. Là, chez maître Esserent, des coussins de velours, des napperons de soie, des rideaux sur tringle, un miroir et même des peintures délicates sur l'un des murs créaient une atmosphère particulière, qui lui était peu familière. Le bois du gros coffre posé dans une large niche, couverte d'un arc rehaussé de briques, brillait et devait sentir bon la cire, comme sa voisine, la crédence, sur laquelle dame Lucie exposait sa plus belle vaisselle. Au sol, des carreaux de terre cuite de couleurs chaudes contrastaient avec les murs blanchis à la chaux et décorés d'un faux appareil de traits rouges et jaunes.

Cerneuf entendit sonner none à Sainte-Opportune. Le roi ne tarderait pas à arriver à Notre-Dame. Ce fut à cet instant que maître Esserent se tourna vers Cerneuf pour l'inviter à jouer avec ces « damoiselles ».

– Séverine joue aux échecs avec beaucoup de finesse…, dit-il en désignant un plateau à damier posé sur le coffre.

Cerneuf n'avait jamais touché une pièce d'échecs.

– Je vais t'apprendre, dit aussitôt la jeune fille en rougissant.

« Une petite prune rouge », songea Cerneuf qui cherchait désespérément à mettre en pratique l'ultime conseil de sa tante : « Propose une promenade jusqu'à Notre-Dame… »

– Si nous sortions marcher ? osa-t-il demander enfin, surpris lui-même de sa hardiesse.

Maître Esserent regarda Cerneuf en fronçant les sourcils.

– Tu n'es pas bien ici, mon gaillard ?

– Si, si, protesta le garçon en rougissant à son tour.

– Oh oui, nous pourrions aller au bord de la Seine, dit aussitôt Séverine. Il y a des champeaux où les oiseaux chantent gaiement.

– Oh oui, père, renchérirent ses sœurs, sous l'œil réprobateur de leur mère.

– Lucie, tu pourrais les accompagner, céda très vite le père qui semblait moins autoritaire à la maison que dans sa profession.

La dame parut hésiter mais, devant l'enthousiasme de ses filles, y consentit enfin. La première étape du stratagème de Cerneuf avait réussi, mais la partie n'était pas gagnée.

Ils se retrouvèrent dehors. Cerneuf se sentait un peu endimanché avec la cotte de belle toile de laine que lui avait offerte son grand-père pour l'occasion. Avec ses livraisons, Cerneuf avait toujours un but bien défini et guère de temps à perdre ; il n'avait pas l'habitude de déambuler ainsi sans autre prétexte que celui de humer l'air ou d'écouter les oiseaux.

– Si nous allions jusqu'à Notre-Dame, proposa-t-il cependant très vite, car le temps passait. Êtes-vous déjà allées sur le grand chantier ?

Dame Lucie, encore une fois, céda aux assauts de ses filles, qui piaillaient autour d'elle. Cerneuf les trouvait insupportables. Affirmant son rôle d'aînée, Séverine marchait à côté de lui, laissant ses deux sœurs avec leur mère.

– Il faut prendre la planche Mibray, dit Cerneuf, heureux de voir se dérouler le plan de Marie de la meilleure manière.

Très gaie, Séverine riait de tout. Elle n'avait plus rien à voir avec la jeune fille prude assise sur le lourd banc de chêne. Cerneuf l'observait, amusé. Quand ils arrivèrent enfin, il avait oublié la « petite prune verte », mais l'image de Rebecca vint danser devant ses yeux et une petite voix lui murmura : « Cœur étoile filante ».

– Pourquoi toute cette agitation ? interrogea dans son dos dame Lucie.

– C'est le roi… Il vient parce que sa statue va être installée là-haut, répondit-il aussitôt à la femme dubitative et soucieuse.

Le garçon ne se moquait-il pas d'elle ? Verraient-elles bien le roi ? Elle se méfiait. Elle savait que son père « faisait l'artiste », un métier bien inférieur à celui de boucher.

Agacée, elle dit à ses filles :

– Il est temps de rentrer.

– Ah non, répliqua Séverine. Moi, je veux voir le roi.

Le ton était péremptoire. Dame Lucie se tordit la bouche.

Le rouge dont elle avait eu soin de la rehausser sembla soudain terne.

– Place, place ! cria un sergent. Voilà le roi !

Prise au piège, la mère saisit ses deux cadettes par la main. Cerneuf remarqua alors que sa fine ceinture de cuir assortie à l'aumônière devait venir de l'échoppe de Marie. Cela le fit sourire. Séverine se pendait à son bras, en se dressant sur la pointe des pieds pour apercevoir le roi.

Le « mal peigné », comme l'appelaient certains, bien que l'âge eût clairsemé sa chevelure broussailleuse et hérissée d'épis, fit son apparition. Lucie connaissait frère Guérin qui venait parfois à l'étal Esserent. Elle n'avait jamais vu le roi d'aussi près, sauf lors de son retour triomphal de Bouvines, mais il était alors à cheval au milieu de sa troupe. Là, il était habillé comme son mari, même peut-être plus simplement, avec une cotte de laine grossière oscillant entre le gris et le brun. Il lui faisait penser à ces paysans de bonne souche qui venaient parfois discuter les prix du bétail à l'étal, dont maître Esserent vantait la finesse et les qualités de négociateurs.

Le roi était maintenant au pied de la façade. N'y résistant pas, Cerneuf s'était avancé. Séverine s'était glissée derrière lui avant même que sa mère n'ait pu faire un geste pour la retenir.

Les chanoines, l'évêque, Hugo le maître d'œuvre et Robert accueillirent Philippe Auguste. Devant eux, soutenue par des cordes, tel un gisant massif, la statue, qui par précaution avait été enveloppée d'un drap de chanvre, attendait. Deux ouvriers étaient prêts à actionner le treuil qui permettrait l'ascension de la première partie.

Le roi se pencha sur son effigie, lui tapota le visage et fit un geste de la main vers le ciel. C'était le signe qu'attendaient les ouvriers zélés. Hugo dirigea la manœuvre avec attention. Il avait perfectionné l'engin de levage sur les conseils de Villard de Honnecourt, revenu sur le chantier parisien depuis quelques jours. Arc-boutés, les hommes serraient les dents en enroulant la corde autour de la grosse poulie. Ils étaient aidés par un troisième larron qui actionnait la roue de l'intérieur. Suspendue dans l'air, la statue était impressionnante ; elle arriva bientôt à un palier intermédiaire où elle fut réceptionnée par deux manœuvres qui la déposèrent délicatement sur l'échafaudage. Un deuxième treuil prit le relais pour la faire accéder au niveau où elle serait installée.

Au sol, chacun retenait son souffle. La tension était palpable. Robert essuya nerveusement d'un revers de manche la sueur qui perlait à son front. Quand la statue fut enfin posée sur la bonne plate-forme, il y eut comme une détente, même s'il fallait encore la mouvoir pour qu'elle rejoigne son emplacement définitif. Les ouvriers étaient aussi costauds qu'adroits. Hugo avait choisi les meilleurs pour cette tâche un peu particulière.

Robert vit le roi se masser le cou, comme si la position de sa tête tendue vers le haut l'avait rendu douloureux.

– Voilà ! dit Hugo en soupirant d'aise.

– Elle ne peut pas tomber ? interrogea le roi soudain inquiet. Imaginez qu'on me retrouve au sol en mille morceaux ! Un roi fracassé… Mes ennemis n'y sont pas arrivés, mais ici à Paris, à deux pas de mon palais, vous auriez grande responsabilité…

Hugo et Robert esquissèrent un sourire figé ; nul ne pouvait envisager une telle issue. Mais le roi ne plaisantait pas. Aussi, quand il demanda s'il pouvait monter lui aussi, les chanoines et l'évêque, pris de court, ne purent qu'accepter.

– Nous allons vous accompagner, dit aussitôt Hugo en se précipitant vers l'échelle qui accédait au premier palier. Je vous montre le chemin. Maître Robert nous suivra.

– Et vous, Guérin, venez voir notre royaume depuis ces hauteurs ! commanda le roi, ravi, qui avait déjà gravi quelques échelons.

Déclinant l'invitation, le conseiller spécial soupira. Il avait le vertige dès qu'il s'élevait à une toise au-dessus du sol. Le prélat de Paris hocha la tête. Lui non plus ne tenait pas à ce genre d'expédition. Promettre le ciel à ses ouailles certes, mais s'en rapprocher ainsi était une autre affaire. Aucun des chanoines ne souhaita tenter l'ascension.

Seul Léonard l'entreprit, autant par bravade que par habitude. Lui, il avait coutume de monter sur les échafaudages pour achever certains détails après la pose. La façade, avec ses multiples ornements, l'avait obligé à cette pratique, car la fragilité de la pierre empêchait parfois la finition de certains décors à terre.

Cerneuf regarda le rival de son père grimper sur l'échelle. Séverine babillait près de lui, mais il n'écoutait rien, les yeux rivés sur le roi, comme beaucoup de ceux qui attendaient au milieu des engins et matériaux. Il ne vit pas arriver Loup, sorti de la loge, attiré par le spectacle. Il entendit seulement :

– C'est toi, la nouvelle fiancée de Cerneuf ? Il n'a pas mis longtemps à remplacer Rebecca.

Interrogative, Séverine regarda Loup qui ajouta aussitôt :

– Il ne t'a rien dit, le puceau ? Enfin, quand je dis puceau… Ce n'est pas un garçon à épouser, il a une fiancée dans chaque rue, la patenôtrière, la Juive…

– Tais-toi ! hurla Cerneuf.

Séverine se faufila en douceur entre les gens attroupés qui s'étaient tus soudain. En un instant, elle fut près de sa mère :

– Partons ! dit-elle en prenant la main de la plus jeune de ses sœurs qu'elle entraîna vivement en direction de la rue Notre-Dame.

– Voilà le roi ! cria une voix forte.

Cerneuf serra les poings contre sa poitrine. Son cœur battait fort et le sang cognait à ses tempes. Loup avait déjà fui dans la loge.

– La vue est belle ! proclama le souverain, visiblement heureux de son escapade dans les hauteurs. Guérin, il faudra envisager de refaire les toits du palais, ils font assez misérables.

Le conseiller opina de la tête. Même si chaque roi apportait quelques améliorations au palais, le logis n'avait pas été remanié depuis l'époque du grand-père de Philippe Auguste qui avait aussi bâti la Grosse-Tour.

Quelle ne fut pas la surprise de Guillaume Guerry de voir maître Esserent arriver de bon matin à l'étal et de fort méchante humeur. Ne s'étaient-ils pas accordés la veille sur bien des points à propos de ce mariage que tous les deux appelaient de leurs vœux ?

– Maître Guerry, commença le confrère, les deux poings sur les hanches, tu m'avais habitué à charrier droit, comme on dit chez moi, pas à tromper ton monde…

– De quoi parles-tu ? l'interrompit aussitôt Guillaume Guerry, interloqué par sa sortie.

– Ne me prends pas pour un larron qu'on fait courir après des proies qui n'existent pas !

– Si tu veux bien m'éclairer…

– Pas besoin de chandelle, tu dois bien avoir quelques lueurs dans ta tête.

– Je ne comprends rien, il y a longtemps que je suis allé à l'école des chanoines.

– Ton petit-fils…

– Mon petit-fils ? Lequel, d'abord ? J'en ai trois chez Prudence et deux chez Marie.

– Coquefredouille, tu ne vois pas de qui il s'agit ? Ce Cerneuf que tu m'as amené hier pour le marier avec ma fille, il est déjà fiancé !

Maître Esserent avait haussé le ton. Guillaume Guerry inspecta l'étal où profitait de la dispute la servantaille, comme il appelait ses employés, un mot où se mêlaient intimement affection et mépris.

– Le gredin est déjà engagé et tu voulais qu'il épouse ma sotte caillette, foutredieu ! Tu t'es bien moqué de moi.

Guerry savait que, lorsqu'il était en colère, son confrère usait d'un vocabulaire imagé, parfois même grossier. Il en rajouta :

– Ta sotte caillette, hum, elle culetait[1] hier pour exciter mon puceau... en faisant aller sa cotte d'un côté et de l'autre.

Malgré sa corpulence, il esquissa le mouvement qui prit un tour évidemment ridicule.

– Puceau, puceau...

– Mais qui t'a mis cette histoire dans la tête, par la lance de saint Jacques ?

– Ma femme et ma fille ont appris la chose de la bouche de ton autre petit-fils, le gnome...

– Le possédé qui raconte n'importe quoi ?

Guillaume s'étrangla presque de fureur. Il devint rouge, s'agrippa au banc posé contre le mur, au-dessus duquel étaient suspendues de belles pièces de viande, et tomba de tout son long sur les carreaux de terre cuite.

Sidéré, maître Esserent pencha sa haute taille vers son confrère.

– Ne restez donc pas là planté... Vous voyez bien que vous l'avez tué, dit une servante qui s'agenouilla près de son maître.

Arrivé juste à cet instant, Cerneuf se précipita à son tour.

1. Rouler des hanches.

– Gredin ! lança maître Esserent pour se donner une contenance avant de gagner la rue où la nouvelle du malaise du maître boucher se répandait à une vitesse sidérante.

– Je cours chercher Odilon, dit dans son dos Cerneuf qui eut vite fait de dépasser le responsable du malheur.

Il n'avait rien compris aux événements, mais voir son grand-père ainsi à terre l'avait mis sens dessus dessous.

– Ton frère, je voudrais commencer par lui faire un emplâtre pour diminuer ses humeurs nocives…

Si Odilon écoutait toujours avec attention son maître, il était dubitatif sur ce projet qui différait l'usage de la tréphigne, une fine lancette qu'il caressait souvent, parmi les outils disposés sur les étagères. Il restait persuadé que c'était la seule solution pour extirper le mal de la tête de Loup.

Selon son habitude, le barbier-chirurgien souhaitait prendre son temps et étudiait toutes les possibilités. Il s'était lentement pris au jeu. S'il n'avait pas voulu entrer tout de suite en concurrence avec l'Église, la décision du possédé de ne plus recourir au secours du chanoine chasseur de démons lui laissait le champ libre. Les querelles entre clercs et médecins le faisaient sourire, mais ne l'empêchaient pas d'agir. Leur dégoût du sang l'amusait, leur opposition à la dissection, seule méthode pour faire avancer la connaissance du corps humain, l'ennuyait, comme beaucoup. Il n'en éprouvait pas pour autant un moindre respect pour la personne humaine et Odilon en était témoin chaque jour ; il déployait beaucoup d'efforts et d'astuce pour soulager les malades.

Victor n'ignorait pas non plus que l'influence de la médecine arabe, depuis plus d'un siècle, confortait la méfiance des clercs, comme s'ils craignaient que, par la science, leur religion n'entre dans le royaume. Mais comment ignorer les progrès de la médecine en Occident grâce à ces « mécréants », comme les nommaient certains, surtout les clercs ? Le barbier lui-même avait été nourri de l'enseignement d'Avicenne, mais était surtout adepte d'Abulcasis[1], dont l'ouvrage relatif à la chirurgie *Al-Tasrif* lui avait ouvert des horizons sans fin. Épilepsie, dislocation de l'épaule, extraction de flèche, hémorragie soignée par compression et cautérisation, trépanation…

Il lui plaisait assez que les Arabes répètent volontiers, comme le prophète Mahomet : « Si Dieu a créé la maladie, il a aussi créé le remède. » Une attitude à l'opposé de celle de l'Église qui voyait dans la maladie une punition divine. Victor n'entendait pas se laisser voler son mérite quand les clercs concluaient hâtivement qu'une guérison ne pouvait être due qu'à l'intervention du ciel. Une manière d'enlever son crédit au barbier-chirurgien.

– À défaut de chasser le démon au cours d'une cérémonie dans le chœur de leur cathédrale, ils vont inciter ton frère au repentir, à la pénitence, voire à un pèlerinage…, murmura-t-il soudain, ce matin-là, en préparant les ingrédients de l'emplâtre destiné à Loup.

La recette venait justement d'Avicenne qui avait répertorié près de huit cents poudres, potions, emplâtres, drogues ou sirops. Une vie ne suffirait pas à les essayer !

Odilon, qui ajoutait régulièrement, sur l'injonction du maître, de la fleur de farine au mélange de giroflier, de cannelle et de noix muscade, s'esclaffa. Il n'imaginait pas une seconde son frère se pliant à des exigences religieuses.

– Vous ne le connaissez pas !

Odilon profitait avec joie des réflexions de son maître sur la maladie de son frère et il espérait toujours qu'on puisse extraire physiquement le mal de Loup.

---

1. Avicenne (980-1037), Abulcasis (mort en 1013). Ce dernier aurait inventé l'alambic.

– Regarde celui-là ! ronchonna soudain Victor en lâchant son pilon et en se précipitant dehors.

Il avait été devancé par son voisin apothicaire-épicier qui, comme lui, faisait la chasse à ceux qu'ils appelaient avec mépris les « coureurs », des hommes sans savoir, vendeurs d'herbes miraculeuses et concurrents malhonnêtes. L'homme détala, sa hotte ballottant dans son dos.

C'est à cet instant qu'arriva tout essoufflé Cerneuf.

– Je n'ai rien commandé, s'étonna Victor.

– C'est mon grand-père, il est tombé…

Quelques instants plus tard, ils arrivaient à l'étal. Guillaume Guerry avait vaguement repris ses esprits.

– Il dit n'importe quoi, observa la servante qui ne l'avait pas quitté et avait même essayé de lui faire boire un peu d'eau.

Odilon l'observa, effaré. Son grand-père qui disait n'importe quoi, c'était inimaginable pour lui.

– Apoplexie, murmura Victor.

Il avait appris ce mot du grand Abulcasis mais, en prenant le pouls du malade, il suivait plutôt les leçons très profitables d'Avicenne sur le sujet.

– Déjà, s'il parle, c'est bien ! On va le mettre sur son lit, ajouta-t-il.

Victor ordonna aux deux garçons de transporter le malade dont la stature imposante pesait son poids. Ils bataillèrent dans l'escalier étroit et parvinrent enfin dans la petite pièce qui servait de chambre au boucher.

Une fois installé entre les courtines de velours bleu délavé qui devaient dater de leur grand-mère, la tête soutenue par de gros coussins, Guillaume Guerry parut reprendre quelques couleurs. Avec beaucoup d'attention, Victor lui fit mouvoir les jambes et les bras en l'interrogeant doucement :

– Vous avez eu une contrariété, une émotion ? Une grande colère qui a provoqué le bouillonnement du sang ?

Là, tous comprirent que le malade allait aussi bien que possible. Certes, les mots se bousculaient un peu dans sa bouche et la voix était faible, mais il avait tous ses esprits. Les noms de Cerneuf et de Loup revenaient sans cesse dans un discours dont Odilon ne saisissait pas tout le sens.

– Calmez-vous ! dit alors Victor. Je vais vous faire une saignée légère, vous êtes un peu sanguin. C'est votre petit-fils qui va la pratiquer…

Odilon frémit. Il s'était, jusqu'à présent, contenté d'observer son maître en train d'officier.

– Il va me tuer ! répliqua aussitôt Guillaume Guerry, une lueur malicieuse dans l'œil.

– Mais non, tout va bien se passer. N'oublie pas la cendre !

Odilon recueillit dans la cheminée, qui n'était pas allumée, les cendres nécessaires pour se laver les mains. Maître Victor était très strict sur l'hygiène. Puis le garçon se saisit d'un stylet à la pointe fine. Sa main n'était guère assurée.

– Ce n'est pas le moment de trembler, murmura le maître à qui rien n'échappait.

Guillaume Guerry l'encouragea du regard et dit :

– Allez, ce n'est pas un agneau, ce n'est que ton grand-père !

Cerneuf sourit. L'allusion était claire.

– Vous allez vous sentir tout de suite mieux, annonça Victor quand il vit le sang enfin couler dans le petit bassin disposé à cet effet.

Quelques instants plus tard, le chirurgien-barbier satisfait dit :

– C'est fini, un peu de vin au miel, de la viande épicée et un petit somme.

– Et je pourrai me lever ?

– Je n'ai pas dit cela, répondit mystérieusement Victor.

23

Un petit groupe de femmes s'approcha de la loge où Robert avait commencé la grande figure du Christ qui bénirait sa Mère dans le dernier tympan de Notre-Dame. La forme en était largement esquissée par des lignes de contour que soulignaient des trous réalisés au trépan ; les parties les plus saillantes étaient ébauchées, restait à préciser les plans intermédiaires, le plus délicat pour l'imagier. Tout près, Loup poursuivait avec passion des créations échappant au contrôle de son père, mais d'une qualité toujours inégalée. Autour de lui, dans un désordre qu'il maîtrisait parfaitement, les outils attendaient qu'il les saisît de sa main gauche nerveuse et qu'il leur donne vie. Le marteau-pioche, le maillet, le ciseau à dents ou tranchant droit, le trépan, les gouges, aucun n'avait plus de secret pour lui. Il évidait les creux, fouillait un drapé ou abattait une arête avec une dextérité remarquable.

– Diabolique, murmurait parfois Robert en détaillant le résultat.

Il était admiratif. L'imagier se souvenait du temps qu'il avait mis à maîtriser cette pierre tendre bien différente de celle qu'il avait taillée dans son pays, lors de son apprentissage. Rien ne rebutait Loup, comme s'il avait toujours su. Dans une autre vie ? s'interrogeait parfois son père, non sans angoisse.

Alertés par un léger bruissement de tissu soyeux, les deux sculpteurs quittèrent des yeux leur ouvrage pour découvrir la reine Ingeburge et la princesse Blanche, accompagnées de quelques dames et damoiselles. Elles formaient un tableau charmant, les tons de leurs cottes offrant une palette de couleurs si chatoyantes que Robert en vint soudain à regretter de ne pas être peintre.

– Maître, nous avons découvert le roi là-haut, dit aussitôt Ingeburge dont les cheveux blonds se mêlaient désormais intimement de mèches blanches.

– Et alors ? questionna Robert avec un sourire éclatant.

Il avait toujours du plaisir à présenter ses œuvres et surtout à recueillir les avis de sa clientèle. Ingeburge et son accent venu d'ailleurs l'amusaient. Innocente, parfois puérile, avec une lueur mystérieuse dans le regard, elle ne ressemblait à personne.

– Très bien, dit la reine, très bien. Ma vue déclinante m'empêche d'apprécier les détails, mais il fait grand effet. Enfin, ce sera mieux quand il ne sera plus seul.

– Son père sera bientôt prêt, répliqua Robert en désignant la longue pierre au fond de la loge qu'il recouvrait d'un drap de chanvre quand il n'y travaillait pas.

Blanche s'était précipitée et en souleva un pan en observant, perplexe, l'effigie dont les contours dessinés à l'aide du marteau-pioche attendaient encore le façonnage des détails :

– Mais lui, vous ne l'avez pas connu !

– Non, c'est vrai, convint Robert. À part le roi, aucun ne sera contrefait à vif. À moi de varier les physionomies. Les barbes, moustaches et cheveux offrent de nombreuses possibilités. Les yeux peuvent être plus ou moins bridés ou rapprochés, les nez plus ou moins forts, les bouches lippues ou pas... De même pour les vêtements et les attributs qu'ils arborent.

Blanche parut convaincue, puis fronça les sourcils qu'elle avait très sombres mais bien dessinés au-dessus de paupières ourlées de longs cils noirs.

– Vous ferez mon mari ?

– Il n'est pas encore roi, répondit Robert. Mais, si je suis toujours en vie au moment de son sacre, oui. Comme les autres, il aura sa place là-haut !

Il n'osait avouer qu'il avait déjà réalisé un dessin du prince dont les traits réguliers qu'il tenait de sa mère, selon la rumeur, se prêteraient à une belle effigie.

– Que Dieu prête vie encore longtemps à notre roi ! s'empressa cependant de dire la princesse dont on connaissait le grand cœur et qui n'aurait pas voulu qu'un témoin malveillant aille rapporter son impatience à Philippe Auguste.

D'autant plus qu'elle goûtait fort son état de princesse qui lui laissait quelque liberté, même si elle passait le plus clair de son temps enceinte loin de son mari absent pour cause de guerre. Elle serrait contre elle son dernier-né, Robert, dont son père avait à peine eu le temps de faire la connaissance puisqu'il était parti en Angleterre pour y obtenir la couronne royale. Une aventure qu'elle réprouvait, mais les affaires entre les deux royaumes étaient si sensibles et périlleuses, et son beau-père était si résolu et ambitieux depuis la victoire de Bouvines que les choses n'eussent pu aller autrement.

– Nous venons voir aussi le travail de votre apprenti dont toute la ville parle, dit Ingeburge qui s'amusait fort des paroles de sa belle-fille.

Loup la regarda. Son rictus s'accentua soudain.

– Vous venez voir le Gaucher du diable…

Pour toute réponse, Blanche et Ingeburge sourirent à l'unisson. Instinctivement, toutes les deux avaient avancé la main vers le visage que modelait Loup, tout en délicatesse.

– Prenez garde, dit-il aussitôt en suspendant sa main. Je pourrais vous blesser.

– La pierre est si douce, dit Blanche dont les doigts s'attardèrent tout de même sur le bloc de calcaire clair.

– Ce n'est pas un ange pourtant ! assura Loup enhardi. Ses yeux s'étaient posés sur la gorge appétissante de la princesse dont les seins s'étaient épanouis au fil de ses maternités.

– Il n'y a pas que des anges dans la vie ! répliqua celle-ci en riant. Le bien et le mal se partagent le monde, non ?

Ce fut à cet instant qu'arrivèrent Odilon et Victor.

– Grand-père a eu un malaise avant sexte, annonça Odilon.

– Il est mort ! répliqua Loup dont les traits s'étaient soudain durcis.

– Oh, paix à son âme, dit aussitôt Ingeburge en se signant d'un geste rapide.

– Madame, n'allez pas si vite en besogne…, intervint Victor. Notre homme en a réchappé. La médecine ne fait pas de miracles, mais a quelques tours dans son sac. Il ne rejoindra pas encore son épouse.

– Blanche, si nous voulons passer chez notre patenôtrière, il est temps de partir. Je ne courrai pas derrière Opportune jusque dans son jardin comme la dernière fois. Votre folie de colliers ne m'entraînera plus là-bas ! Allons…

Victor attendit que la reine et ses suivantes aient disparu pour intervenir. Robert buvait à la régalade le contenu d'une petite outre de cuir dont lui avait fait cadeau Marie qui lui avait rendu visite récemment.

– Loup, j'ai préparé un emplâtre pour toi…, dit doucement Victor à qui l'expérience avait appris la prudence.

Il savait qu'il ne devait pas brusquer son patient.

– Un quoi ? questionna Loup dont la méfiance semblait déjà éveillée.

– Tu sais que tu as besoin de soins pour guérir tes crises…

– Mon travail me soigne…, répliqua Loup. La dernière pleine lune ne m'a rien fait.

Il regarda son père qui confirma son allégation.

– Il paraît que tu ne veux plus des chanoines, ce que je comprends, mais la médecine a sûrement des solutions pour toi.

– Vous me guérirez de ma méchanceté ? Et de tout ce malheur que j'ai infligé à mon pauvre frère jumeau ? Et si j'étais guéri, vous croyez que je pourrais retrouver Gudule ?

Odilon frémit. Lui aussi pensait souvent à Gudule et, certains soirs, il rêvait même d'aller la chercher à Bouvines. Mais qu'était-elle devenue ? Le temps passait et son père ne lui avait-il pas révélé qu'elle était déjà mariée là-bas ?

Victor avait pris le temps de la réflexion avant de répondre :

– Je peux essayer de te guérir. Pour le reste, c'est ton affaire ! J'ignore ce que tu as fait à ton frère, mais tu auras toujours la possibilité d'aller lui dire tes regrets.

– Non, le diable ne regrette rien…, rétorqua Loup qui se balançait d'une jambe sur l'autre.

Ses yeux avaient cette brillance que Robert connaissait bien. Celle des crises et, en effet, quelques instants plus tard, il commença à respirer fort, à baver puis se jeta à terre.

– J'en ai assez de vos bondieuseries…

Comme toujours, les ouvriers, pourtant habitués, se massèrent avec curiosité autour d'eux. Soudain, il perdit connaissance et s'écroula devant la porte de la loge qu'il obstrua. Quelques convulsions agitèrent encore le corps pataud et contrefait. Victor s'agenouilla près de lui et lui parla doucement. Loup ouvrit des yeux vitreux, cligna des paupières, parut mâchonner quelque chose, laissa pendre sa langue et échapper un long filet de bave.

Puis des mots arrivèrent. Inarticulés, décousus…

– Que dit-il ? interrogea Odilon. On dirait du grec.

Il ne connaissait pas cette langue, mais Denis, son ami grec, l'avait parfois bercé de ces consonances bien particulières.

– C'est du grec, que je sois damné si ce n'est pas du grec ! confirma derrière lui le chanoine Gontier qui venait d'arriver. Voilà encore une preuve de sa possession ! A-t-il jamais étudié le grec ?

Le clerc avait levé le ton, criant presque cette dernière phrase à la cantonade. Odilon fit un geste de dénégation.

– Le don des langues, la voilà bien, la marque infaillible du diable, reprit le chanoine en initiant de manière ostentatoire un large signe de croix que certains dans l'assistance imitèrent.

Les mots se bousculaient toujours dans la bouche tordue de Loup, dont les yeux étaient exorbités.

– *Polis, thalassa, basileus*…

Puis sa respiration, très bruyante, commença à s'apaiser.

– Je les ai vus…, dit Loup, cette fois de façon intelligible. Au feu, au feu ! Où est l'homme en rouge qui m'a sauvé ? Et ma mère ? Et Arnolda ? Elle ne doit pas m'abandonner.

Impressionné, Odilon interrogea Victor du regard.

– Maladie de saint Jean, murmura le chirurgien-barbier.

– Pourquoi saint Jean ? demanda le chanoine Gontier qui s'était faufilé au premier rang.

– Ce n'est pas à vous que je vais apprendre cette histoire, répondit Victor qui s'était relevé. Vous vous souvenez de la danse des sept voiles de Salomé qui voulait obtenir la décapitation de saint Jean, seule capable de faire cesser le mal ?

– Vos remèdes sont brutaux, plus que les nôtres, ironisa le chanoine.

– Que croyez-vous, je ne vais tout de même pas couper la tête de ce garçon ! protesta Victor en prenant à témoin les ouvriers encore là, beaucoup étant déjà retournés à leur ouvrage sous la pression du maître d'œuvre Hugo qui avait accouru de sa loge.

– Mais je ne veux pas de votre maladie de saint, dit alors Loup dont l'œil était redevenu plus vif. Moi, mon ami sera toujours le diable… Je l'ai vu au milieu des flammes, avec sa grande fourche.

– Oui, c'est pour cela qu'il faut le chasser ! insista le chanoine en soupirant.

– Donnez plutôt sa chance à la médecine, répondit Victor en aidant le garçon à se remettre debout.

– Qu'est-ce que j'ai dans les doigts ? interrogea Loup. Vite, donne-moi mon ciseau.

Robert lui tendit l'instrument. Les mains de Loup tremblaient.

– Que m'arrive-t-il ? J'ai mal…, murmura-t-il en laissant tomber l'outil qui tinta sur le sol.

– C'est normal, répliqua Victor avec autorité. Je t'emmène pour te soigner.

Robert regardait le spectacle, consterné. En finirait-il jamais avec Loup ?

Encore une fois, l'imagier se sentait si las. C'en était trop pour lui et seul le contact avec la pierre qu'il travaillait lui rendit quelque sérénité.

Un peu plus tard, le chanoine Gontier vint commenter les événements :

– Les doigts qui tremblaient, avec des fourmillements, c'est encore un signe diabolique. Je ne crois pas que la médecine soit la solution…

Robert le regarda et répondit en esquissant un léger sourire :

– Ne pensez-vous pas que tout doit être tenté ?

Le clerc hocha la tête, puis passa la porte de la loge sans mot dire. Robert le vit se hâter vers la cathédrale et y pénétrer par le portail du Jugement dernier. Les vêpres sonnaient. La journée serait bientôt finie. Robert soupira. Abandonnant le Christ destiné au dernier tympan, il découvrit la statue du roi Louis, le père de Philippe Auguste. Le nez et le front étaient tout juste dégagés au ciseau. Seul ce grand dessein pouvait lui redonner un peu d'énergie. Doucement, il attaqua l'arcade sourcilière qui prit délicatement forme.

Loup s'était montré docile. Allongé sur le large banc qui accueillait les malades, il avait accepté qu'Odilon pose l'emplâtre sur son front et le sommet de son crâne.

– Il va sécher, avait dit Victor en le modelant de ses doigts agiles. Cela formera comme un casque. Tu vas dormir. Nous te veillerons, Odilon et moi.

Très calme, Loup avait paru résigné. Victor savait que la crise avait dû laisser des traces et qu'il devrait dormir. Il lui avait fait absorber une potion à base de laitue, associée à des clous de girofle et de la cannelle, dont il avait le secret. Le malade s'était très vite assoupi.

Sur le pas de la porte ouverte pour renouveler l'air, principe auquel Victor était très attaché, Odilon regardait décliner le jour et les bruits de la ville. Les crieurs des rues regagnaient leur maison, sans plus se soucier de susciter des envies chez d'éventuels clients. Les bateliers effectuaient une dernière traversée avant la nuit noire ou attachaient solidement leur barque car les flots de la Seine n'étaient pas encore apaisés.

De l'une d'elles sauta soudain Arnolda. Elle vint à la rencontre d'Odilon. Son batelier, resté au bord de l'eau, était l'homme vêtu de rouge. Derrière elle apparurent les gueux.

– Que voulez-vous faire à Loup ? demanda-t-elle.

Sa cotte rouge, largement fendue à l'encolure, laissait voir une gorge ridée où le temps avait fait son œuvre. Les poings sur les hanches, elle considérait Odilon, l'œil méchant. Les gueux trépignaient autour d'un géant dont le bliaud trop court découvrait d'énormes genoux cagneux.

– Que se passe-t-il ? s'enquit Victor dans le dos d'Odilon.

– Nous voulons savoir ce que vous faites à notre ami..., répondit Arnolda en lissant d'un geste nonchalant et aguicheur la chevelure très noire qui lui descendait jusqu'aux reins.

– Le soigner, simplement, répliqua Victor en désignant l'enseigne suspendue près de la porte.

Sur le fond rouge rappelant le sang figuraient des bandages blancs et un bâton bleu, celui que les patients devaient serrer pour faire gonfler leurs veines.

– Où est-il ?

– Il dort !

Victor était parfaitement calme.

– On peut le voir ?

Elle avait déjà bousculé Odilon, qui n'était pas de taille à résister à cet assaut de furie, et s'était précipitée dans la petite salle voûtée où une seule chandelle entretenait une douce lumière propice au sommeil.

Derrière elle, Victor était parvenu à bloquer les gueux en fermant brutalement la porte.

– Que voulez-vous ? interrogea-t-il avec impatience. Vous allez réveiller Loup...

– L'emmener ! Ah, voilà l'objet que je cherchais.

Malgré la pénombre, elle fonça droit sur la tréphigne et la brandit.

– Vous n'allez pas lui ouvrir la tête, quand même ? cria-t-elle en agitant la fine lame dont le manche était constitué par trois anneaux permettant une bonne prise en main.

Hors de lui, Victor se jeta sur elle, récupéra l'instrument. Projetée à terre, la sorcière vociféra :

– Loup nous appartient. Ni vos chanoines, ni vous, les chirurgiens, vous n'y toucherez.

La porte s'ouvrit alors. L'homme en rouge franchit le seuil de l'échoppe, la saisit sous les aisselles et la remit debout avec vigueur. La poussant dehors, il se retourna et lança un petit paquet qui tomba aux pieds d'Odilon.

– N'hésitez pas en donner à votre malade, cela complétera vos potions.

Dehors, les gueux s'impatientaient. Un chat noir profita de l'affolement général pour se glisser à son tour dans la salle. Odilon l'attrapa et le mit dehors.

Le calme revint enfin. Victor ouvrit la minuscule aumônière serrée par une ficelle de chanvre et huma.

– Pouah, du cannabis ! Et elle voudrait que j'en donne à Loup pour qu'il ait encore des hallucinations…

Odilon ouvrait de grands yeux.

– Du cannabis ?

Il n'avait encore jamais entendu ce mot étrange.

– C'est de la graine de chanvre que les Arabes utilisent pour remplacer l'alcool, un produit interdit par l'Église. Tu en prends et tu ne sais plus où tu es, ni qui tu es… Le commerce des sorcières y trouve son compte ! Surtout que, quand tu commences à en prendre, tu ne peux plus t'en passer… Va me jeter cela au fleuve !

24

Victor n'avait pas osé faire « sortir le diable » de la tête de Loup. Il avait pourtant caressé la tréphigne de sa main experte une partie de la nuit, cherchant la meilleure manière de l'utiliser. Odilon avait insisté mais, découragé et déçu par les hésitations de son maître, il avait laissé partir son frère. Celui-ci avait finalement passé une nuit tranquille en dépit de quelques cauchemars. Il avait crié : « Sabbat, sabbat ! » puis parlé :

– Des tonneaux de vin, le diable trône au milieu, Arnolda, Arnolda…

Il ne se souvenait plus de rien. Il ne savait même plus où il était quand il ouvrit enfin les yeux. L'emplâtre sur sa tête, qui s'était délité et avait chu sur les carreaux de terre vernissée couvrant le sol, l'avait surpris.

– Qu'est-ce que c'est que ça ? avait-il dit d'un ton dubitatif.

Puis, ouvrant la porte brusquement, il avait fui. Certains auraient pu dire vers son destin. En effet, alors qu'il se dirigeait vers le Petit-Pont, rue de la Bûcherie, il aperçut un attroupement. Au milieu, une femme appelait au secours :

– Sauvez-le, je vous en supplie.

Loup reconnut Opportune et mesura aussitôt la situation. Son enfant était dans une mare d'eau, heureusement calme, isolée des flots du fleuve gonflés par les pluies de la semaine précédente.

– Moi, je ne veux pas me noyer, disait un homme dont Opportune tirait la manche.

En un instant, Loup se trouva à côté de la mère larmoyante.

– Mon petit, il est là…, dit-elle.

Scrutant la scène d'un œil vif, rapide dans ses décisions et astucieux comme il pouvait l'être, Loup cria aussitôt :

– Faites la chaîne, donnez-vous la main. Toi, tu t'accroches à ce pieu.

Il désigna l'un des nombreux piquets de bois auxquels les bateliers attachaient leurs barques le soir. Ce point fixe ferait l'affaire.

Immédiatement, le petit groupe obéit et se mit en action pendant que Loup, retenu par celui qui avait dit un instant plus tôt ne pas vouloir se noyer, lui-même donnant la main à un autre et ainsi de suite, descendait dans l'eau. Très vite, il fut près de l'enfant dont il attrapa le bras. Il l'attira à lui, le serra contre lui. Instinctivement, la chaîne humaine recula, opérant le mouvement nécessaire pour ramener l'enfant et son sauveur sur la terre ferme.

Les yeux embués de larmes, Opportune retenait son souffle mais, quand l'enfant fut posé devant elle, elle hurla pour exhaler toute son angoisse. Le petit Benoît semblait inerte.

– Cours chercher le chirurgien Victor, commanda Loup. Toi, aide-moi ! On va le prendre par les pieds et le secouer…

Joignant le geste à la parole, il s'était déjà saisi des petites jambes de l'enfant comme il l'aurait fait d'un bloc de pierre, avec cette force surprenante qui laissa l'assistance bouche bée. L'enfant cracha de l'eau et toussa.

– Que se passe-t-il ? interrogea Victor arrivé en toute hâte.

– L'enfant est tombé à l'eau. Loup l'a sauvé, dit une femme en hochant la tête.

– Sauver, murmura Loup en ouvrant grands ses yeux où les paillettes dorées brillaient d'une nouvelle lueur.

Le petit Benoît se mit alors à hurler, rassurant tout le monde. Il était bien vivant. Terrassée par l'émotion, sa mère s'évanouit. Une femme interpella Victor :

– Occupez-vous d'Opportune ! Il ne manquerait plus qu'elle passe sans savoir que son petit va bien.

Loup restait les bras ballants. Il avait froid. Il enleva soudain son bliaud et le jeta à terre, offrant son buste velu à la vue des curieux venus s'agglutiner comme chaque fois qu'un événement se déroulait dans un voisinage proche.

Opportune ouvrit un œil. Son premier regard fut pour Loup auquel le regrattier de la rue de la Bûcherie apportait des vêtements secs.

– Que fait-il ici ? interrogea Opportune en se redressant, les yeux écarquillés.

– Il a sauvé ton fils ! répondit une voix féminine, la ramenant tout à fait dans le monde des vivants.

Un homme lui tendit l'enfant qu'elle serra contre elle.

Elle vit Odilon aider son frère à revêtir un bliaud sec. Il lui passait la main dans le dos affectueusement.

– Je dois aller au chantier ! dit Loup précipitamment.

Mais Opportune, qui s'était relevée, le retint par la manche et chuchota :

– Merci !

Gêné, le garçon lui tourna le dos et partit à grands pas.

L'attroupement s'était réduit à quelques curieux désœuvrés. Victor vit arriver Arnolda. Que venait-elle faire ici ? Il préféra ne pas le savoir et engagea Odilon à rentrer rue Saint-Bernard où leurs clients devaient attendre.

– Vous croyez que votre emplâtre a eu de l'effet ? C'est bien la première fois que Loup fait une bonne action…

Victor observa Odilon quelques instants avant de répondre :

– Tu ne vas pas t'y mettre toi aussi. D'habitude, tu raisonnes mieux que cela. Nous sommes tous capables du pire et du meilleur ! Et même ceux dont on ne l'aurait jamais imaginé.

Il repensa soudain à Arnolda. Que manigançait-elle ? Cette question tempérait son optimisme.

Loup arriva surexcité dans la loge où Robert s'inquiétait. Après la crise de la veille, il ne pensait pas trouver l'apprenti à son poste.

– J'ai fait une bonne action, lança aussitôt le garçon. Peut-être que je pourrai dessiner des anges maintenant ?

L'imagier observa son fils. Il n'était pas rassuré mais quand Loup ajouta : « Où est le chanoine Gontier ? », il avoua sa perplexité :

– Pourquoi veux-tu le voir ? Tu sais que nous avons du travail et nous avons assez perdu de temps !

Le ton était sec. Déjà le ciseau de Robert poursuivait le drapé du Christ qu'il avait entamé tôt le matin. Les plis habilement concentriques, sans trop de régularité pour leur insuffler du naturel, prenaient forme.

Traversant la loge, Loup vint se poster devant lui :

– Il faut chasser ce démon qui me fait faire n'importe quoi !

À la porte de la loge parut Arnolda.

– Oui, ce matin, tu as fait n'importe quoi, mais ne l'oublie jamais, tu appartiens au diable !

– Pars, Arnolda ! hurla Loup. Je ne veux plus te voir, plus jamais !

Furieuse, la femme passa le seuil et esquissa un pas de danse. Un sein jaillit de sa cotte au milieu de ses longs cheveux noirs. Devant Robert, elle imprima des mouvements gracieux et ondulants à son corps dont les formes, malgré l'âge, étaient encore d'une sensualité envoûtante. Impressionné, l'imagier s'était saisi très calmement d'un parchemin posé sur une planchette de bois.

– Je la tiens, ma vierge folle, murmura-t-il d'un air gourmand, en ébauchant au charbon de bois une silhouette en quelques traits.

– Paroles, paroles, pauvre fou ! Le ciel te tombera sur la tête un jour et tu seras bien content d'abandonner tes bondieuseries. Le mal rôde, il est là, partout... Ici et là.

D'un geste théâtral, elle pivota sur elle-même, le bras levé vers le toit de la loge.

La silhouette de l'homme en rouge se dessina dans l'embrasure de la porte.

– Arnolda ! appela-t-il d'une voix sèche mais impérieuse.

– Les oiseaux vont se taire, les chiens vont hurler, les chats vont se déchaîner...

La sorcière chantait à tue-tête.

Le chanoine Gontier avait dit sa messe du matin, puis s'était attardé dans la cathédrale pour y examiner le luminaire et prévoir les commandes qu'il passerait à Pierrot. Les chandelles fondaient si vite, même si on veillait de plus en plus à en faire des économies, en réduisant les temps d'éclairage. Le chanoine de la fabrique, qui tenait les comptes, alertait régulièrement ses collègues sur les dépenses, car le chantier s'éternisait et les recettes n'augmentaient pas pour autant.

– Il faudrait rappeler à Pierrot qu'il ne doit pas mélanger le suif de mouton et celui de vache comme la dernière fois. Et l'étoupe des mèches n'était pas de bonne qualité, à croire que depuis qu'il a embauché un apprenti, notre faiseur de chandelles a oublié la perfection de son travail.

– C'est que, par économie, nous avons souvent remplacé la cire par le suif, alors forcément le résultat n'est pas le même. Elles fondent plus vite et sentent mauvais.

L'homme ne voulait pas qu'on accusât à tort son ami. Il ajouta :

– Souvenez-vous combien on a pâti quand il était à la guerre !

Le chanoine hocha la tête. C'est à cet instant qu'il perçut des bruits de pas lourds et inégaux, comme une boiterie. Ils se rapprochaient. Distrait, il avança et dépassa la grosse colonne qui le séparait de la nef. Quelle ne fut pas sa surprise de découvrir la silhouette bien reconnaissable de Loup ! Loup dans la cathédrale, il y avait de quoi être stupéfié, lui qui ne voulait jamais y pénétrer sauf le jour de la fête des fous !

– Loup ? interrogea le chanoine en clignant des paupières dans la pénombre.

– Oui, messire, vous êtes étonné de me voir ici, mais je suis décidé, vous allez chasser ce démon qui empoisonne ma vie et celle de ma famille.

Le chanoine chercha un instant les mots les plus appropriés. Le moment était délicat.

– Allez chez Pierrot !

Ainsi congédié, son interlocuteur roula son petit morceau de parchemin dans sa main et s'éloigna.

– Viens, petit ! dit le doyen en se tournant vers Loup.

Il avait déjà posé une main sur le bras de l'apprenti qui se laissa facilement entraîner vers le transept. Gontier le conduisit dans un lieu où les bruits du chantier semblaient atténués.

Loup connaissait ce jardin où il était parfois venu avec les gueux dormir à la belle étoile, certains soirs d'été. Il y faisait bon, le bruit régulier du fleuve berçait les visiteurs. L'espace occupait une pointe entre l'Hôtel-Dieu et les maisons des chanoines, au-delà desquelles s'étendait une sorte d'îlot, nommé la Motte-aux-Papelards. Un mot étrange qui plaisait beaucoup à Loup car il traitait, par la dérision, les hypocrites ou faux dévots qui papelaient[1] des prières. Certains, peu scrupuleux, y déversaient des déchets au grand dam des chanoines.

Loup s'assit sur un banc de pierre près du chanoine qui lui dit d'une voix très douce :

– Alors, tu es décidé ? Nous allons parler de tout, tu ne dois pas avoir peur. Cela se passera bien, tu verras. Tu vois, comme toi, le fleuve se calme. Ses flots ont provoqué du mal, mais ils apportent aussi le bien. L'eau, c'est la vie.

Loup regarda les tourbillons qui subsistaient encore par endroits. Il observa l'autre rive où passaient des chariots, où s'interpellaient des hommes et des femmes dont la journée s'écoulait paisiblement.

– J'ai sauvé un enfant, dit soudain Loup. Peut-être mon enfant…

– Raconte-moi, l'invita doucement Gontier, subitement ému.

Il en avait vu des cas, mais il connaissait depuis si longtemps maintenant ce garçon et ses sculptures le touchaient plus qu'il n'aurait su le dire.

Les clercs avaient rondement mené l'affaire. Quelques jours plus tard, les chanoines de la cathédrale étaient au complet dans le chœur de l'église où le soleil du matin donnait un éclat particulier aux vitraux colorés.

1. Marmonnaient.

Le chanoine Gontier avait fait preuve de persuasion pour aller vite, très vite. L'occasion était trop belle. Au-delà du cas particulier de Loup, il s'agissait d'affirmer la toute-puissance de l'Église face au mal. Les nouvelles récentes de la lutte menée chez le comte de Toulouse contre les cathares n'étaient pas satisfaisantes. Peut-être parce que le roi refusait de s'en mêler en personne, abandonnant le combat à ses vassaux, tout en espérant une occasion d'étendre sa propre influence.

Gontier officiait, revêtu d'une grande chape noire sur laquelle il avait posé une étole rouge. À son bras droit était suspendu un manipule de soie pourpre qui scintillait à la lueur des bougies à chaque mouvement. Là aussi, les chanoines n'avaient pas regardé à la dépense, multipliant les chandeliers pour rappeler que la lumière était le symbole de Dieu face à la pénombre du diable. Opportune et Pierrot avaient d'ailleurs fait un don à la luminerie en reconnaissance de la vie sauvée du petit Benoît.

Toute la famille de Loup était présente. Prudence avait franchi le grand portail en jetant un regard furtif sur le tympan. Elle n'avait pas dormi de la nuit et, transie par la fraîcheur du matin, elle avait posé sur ses épaules un petit camail de cameline sombre. Encadrée de ses deux fils, Odilon et Cerneuf, elle avait vu Robert s'installer au bout du banc commun. Guillaume Guerry avait lui aussi fait le déplacement, soutenu par ses deux filles. Il marchait difficilement et, dès que se profilait la moindre côte, soufflait « comme un bœuf », disait-il en riant. Marie et ses enfants étaient là. Victor avait aussi tenu à assister à la cérémonie, surtout par curiosité, mais aussi par amitié pour cette famille qu'il connaissait depuis longtemps. Il y avait aussi Denis, l'ami grec d'Odilon, et Pierrot avec Opportune qui n'avait pas voulu se séparer de son fils.

Au premier rang se tenait Loup, face à ce groupe de clercs compact, installé en demi-cercle, constituant comme un chœur humain autour de l'officiant. Les cloches avaient longuement sonné, proclamant à toute la ville qu'un événement d'importance allait se dérouler dans la cathédrale. Puis, les chantres, accompagnés de luths et d'orgues portatifs, avaient pris le relais en faisant monter vers les voûtes cantiques et psaumes. Une manière de pacifier le lieu et l'assemblée. Le petit Benoît échappa aux bras de sa mère et courut dans l'allée centrale dont le cadre, avec ses grosses colonnes et ses voûtes culminant à plus de quinze toises, semblait démesuré pour ce petit bonhomme dont les facéties amusèrent un instant l'assistance.

Au milieu d'un nuage d'encens, d'une voix forte le chanoine Gontier appela :

– Loup, approche !

L'impétrant fit deux pas en avant, comme le lui avait appris le clerc lors d'une répétition. Comme par enchantement, le cercle de clercs se referma autour de lui, le dissimulant complètement aux regards.

– Loup, nous sommes animés par la foi, plus puissante sera notre action. Vous tous ici présents, priez ardemment, Loup a besoin de vos prières. Et toi, Loup, parle !

Toute l'assemblée des clercs ordonnait ensemble dans un bel unisson.

– Parle, répéta le chanoine Gontier, d'une voix forte qui résonna sous les ogives.

Celui-ci venait de passer deux semaines à étudier son « patient ». Il l'avait provoqué sans cesse et il y avait eu des moments terribles, mais il avait l'habitude. Loup avait prétendu, presque chaque jour, que le clerc lui avait intimé certains ordres, des ordres de Satan qui veillait. Deux jours plus tôt encore, portant sur lui l'hostie consacrée ou l'eau bénite, Gontier avait reçu des crachats de Loup. Il ne s'en était pas offusqué, sachant que Satan défendait ainsi son protégé dans une ultime manœuvre. La veille, le jeune homme lui avait semblé plus détendu. Il avait demandé avec une étonnante naïveté qui avait ému Gontier :

– Vous croyez vraiment qu'après je pourrai faire des images d'anges ?

Un silence pesant s'abattit dans l'église. Prudence tremblait. D'un geste simultané, ses deux fils lui prirent la main. Elle leur sourit tendrement. Robert, qui avait surpris l'attention des garçons pour leur mère, était aussi en proie au plus grand tumulte. Son cœur battait dans sa poitrine, comme jamais. La voix de Loup s'éleva alors, faible d'abord, puis s'affirmant au fil des mots :

– Quand je parle, il y a souvent quelqu'un près de moi qui prend la parole à ma place et dit des choses que je ne veux pas dire. Quand je suis dans la rue, je sens le diable aller et venir autour de moi. Il m'ôte la pensée et me pousse à des actions que je ne veux pas commettre.

– Qui perd son âme le trouve, proclama le clerc. Il faut veiller sans défaillir. Quitte le diable et son mirage, quitte les flammes de l'enfer, elles s'évanouissent et s'effacent, le sens-tu ?

– Non, cria Loup d'une voix épuisée. Il est toujours là et me tient.

– Dis « non » à Satan, crie « non » à Satan, que tes lèvres tuméfiées crachent tes aveux. Malheur à ceux qui ont conclu un pacte avec l'enfer. Toi, tu es délivré. Tu n'useras plus de blasphèmes…

– Démon, Satan, diable, Malin, rebelle… quel que soit ton nom, abandonne Loup, reprit une autre voix. Il va vivre sa vie et être délivré des péchés où tu l'emprisonnes. Voici l'eau bénite.

Inquiet, Robert craignait toujours le pire. Loup réapparut quand le cercle de clercs s'ouvrit. Il était à genoux, la tête contre le sol. Chaque chanoine lui assena un coup d'eau bénite à l'aide d'un rameau trempé dans un grand seau de bronze. Puis les hommes de Dieu lancèrent une chape blanche qui le dissimula entièrement en récitant :

– Seigneur, enveloppe-le dans ton manteau et protège-le de Satan et de la mort éternelle.

Puis, se tournant tous d'un seul mouvement, ils levèrent les mains vers la voûte. Au-dessus de l'autel était suspendue une grande croix en bois avec un Christ sculpté. Robert leva les yeux. Il avait déjà vu dans son enfance de telles images du Crucifié dont les souffrances étaient à peine suggérées avec une extraordinaire retenue des sentiments, comme si les artistes répugnaient à révéler des faiblesses. Robert se prit à imaginer que le temps viendrait où le langage des imagiers serait plus violent. Pourquoi refuser de montrer le Christ homme supportant des souffrances humaines ?

Tous ensemble, ils psalmodièrent encore quelques prières conclues en ces termes par Gontier :

– Frères, revêtez-vous de toutes les armes de Dieu, afin de pouvoir tenir ferme contre les ruses du diable[1].

Puis le chanoine vint lui-même aider Loup à se remettre debout. Il était pâle, presque aussi blanc que la lourde chape dont le chanoine le débarrassa. Lentement, il le conduisit à sa famille.

– Il va avoir besoin de repos. Faites-le jeûner cette nuit et dormir surtout.

---

1. Paul, Lettre aux Ephésiens, 6,11.

– Je ne serai plus jamais le Gaucher du diable ? interrogea Loup.

– Les surnoms ont parfois la vie dure, répondit Gontier avec un petit sourire qui déclencha chez le garçon un rictus que tous connaissaient bien.

25

Depuis son grand malaise, Guillaume Guerry était installé tous les matins sur un petit faudesteuil, au milieu de l'échoppe, un endroit stratégique pour tout voir ; ses yeux ne quittaient pas les commis et, parfois, il murmurait quelques mots d'une voix faible ; toujours des conseils avisés que Cerneuf, désormais affecté à l'étal, écoutait avec attention. Prudence avait été priée d'abandonner ses poissons pour veiller, elle aussi, à la bonne marche des affaires et elle y faisait merveille, comme Cerneuf qui, à sa manière, savait charmer les clients. Comme la marchandise conservait sa qualité légendaire, les acheteurs et les abatteurs ayant été formés de longue date de la meilleure manière par le sévère maître boucher, la clientèle n'avait pas vu de changement. Et pour tout dire, Guillaume Guerry était heureux, allant jusqu'à proclamer que cette activité réduite, qui lui était imposée, lui permettait d'assister à sa succession. Aussi répétait-il volontiers :

– Je vais partir rassuré.

– Le plus tard possible, maître, répondait son entourage, bien conscient que sa présence restait un gage de pérennité pour le travail de tous.

Il n'y avait que les affaires du métier qui n'allaient pas comme il voulait ; maître Esserent profitait de sa faiblesse pour en prendre la direction. Une manière de consommer la rupture entre les deux familles. Guillaume Guerry avait encore la force de dénigrer son concurrent ; il avait convoqué tous ses confrères, un par un, pour tenter de contrer ses ambitions, mais il savait bien que critiquer le travail de ce dernier était peine perdue. L'homme était, comme lui, attaché aux bonnes pratiques du métier et n'en dérogeait guère. Aussi Guillaume Guerry enrageait-il de voir lentement lui échapper les rênes de la profession. Une ombre sur sa vie qui doucement s'éteignait.

– Pois chauds pilés ! Fèves chaudes !

– Laitue fraîche du matin !

– Cerfeuil, pourpier de toute venue…

Le vieux maître de la boucherie parisienne goûtait aussi avec délectation tous ces bruits de la rue qui avaient fait sa vie.

– Chaudes oublies, galettes chaudes !

Loup entra ce matin-là comme une trombe. Il avait dans la main une de ces délicieuses pâtisseries dont la farine avait laissé des traces sur ses lèvres difformes. Il vint se poster devant son grand-père et tendit vers lui la main gauche.

– Elle ne sait plus rien faire ! cria-t-il d'une voix si forte qu'elle couvrit les conversations dans l'échoppe.

Cerneuf resta bouche bée, un noyau de bœuf dans la main. Sa cliente, qui tendait déjà vers lui son panier, demeura elle aussi figée.

– Elle ne sait plus rien faire ! répéta Loup.

Des larmes s'échappaient de ses yeux qui allaient de l'un à l'autre, pitoyables.

– Que veux-tu dire ? interrogea Prudence, qui avait abandonné précipitamment son client pour s'approcher de son fils.

– Elle ne sait plus rien faire… Ils ont chassé le diable, mais aussi mon habileté. Je ne ferai jamais d'ange, jamais !

Le silence s'était abattu sur l'étal. Même la rue, soudain discrète contrairement à son habitude, semblait retenir son souffle pour respecter le désarroi du garçon.

– Mais que dis-tu ? demanda à son tour Cerneuf.

– La vérité pour une fois…

Loup éclata d'un rire tonitruant et sortit.

Médusé, Guillaume Guerry, qui cherchait ses mots, murmura :

– Mais comment est-ce possible ? Cerneuf, rattrape-le ! Paulin te remplacera. Je ne comprends rien à cette affaire…

Abasourdie, Prudence était déjà retournée vers son amateur d'épaule de mouton et Paulin avait délicatement posé le noyau dans le panier de dame Catherine, une cliente assidue comme Guillaume les aimait, car elle ne prenait que les meilleurs morceaux.

– Vous verrez, assura Paulin avec un sourire avenant, il sera délicieux. Vous le faites rôti ou à l'eau ?

– Rôti, répondit la dame en adressant un petit signe amical au maître boucher avant de sortir.

Cerneuf avait rejoint Loup sur la planche Mibray. Il ne savait trop quoi lui dire. Ses relations avec son frère s'étaient apaisées depuis la cérémonie à Notre-Dame, même s'il lui en voudrait toujours de ce qu'il avait fait à Rebecca. Une seule fois, ils en avaient parlé ensemble et Loup avait balayé cette « vieille histoire » en prétendant que, de toute façon, leur grand-père n'aurait jamais laissé Cerneuf épouser une Juive. L'amoureux de Rebecca savait qu'il n'avait pas tout à fait tort, mais de là à lui pardonner…

– Comment tu sais qu'elle ne sait plus y faire ? interrogea Cerneuf en regardant cette main qui avait fait la réputation du Gaucher du diable.

– Plus rien… j'ai essayé la main droite, en espérant un miracle. Maladroit, empoté. J'ai aussi perdu ma force, quel malheur ! Pourquoi ai-je écouté ces chanoines ?

– Et notre père, que dit-il ? Viens, allons le voir.

Les cloches des églises se mirent à sonner soudain.

– Que se passe-t-il ? demanda Cerneuf en scrutant le Grand-Pont où il semblait y avoir grand charroi.

– C'est le prince Louis qui revient d'Angleterre.

Cerneuf éclata de rire. Loup savait toujours tout, comme avant.

– On l'appelle le Lion désormais, bien qu'il ne revienne pas vainqueur. Sa flotte a été battue par les Anglais et il ne sera jamais roi d'Angleterre[1].

– Le royaume de France ne lui suffisait donc pas ! C'est comme si je voulais prendre aussi l'étal de maître Esserent…

Ce fut au tour de Loup d'éclater de rire. Il avait évidemment appris les projets de mariage de Guillaume Guerry. Bras dessus, bras dessous, avec une complicité toute nouvelle, où ni la haine de l'un, ni la hargne de l'autre n'avaient de place, ils s'engagèrent dans la rue de la Lanterne, saluant au passage Opportune et Pierrot.

– Et Benoît ? interrogea Loup.

– Il dort, répondit la patenôtrière qui enfilait de grosses perles.

Elle confectionnait un collier pour la comtesse de Namur, la fille que Philippe Auguste avait eue avec sa troisième femme, Agnès de Méranie.

Quelques instants plus tard, les deux frères étaient dans la loge de Robert.

---

1. Le 24 août 1217, le prince Louis est vaincu près de Douvres à Sandwich. Le 11 septembre, il signe le traité de Lambeth et reconnaît le Plantagenêt Henri III roi d'Angleterre.

Après la cérémonie, celui-ci avait attendu patiemment le retour de Loup. Confiant, il avait repris son travail. Le grand Christ du dernier tympan serait bientôt achevé. Légèrement de trois quarts, la figure lui paraissait réussie. La Vierge se tournerait vers son Fils, un ange descendu du ciel la couronnant. Loup avait promis qu'il sculpterait cet ange. Robert l'espérait vivement, comme un point final à ces mois d'angoisse.

Mais rien ne se passait jamais comme on l'espérait et, quand Loup était enfin réapparu et qu'il s'était saisi de son outil favori, tout avait basculé. Sa main tremblait, ses doigts étaient crispés. Il avait attaqué doucement la matière, mais le trait était indécis, imprécis, la taille malhabile, celle d'un débutant ; un éclat de pierre avait même jailli, trop gros, compromettant le résultat définitif.

Furieux, Loup avait jeté le ciseau fautif, qui s'était fiché dans la terre battue, et avait lancé, désolé :

– Je ne sais plus faire !

Robert, consterné, avait vite mesuré le problème, mais tenté de le minorer :

– Tu es encore fatigué…

Loup avait voulu essayer sur une nouvelle pierre qu'il n'avait pu soulever et s'était de nouveau emporté de colère.

– Tu feras comme moi, tu demanderas de l'aide pour mouvoir les blocs désormais, avait répliqué Robert en l'aidant à la poser sur l'établi.

Armé d'un nouvel outil, Loup avait voulu dessiner à la craie comme il l'avait toujours fait, à main levée, la figure qu'il taillerait. Mais sa main le trahissait et le tracé maladroit était incompréhensible.

– Drôle d'ange, avait-il hurlé, rubicond, exhalant de ses grosses lèvres frémissantes la sourde colère qui l'étouffait. Moi faisant des anges, c'est donc toujours impossible.

– Mais pourquoi ? Le talent, tu l'as dans le sang… celui de mes ancêtres. Ce n'est pas le diable qui te l'a donné.

– Peut-être, mais la famille de ma mère a tout effacé… Abattre un bœuf, ce n'est pas modeler un visage.

Dubitatif, Robert avait vu arriver le chanoine Gontier presque avec soulagement ; agressé verbalement par le garçon hors de lui, le clerc en avait eu pour son camail. Résigné et fataliste, il avait conseillé à Loup de revenir le lendemain pour une nouvelle tentative. Mais le lendemain, il n'y avait eu aucun progrès, ni le surlendemain.

Depuis, Loup traînait sur le chantier, désœuvré. Il avait même offert ses services à maître Léonard pour tailler des pierres. Celui-ci lui avait conseillé la patience.

– Alors, montre-moi, dit Cerneuf en désignant la pierre qui attendait sur l'établi où Robert avait effacé le dessin de Loup et avait tracé un ange avec de belles ailes.

– Non, je ne peux pas, répondit Loup.

– Essaie, au moins !

Cerneuf avait pris sur une étagère un ciseau.

– Reprends au moins le tracé avec de petites incisions légères, conseilla Robert.

– Ma main tremble… Ah, il est beau, le Gaucher du diable ! J'ai peut-être encore la sûreté de l'œil, mais plus celle de la main.

« Sûreté de l'œil », « sûreté de la main », ces expressions, le maître imagier les avait souvent répétées lors de ses premières leçons.

Robert soupira :

– Cela va revenir !

– Non, jamais, le démon fait encore son œuvre, mais différemment. L'homme en rouge, qui m'a arraché aux flammes, a mis la main sur moi pour toujours… Si ma mère avait su, elle aurait refusé !

– On ne réécrit jamais l'histoire, dit Robert, qui fixait déjà le drapé du Christ qu'il terminerait sans doute dans la journée.

Loup avait maintenant franchi le seuil de la loge. Pensif, Cerneuf le regarda errer au milieu des machines du chantier, des échelles et des tas de sable et de pierres, puis se retourna vers son père.

– Tu crois qu'il pourra bientôt tailler des images ?

– Comment veux-tu que je le sache ? répondit Robert d'un ton las, sans lever la tête.

Cerneuf remarqua que ses cheveux étaient devenus presque gris.

– Je vais retourner à l'étal, dit alors le garçon.

– Comment va ton grand-père ?

– Pas si mal, même si j'imagine qu'il aimerait bien sortir de ce maudit faudesteuil, mais ses jambes ne le portent plus guère. Il a l'œil à tout, pourtant, rien ne lui échappe.

– Et Prudence ?

Cerneuf fut surpris. Son père ne parlait jamais de son épouse à ses enfants.

– Elle ne regrette pas trop ses poissons ?

– Moins que sa liberté… Elle faisait comme elle voulait. Maintenant, elle fait comme grand-père veut, mais elle aura moins froid l'hiver, moins chaud l'été et gagnera mieux sa vie.

– Sa vie ! répéta Robert dubitatif.

C'est alors qu'une clameur s'éleva dehors. Cerneuf se précipita, Robert le suivit.

– Vite, c'est Loup, dit Léonard.

– Loup ?

– Il est tombé…

Le cercle d'ouvriers qui s'était formé autour de Loup s'ouvrit pour laisser passer Robert et Cerneuf qui s'agenouillèrent près du corps disloqué du blessé.

– Là-haut, c'est beau, murmurèrent les lèvres sanguinolentes. Ne laissez pas le diable m'approcher.

– Vite, allez chercher maître Victor ! cria Robert.

– Non… Tenir ferme contre les ruses du diable… hein, messire le chanoine.

Alerté par la rumeur qui était montée jusqu'au chœur de la cathédrale où il priait, Gontier était accouru.

– Tenir ferme contre les ruses du diable…, répéta Loup avec un clin d'œil. Père, c'est toi qui feras l'ange qui couronnera Marie. Moi, je vais la voir bientôt, cette dame.

– Laissez-moi passer ! cria Victor qu'Odilon avait été quérir. Qu'est-ce qui s'est passé ?

– Il s'est jeté de là-haut, dit un maçon qui tenait encore sa truelle à la main.

– Il est tombé, corrigea sobrement le chanoine en bénissant le corps. Vous arrivez trop tard, maître Victor.

Homme d'esprit et de décision, Gontier avait ainsi étouffé dans l'œuf la rumeur d'un acte volontaire qui, s'il était avéré, interdisait des funérailles religieuses. Il avait proclamé avec force que lui-même était monté un jour sur l'échafaudage de la tour sud et que, frappé d'une curieuse sensation, il avait cru tomber et n'avait dû son salut qu'à la main secourable d'un maçon qui pouvait en témoigner.

Après une cérémonie que le chanoine avait souhaité organiser dans la cathédrale, toute la famille avait accompagné la dépouille de Loup au cimetière des Saints-Innocents où il reposait désormais près de sa grand-mère qu'il n'avait guère connue, Guillemette.

Très marqué par l'événement, répétant sans cesse que c'était lui qui aurait dû partir le premier, Guillaume Guerry avait repris son poste à l'étal. Mais il intervenait de moins en moins, laissant désormais à Prudence et à Cerneuf toute latitude. Son absence, un matin, n'étonna personne ; en toute discrétion, deux commis l'avaient hissé dans une carriole et l'avaient emmené. Prudence, qui aurait voulu interroger son père à propos de cette course mystérieuse, n'avait pas osé. Cerneuf l'avait regardé s'éloigner, presque heureux, une étrange lueur dans les yeux. Était-ce simplement parce que ses voisins le saluaient aimablement, rendant un hommage spontané à l'ancien maître de la boucherie de la ville ?

– Aulx, oignons, des beaux pour vous, maître ! dit une vieille femme dont la hotte regorgeait de légumes.

Elle avait toujours connu Guillaume et lui offrait souvent ses légumes frais.

Cerneuf aurait été surpris s'il avait connu la destination du petit convoi qui avait franchi le Grand-Pont et s'était arrêté dans la rue de la Juiverie.

– Merci, laissez-moi, ordonna le boucher à ses deux commis qui l'avaient aidé à descendre de la carriole.

Très droit, il frappa à la porte. Elle s'ouvrit presque instantanément.

– Guillaume Guerry, si je m'attendais, dit Isaac en fronçant les sourcils derrière ses petites lunettes.

– Aidez-moi, donnez-moi un faudesteuil, je voudrais vous parler.

Le ton ne tolérait pas d'hésitation. Le vieux Juif s'exécuta. Isaac, qui semblait si frêle à côté de la haute stature, s'activa pour installer le siège réclamé dans lequel Guillaume Guerry se laissa tomber lourdement, faisant craquer le bois clair.

– De quoi voulez-vous me parler ? interrogea Isaac qui avait repris sa place habituelle derrière la table posée sur deux tréteaux de bois clair.

Une bougie, dans un chandelier dont le large pied offrait de belles volutes de cire, donnait un peu de lumière.

– De nos petits-enfants…, dit Guerry dont la voix subitement faible surprit son interlocuteur.

– Ah, fit Isaac, l'œil brillant d'une petite flamme.

– J'ai été injuste, je ne voulais pas que mon petit-fils épouse votre petite-fille. J'ai eu tort.

– Ah, répéta Isaac.

À l'interrogation avait succédé l'ironie.

– Oui, je l'avoue.

Isaac ne pouvait imaginer combien cela coûtait à Guillaume de reconnaître ses erreurs. Il ne pouvait pas davantage savoir qu'il avait ruminé son discours toute la nuit, car Guillaume dormait mal désormais, attendant avec impatience le chant du coq et l'arrivée des premiers commis à l'étal.

– Je n'avais pas le droit de gâcher leur vie. Une vie, nous n'en avons qu'une. Et l'amour, c'est beau. Quand je pense à ma Guillemette, je ne l'ai pas autant aimée que j'aurais dû, occupé que j'étais par mon métier. La meilleure viande, le plus grand étal, fournir au roi toutes les marchandises possibles, je ne pensais qu'à cela, et Guillemette s'en est allée sans que j'aie le temps de lui dire qu'elle me manquerait… Alors, maintenant que ce pauvre Loup est parti, lui aussi, en paix je l'espère, je viens vous dire que si vous acceptiez de marier votre Rebecca à mon petit Cerneuf, ce serait un grand honneur pour la famille Guerry. Enfin, s'il est encore temps…

L'ironie avait disparu des yeux du vieil Isaac. Des larmes perlaient même à ses cils. Il prit quelques instants avant de répondre d'une voix douce marquée par l'émotion.

– Il est encore temps. Rebecca est chez une tante à Sens, où elle est en sécurité. Je doute qu'elle ait oublié Cerneuf. Si vous les aviez vus ensemble, si vous aviez vu leurs yeux briller d'une même lueur et regarder dans la même direction, vous n'auriez jamais pu envisager de les séparer.

– Nous voilà accordés…, dit Guillaume Guerry avec un sourire éclatant qui aurait étonné ses proches.

La porte s'ouvrit.

– Voilà Salomon, dit Isaac. Tu vas partir dès aujourd'hui à Sens et tu ramèneras Rebecca.

– Il pourrait être rentré dimanche ? interrogea Guillaume Guerry. Nous fêterons les fiançailles à la maison.

Salomon écarquilla les yeux.

– Appelle mes deux commis, il est temps que je rentre, je me sens si fatigué. Ne tarde pas, mon garçon, car je n'ai plus beaucoup de jours devant moi.

Salomon aida le vieillard à se lever. Guillaume mit la main sur son épaule et franchit le seuil à petits pas. Où était le maître boucher qui l'intimidait tant ? songea le garçon qui aurait aimé crier sa joie.

Épilogue

Opportune poussa devant elle Benoît, son fils unique. Robert leva la tête. Ses cheveux clairsemés étaient blancs comme neige.

– Voilà ce grand benêt..., dit la mère. Il ne veut pas faire de chandelles comme son père, et encore moins de chapelets et de colliers comme sa mère. Il ne s'intéresse qu'au dessin... Alors j'ai pensé que, peut-être, il pourrait travailler à la grande œuvre de Notre-Dame.

– Elle est presque finie... Il y a encore des fous comme moi pour créer quelques images. On dit bien que des travaux pourraient être entrepris bientôt aux bras du transept avec de nouveaux portails. Mais moi, je serai trop âgé et peut-être même plus de ce monde.

Robert esquissa un léger sourire qui anima un regard malicieux dans un visage buriné. Opportune s'approcha de la statue couchée sur l'établi à laquelle travaillait l'imagier.

– C'est qui ?

– Un roi... J'en suis au huitième. Je suis vieux maintenant, je vais de plus en plus lentement. Lui, c'est Hugues Capet, le premier de la lignée.

– Et vous avez fait notre pauvre roi...

Le pauvre roi était Louis, le huitième du nom, le fils du grand Philippe, qui n'avait régné que trois ans[1], laissant le

1. De 1223 à 1226.

trône à son jeune fils Louis âgé d'une douzaine d'années. La reine Blanche de Castille assumait la régence avec courage et abnégation.

– Oui, j'ai réalisé Louis dit le Lion l'année qui a suivi sa mort, il y a tout juste deux ans, répondit Robert en sortant sur le pas de sa loge pour désigner la dernière statue à droite.

– Alors vous avez encore du travail ? Il en reste combien, de statues ?

– Entre Clovis et Hugues, il y en a bien une quinzaine, ce n'est pas moi qui les ferai... Et puis le nouvel évêque, Guillaume d'Auvergne, qui vient presque du même pays que moi, un peu plus au midi, n'est pas très favorable à ce projet. Il a rebaptisé les statues en rois de la Bible... David, Salomon...

L'imagier n'avoua pas que cette confusion l'amusait. Après lui, chacun verrait, dans les statues de cette étonnante galerie des rois, ce qu'il souhaiterait, un gage peut-être pour l'avenir. L'essentiel n'était-il pas qu'elles trônent sur cette façade pour l'éternité ? Du moins l'espérait-il. Cette cathédrale traverserait les siècles. Elle résisterait au temps comme aux hommes.

– Tu as apporté tes dessins ?

Robert s'était tourné vers Benoît qui n'avait pas encore ouvert la bouche. Le garçon tendit une liasse de parchemins que l'imagier feuilleta lentement.

– Où as-tu appris à dessiner ? questionna-t-il.

– Je ne sais pas, il a toujours gribouillé...

– J'aimerais entendre le son de sa voix, s'agaça Robert qui s'amusa de la confusion d'Opportune.

– Je suis allé à l'école des chanoines. Sur nos tablettes, je dessinais souvent au lieu d'écrire. Ils me donnaient des morceaux de parchemin déchiré, alors le soir, je continuais...

– C'est bien, ce que tu fais, dit Robert en hochant la tête.

Le garçon le regarda droit dans les yeux. Il découvrit alors un regard pailleté d'or. Il lui revint soudain en mémoire les vieilles histoires des jumeaux. Se pouvait-il que ce Benoît soit le fils de l'un d'eux ? Ces yeux étaient uniques.

– Bien, je t'attends demain matin au lever du jour, dès que tu peux distinguer tes dessins sans bougie, dit Robert. Je t'embauche comme apprenti.

– Oh merci ! s'exclama Opportune.

– Ne me remerciez pas, c'est plutôt moi qui devrais le faire.

Il n'avait plus osé prendre un jeune en apprentissage depuis Loup et s'imaginait qu'il ne transmettrait plus jamais à personne ses secrets, ni ceux de ses ancêtres.

Au même instant, trois enfants arrivèrent en courant.

– Grand-père, grand-père, dit la petite fille en se pendant au cou de Robert, tu peux me dessiner un chat ?

– Oui, si tu veux, mais à condition qu'il ne soit pas noir.

Une jeune femme suivait.

– Vous connaissez ma belle-fille, Rebecca, dit Robert joyeusement. J'ai quelque chose à te montrer.

Il était rentré dans la loge. Quelques instants plus tard, il en ressortit et tendit un petit rouleau de parchemin.

– Un messager me l'a apporté ce matin. Regarde... Odilon et Gudule ont eu des jumeaux. Odilon dit qu'il aimerait bien revenir à Paris car maître Victor est vieux et a besoin d'un successeur.

– Loup, cours annoncer à ta grand-mère que tu as deux nouveaux cousins, dit aussitôt Rebecca, ravie de la nouvelle.

Cerneuf et Rebecca avaient eu l'audace d'appeler leur fils aîné Loup. Cela avait été une manière de redonner vie au Gaucher du diable que personne n'oublierait jamais.

Prudence en avait été si heureuse. Prudence… Elle avait eu une drôle de vie à cause de Robert…

Après la mort de Loup, il avait tenté une réconciliation, mais elle n'avait pas cédé. Il avait fallu toute l'émotion du départ d'Odilon pour qu'elle consente enfin à essayer de partager avec lui les années qui leur restaient à vivre.

Cette décision les avait surpris. Le jeune chirurgien-barbier, jugé enfin apte au métier par Victor et ses maîtres de la rue de la Bûcherie, avait soudainement annoncé sa détermination à retrouver Gudule. Lucide, il savait que le pari était risqué, que les chances étaient minces. Un matin, il avait pourtant pris la route du septentrion. Cerneuf et ses parents l'avaient accompagné rue Saint-Martin jusqu'à l'enceinte du roi Philippe. Prudence et Robert avaient ouvert leurs aumônières pour lui offrir un cheval et un petit pécule. Toute la famille s'était retrouvée sur le rempart pour le regarder s'éloigner, peut-être pour toujours, sous un grand ciel bleu. Depuis la large courtine où certains avaient l'habitude de pratiquer le guet, ils avaient suivi sa progression, au milieu d'un charroi dense, sur le grand chemin où les pluies du printemps avaient creusé des ornières. Il leur avait semblé qu'Odilon avait fait un signe du bras droit en passant devant l'abbaye Saint-Martin-des-Champs, puis il n'avait plus été qu'un point à l'horizon.

– Une autre mort, avait murmuré Prudence, les yeux embués de larmes.

Robert avait pris sa main ; elle ne l'avait pas retirée. Et comme c'était bientôt le début du mois de mai, il s'était présenté à sa porte quelques jours plus tard alors que Prudence sortait pour se rendre à l'étal. Il serrait sur son cœur une brassée de rameaux liés par un ruban rouge. Il les avait choisis avec soin. Du charme pour lui dire qu'elle était toujours charmante, du bouleau pour lui dire son amitié et même un bouquet de petites roses délicates…

Quelques jours plus tard, Robert s'installait rue du Chevalier-du-Guet. Bien des semaines après, c'est ensemble qu'ils avaient lu la lettre d'Odilon. Il avait déniché Gudule dans une communauté de femmes où elle s'était réfugiée après la mort de son mari. Odilon expliquait qu'il y avait du travail à Bruges dans le comté de Flandre.

Prudence avait soupiré ; elle n'était qu'à moitié rassurée car il se trouvait en pays ennemi. Ferrand, le comte de Flandre, n'était-il pas toujours prisonnier dans le donjon du Louvre ? Inflexible, le roi ne souhaitait pas lui rendre sa liberté en dépit des démarches incessantes de son épouse, la belle Jeanne de Flandre, une cliente de l'étal Guerry pendant ses séjours parisiens.

Robert avait consolé Prudence. N'avaient-ils pas la chance d'avoir à Paris Cerneuf et Rebecca ? Un premier enfant, puis un deuxième étaient déjà nés et redonnaient enfin vie à l'ancienne maison de Guillaume Guerry, qui s'était éteint quelques jours après leur mariage. Cerneuf suivait les traces de son grand-père. Beaucoup de ses confrères le voyaient bientôt à la tête de la Grande Boucherie.

22 novembre 2011

Collection

« FRANCE DE TOUJOURS ET D'AUJOURD'HUI »

Jean Anglade, *Une vie en rouge et bleu*
Le Dernier de la paroisse
Sylvie Anne, *Le Gantier de Jourgnac*
Jean-François Bazin, *Les Raisins bleus*
Le Clos des Monts-Luisants
Henriette Bernier, *Le Baron des champs*
Jean-Baptiste Bester, *L'Homme de la Clarée*
Françoise Bourdon, *Le Moulin des Sources*
Le Mas des Tilleuls
Édouard Brasey, *Les Lavandières de Brocéliande*
Patrick Breuzé, *Les Remèdes de nos campagnes*
Michel Caffier, *Corne de brume*
La Paille et l'Osier
Anne Courtillé, *La Tentation d'Isabeau*
Annie Degroote, *Les Racines du temps*
Jérôme Deliry, *Une rivière trop tranquille*
Raphaël Delpard, *L'Enfant sans étoile*
Pour l'amour de ma terre
Alain Dubos, *La Mémoire du vent*
La Corne de Dieu
Marie-Bernadette Dupuy, *Les Fiancés du Rhin*
Élise Fischer, *Les Noces de Marie-Victoire*
Emmanuelle Friedmann, *Le Rêveur des Halles*
Alain Gandy, *Les Cousins de Saintonge*
Gérard Georges, *Une terre pour demain*
Le Destin des Renardias
Yves Jacob, *Sous l'ombre des pommiers*
Hélène Legrais, *L'Ermitage du soleil*
Les Héros perdus de Gabrielle
Les Ailes de la tramontane
Philippe Lemaire, *Rue de la Côte-Chaude*
L'Enfant des silences
Éric Le Nabour, *Retour à Tinténiac*
La Louve de Lorient

Jean-Paul Malaval, *L'Or des Borderies*
Soleil d'octobre
Les Noces de soie
La Villa des Térébinthes
Antonin Malroux, *La Promesse des lilas*
La Cascade des loups
Jean-Luc Mousset, *L'Enfant des labours*
Jean Siccardi, *La Source de saint Germain*
Le Maître du diamant noir
Jean-Michel Thibaux, *L'Olivier du Diable*
Brigitte Varel, *Le Secret des pierres*
Louis-Olivier Vitté, *La Guérisseuse de Peyreforte*

Collection

« ROMAN D'AILLEURS »

Jean Bertolino, *Pour qu'il ne meure jamais*
Jean-Baptiste Bester, *Les Neiges de Toula*
Marie-Bernadette Dupuy, *L'Orpheline des neiges*
Le Rossignol de Val-Jalbert
Michel Peyramaure, *Les Villes du silence*
Tempête sur le Mexique
Mourir pour Saragosse

DOCUMENT

Jérôme Deliry, *Sept Enfants autour du monde*
Charles Guilhamon, *Sur les traces des Chrétiens oubliés*

ROMANS HORS COLLECTION

Jean-Jacques Antier, *Blanche du Lac*
Jean-Baptiste Bester, *Le Cocher du Pont-Neuf*
Les Neiges de Toula
Lucien De Pena, *L'Argent des autres*
Joël Raguénès, *L'Instinct du prédateur*
Bernard Simonay, *Le Lys et les Ombres*

Photocomposition PCA

Cet ouvrage a été imprimé en France
par CPI Bussière
à Saint-Amand-Montrond (Cher)
en août 2012

calmann-lévy s'engage
pour l'environnement en réduisant
l'empreinte carbone de ses livres.
Celle de cet exemplaire est de :
800 g éq. CO_2
Rendez-vous sur
www.calmann-levy-durable.fr

PAPIER À BASE DE
FIBRES CERTIFIÉES

N° d'édition : 5185699/01.
N° d'impression : 122832/4.
Dépôt légal : septembre 2012.